脚本家

市川森一の世界

市川森一論集刊行委員会 編

長崎文献社

市川森一のアルバムより

（1941～2011年）

誕生、そして少年時代

母・津代の腕に抱かれる５カ月の森一（1941年）

父・市川一郎の若き日（22歳）

母・津代の若き日

1934（昭和９）年に結婚式を挙げた市川一郎と津代

３歳ごろの森一

祖母のシマと。自宅の前には
映画館「永楽座」があり、森一は後に入り浸った

長崎県諫早市立諫早小学校４年生のころ。
中央で帽子をかぶっているのが森一

諫早市の鎮西学院中学校に入った森一（手前）。
珍しい大雪で雪だるまを作った

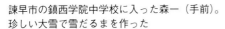

鎮西学院中学３年生のころの森一

諫早高校時代、妹の由実子と（1958年）

青春時代—— 上京して大学へ

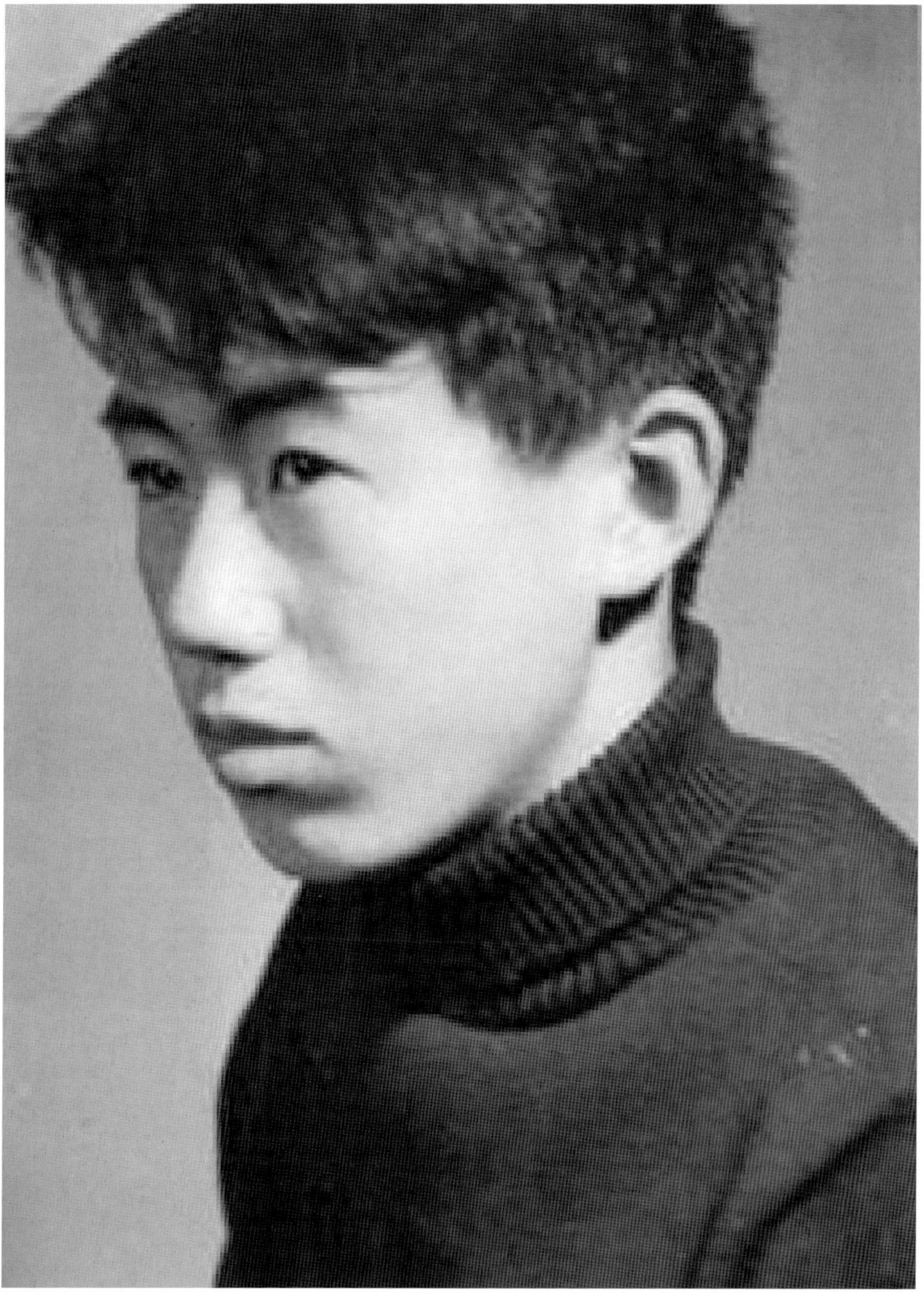

諫早高校時代の森一（1959年）

日本大学藝術学部への入学が決まり、上京前に父・一郎（後列中央）たちと一緒に撮影された（1960年）

日本大学藝術学部時代は諫早学生寮で生活していた。市川だけが学生服ではない（1962年）

学生時代にはTBSでアシスタントディレクター（AD）のアルバイトをしていた（中央が市川、1962年）

TBSのAD時代、予定していた俳優が来ず、“代役”として出演したこともある

TBSのADとして俳優たちにも接した。左は松竹の新進女優だった炎加世子

脚本家デビュー

ジテレビの『ぴんぼけ新聞』（1965年）の画面には、
う表示された

市　川　森　一
ICHIKAWA　SHINICHI

放　送　作　家

■長崎生れ，日大芸術学部卒。
■主な執筆番組／フジTV「ぴんぼけ新聞」NET「プリマ・どんなもんだショー」，NTV「ミツワ買物ゲーム」，KBC「ヤングミュージック・タイム」，QR「野次馬情報」他，コントグループ“はかま満緒ギャグ・フレッシュメン”を経て現在「富士企画」の企画プランナー。
■CM企画，多数，子供向けのバラエティー・ショーに意欲あり，ライフ・ワークとして「ミステリー・ドラマ」のシリーズをストック中，タバコ：ホープ。

FK 株式会社富士企画／富士アーチストクラブ　取締役会長　清水正木
東京都港区西新橋1－3－8中銀虎の門ビル・PHONE (501)4682・3

駆け出しの構成作家時代のプロフィール

読売テレビが制作した『ミツワ買物ゲーム』（1966年）関係者の
集合写真（前列左から３人目が市川）

日本テレビ 4

5
00 宇宙保安官
20 マイティ・ハーキュリー
30 [illegible]アワー▽45[illegible]▽50N

6
00 サハリ「アフリカよさらば」
30 ▽35 とびだせ！バッチリ「アパッチ砦をやっつけろ」
45 ニュースフラッシュ▽55[illegible]N

7
00 快獣ブースカ「飛んで来た遊園地」（脚本・市川森一）如月寛太、江戸家猫八、宮本智弘、[illegible]
30 [illegible] いしだあゆみ、[illegible]

8
00 [illegible]
56 ニュース・スポット

9
00 [illegible]
30 [illegible]

新聞のテレビ番組表には、『快獣ブースカ』の脚本家として
市川の名前が表示された（1967年６月７日）

脚本家デビューした『快獣ブースカ』（1966～67年）のブースカと

日大藝術学部時代の友人で、作詞家となる藤公之介（後列中央）の結婚式でスピーチする市川

海外で行われた萩原健一の結婚式には、全員が白のスーツを着込んで参列した（前列左から３人目が市川、1975年）

1972年５月に女優の柴田美保子と結婚し、翌年、式を挙げた

めざましい活躍

NHK大河ドラマ『黄金の日日』（1978年）の収録終了後の集合写真。2列目の左から5人目が市川、右隣が栗原小巻、その右が市川染五郎（現・松本白鸚）

1979年から6年間暮らした東京・音羽のマンションの書斎で

「状況劇場」を主宰していた唐十郎と

長崎県諫早市で開かれた芸術選奨新人賞の祝賀パーティー。後列の右端が市川、前列中央が市川美保子（1981年）

和服姿の市川（1984年ごろ）

スナックのカラオケで歌う市川（1982年ごろ）

『淋しいのはお前だけじゃない』で第1回向田邦子賞を受賞した（1983年）

諫早市の実家で父・一郎と（1983年）。一郎はこの翌年に死去した

インタビューに応じる市川（1989年）

脚本家が競作するテレビ朝日の『シリーズ・街』の制作発表会。（左から）山田太一、市川、池端俊策、早坂暁、金子成人（1988年）

読売テレビが1990年４月から始めた情報番組『これが問題！土曜８時』では、司会に起用された。右隣は読売新聞論説委員だった老川祥一、右端は元プロ野球選手の掛布雅之

テレビ朝日で1989年に放送された『長崎異人館の女』で（前列左から）市川、主演の松坂慶子、演出の深町幸男、（後列左から）鹿賀丈史、片岡鶴太郎、杉浦直樹がそろった記念写真

テレビ東京で1990年に放送された大型時代劇『燃えよ剣』では、脚本を担当した長坂秀佳（左）の要望で松平容保にふんした。右は主人公の土方歳三を演じた役所広司

北海道放送が制作した1991年放送の『サハリンの薔薇』では、シナリオ・ハンティングのためサハリンを訪れた。ユジノサハリンスクのチェーホフ像の前で

多彩な活動

長崎ランタンフェステイパルでは中国の皇帝にふんした（2006年）

長崎歴史文化博物館が２００５年に開館して以来、名誉館長として自ら「奉行所トーク」をこなした

市川の誕生日に東京・広尾のレストランで食事をする市川夫妻（2006年）

山形県米沢市を訪れた市川夫妻（2007年）

韓国・釜山で開催された第１回「東アジアドラマ作家会議」の参加者たちの集合写真。前列左から５人目が市川（2006年）

日本放送作家協会の創設50周年のイベントが開催された東京・新宿の芸能花伝舎の前で山田太一（右）と（２００９年）

第５回「アジア放送作家カンファレンス」は2010年９月、韓国・ソウルで開催された。市川（手前中央）は韓国文化産業交流財団のシン・ヒョンテク会長（手前右）とともに、この国際会議を牽引してきた

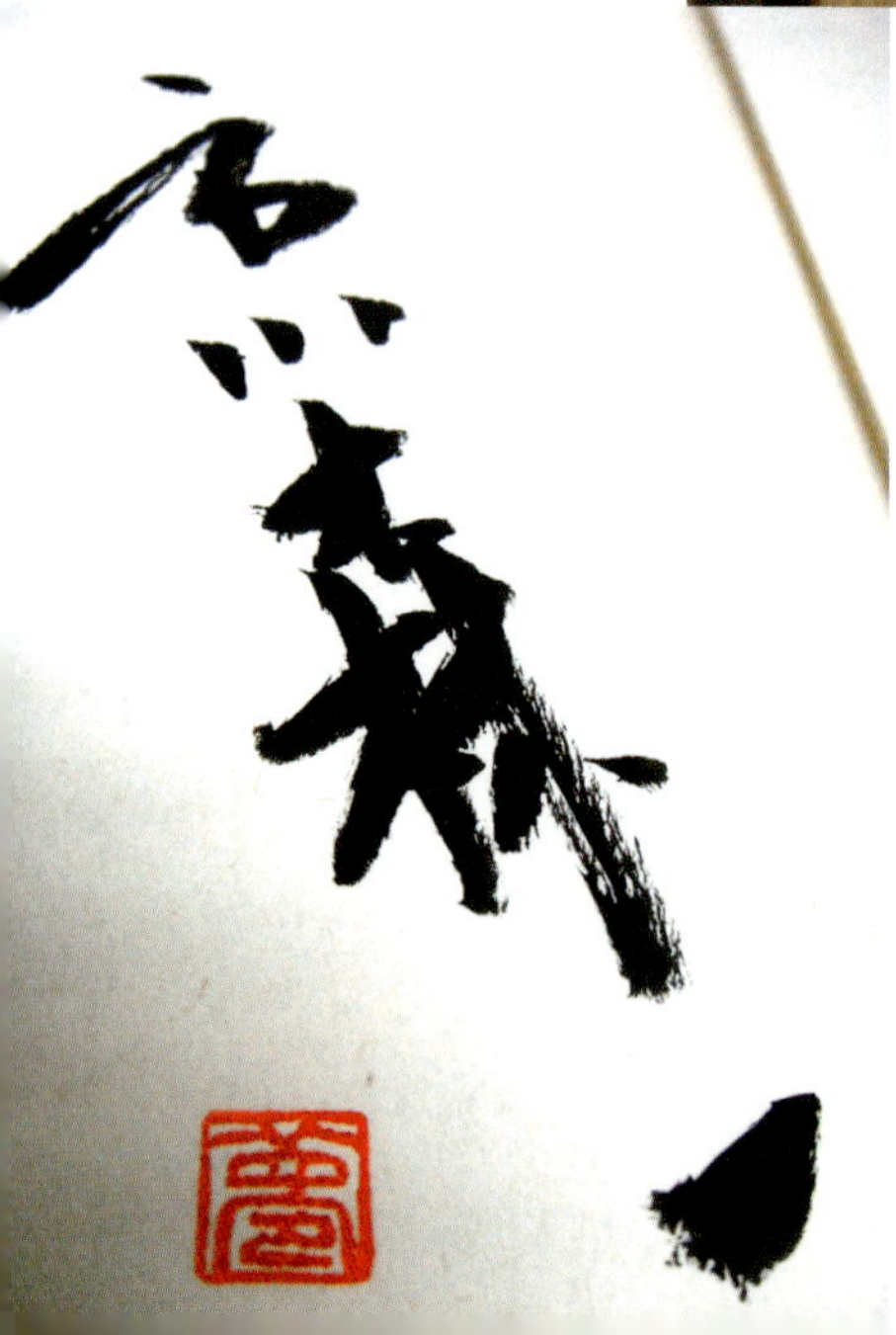

自筆のサイン。市川は特注の印鑑を何本も持ち、この時は「夢」と刻まれた印を使った

秋の叙勲で旭日小綬章を受け、その記念写真を撮った（2011年11月）

永眠

2011年12月21日、東京・青山葬儀所で営まれた告別式の祭壇

長崎県諫早市の徳養寺にある市川の墓。墓石には「夢」という自筆の文字が刻まれている

市川が名誉館長を務めた諫早市立諫早図書館には、「市川森一シナリオルーム」がそのまま保存されている

1周忌の2012年12月から横浜市の放送ライブラリーで始まった「市川森一・上映展示会　夢の軌跡」

第４回森一忌であいさつする市川美保子夫人（2017年11月25日、諫早市で）

市川の遺志で母校の鎮西学院のキャンパスに移植
された梅の古木。「蝶々さんの梅」と名づけられた

脚本家　市川森一の世界

目次

脚本家 市川森一の世界

市川森一論集刊行委員会編

目 次

グラビア　市川森一のアルバムより …… 1

はじめに――「市川森一の世界」へようこそ　市川森一論集刊行委員会 …… 29

第一章　人と作品の全体像

市川森一という「ドラマの森」　放送評論家　鈴木嘉一 …… 34

第二章　夢の軌跡

子ども番組の「夢見る力」　文化批評家　切通理作 …… 62

市川染五郎時代の〝黄金の日日〟　歌舞伎俳優　松本白鸚 …… 80

市川さんとの、北のドラマ作り　北海道放送顧問　長沼　修 …… 95

『新・坊っちゃん』から始まった　俳優　西田敏行 …… 112

「モモ子」との出会いと別れ　演出家　堀川とんこう …… 134

〈実〉から〈虚〉と〈真〉をあぶり出す錬金術　演出家　村上佑二 …… 145

『花の乱』をともに生き、ともに闘った　女優　三田佳子 …… 162

第三章　脚本家の視点から

見上げるような安土城　脚本家　池端俊策 …… 182

カバーデザイン　塚本友書

あくまでもミーハーな一ファンとして　脚本家　三谷幸喜……187
蝶の夢——遺作から受けとったもの　脚本家　井上由美子……206
テレビを文化と位置づけ、その向上に貢献　脚本家・作家　香取俊介……212

第四章　故郷としての長崎

諫早のミッションスクール　前鎮西学院長　森　泰一郎……236
諫早をこよなく愛した「ふうけもん」　俳優　役所広司……246
市川先生と歩いた長崎　元長崎新聞記者　阿部成人……256
長崎の歴史文化の継承に燃やした情熱　編集者　堀　憲昭……264

第五章　その素顔と人間性

刊行委員の座談会
「風船を持って飛び歩く　少年のようだった」……280
市川森一夫人・女優　市川美保子
映像プロデューサー　高橋康夫
映人社代表　辻　萬里
放送評論家　鈴木嘉一（司会）

年譜……316
おわりに——市川さんの笑顔に導かれて　市川森一論集刊行委員会　鈴木嘉一……332

はじめに――「市川森一の世界」へようこそ

NHK大河ドラマのヒット作『黄金の日日』やテレビドラマの歴史に残る名作『淋《さび》しいのはお前だけじゃない』などで知られ、優れた脚本家として活躍した市川森一が亡くなってから、早いもので七年たつ。市川のことを知らない若い世代のためにも、まずはその足跡を駆け足でたどりたい。

市川は、太平洋戦争が始まる八カ月前の一九四一(昭和十六)年四月十七日、長崎県諫早《いさはや》市で生まれた。日本大学藝術《げいじゅつ》学部を卒業後、一九六六年に日本テレビの『快獣ブースカ』で脚本家としてデビューし、当初は『ウルトラセブン』『怪奇大作戦』など子供向けの特撮ドラマを手がけた。質量ともにテレビドラマの黄金期だった一九七〇年代半ばから八〇年代にかけて、橋田壽賀子、向田邦子、早坂暁《あきら》、山田太一、倉本聰らに続く世代の旗手として、「脚本家の時代」の一翼を担った。

アナーキーな青春像を鮮烈に描いた萩原健一主演の『傷だらけの天使』は、今なお伝説的に語り継がれている。TBSで放送された西田敏行主演の『港町純情シネマ』とそれに続く第一回向田邦子賞受賞作の『淋しいのはお前だけじゃない』で、「大人のメルヘン」と呼ばれる独特の作風を確立した。ともすれば日常べったりのホームドラマが主流だったテレビドラマの世界に、寓話《ぐうわ》性豊かな新風を吹き込んだ。民話や伝説を題材にした幻想的な作品でも独自性を発揮し、芸術選奨文部大臣賞受賞作のひとつ『もどり橋』やモンテカルロ国際テレビ祭最優秀脚本賞に輝いた『幽婚』はその代表作である。

大河ドラマでは、戦国時代の堺を主な舞台にした市川染五郎（現・松本白鸚《はくおう》）主演の『黄金の日日』（七八年）をヒットさせた。主役が武将か武士で占められてきた大河ドラマで初めて、庶民の代表として商人を主人公に据えた。続いて、襲名で市川染五郎を改めた松本幸四郎主演の『山河燃ゆ』（八四年）では大河ドラマで初めて太平洋戦争の時代に挑み、三田佳子主演の『花の乱』（九四年）でも初めて室町時代後期を取り上げたように、新たな領域を開拓するチャレンジ精神は旺盛だった。

テレビドラマの執筆以外にも、市川は多彩な顔を持っていた。

日本アカデミー賞最優秀脚本賞を受けた『異人たちとの夏』など映画のシナリオや戯曲、「長崎三部作」と呼んだ『夢暦 長崎奉行』『蝶々さん』『幻日《げんじつ》』などの小説も手がけた。その一方、親しみやすい人柄と巧みなトークでテレビ番組の司会やコメンテーターとしても活躍した。

二〇〇〇年からは十年間の長きにわたり日本放送作家協会の理事長を務め、自ら提唱した「日本脚本アーカイブズ」設立運動の先頭に立った。これと並行して、アジアの放送作家たちが集う「東アジアドラマ作家会議（現・アジアドラマカンファレンス）」を推進し、新たな日韓連携方式による「テレシネマ」プロジェクトを実現させるプロデューサー的な一面もあった。

市川は郷土愛が人一倍強かった。長崎「旅」博覧会プロデューサーや「ながさき阿蘭陀《おらんだ》年」総合プロデューサー、諫早市立諫早図書館名誉館長、長崎歴史文化博物館名誉館長などを次々に引き受けた。単なる名誉職ではなく、たびたび帰省して講演会やトークショーを開き、文化行政に対しても積極的に提言をしていた。クリスチャンの一人として、「長崎と天草地方の潜伏キリシタン関連遺産」を世界文化遺産に登録する運動にも尽力した。

肺がんのため七十歳で急逝したのは、二〇一一年の十二月十日だった。自分で脚本も書いた宮崎あおい主演の『蝶々さん』(NHK)がテレビドラマの遺作になった。

市川の没後、名脚本家の名前とその作品を次世代に語り継ごうという機運が高まっている。「市川森一脚本賞財団」(初代理事長、福地茂雄・元NHK会長)が設立され、新進気鋭の脚本家を対象にした市川森一脚本賞は二〇一八年で六回目を迎えた。また、日本放送作家協会は「市川森一・藤本義一記念作家養成スクール」と銘打った「東京作家大学」の開設に協力し、講師を派遣するなど若手ライターの育成に努めている。

地元の諫早市では毎年、市川の誕生日にちなんだ四月の「夢記」と、十二月の命日を前にしての「森一忌」が開催されている。森一忌を主催する「市川森一顕彰委員会」は、新たな活動として顕彰碑の建立運動に乗り出すという。

諫早では、「市川森一論集」を刊行しようという話も起きていた。市川とはミッションスクールの鎮西学院中学校時代から親交を結び続けた森泰一郎《たいいちろう》・鎮西学院長(当時)が二〇一七年、市川と『黄金の日日』などを作ってきた元NHKプロデューサーの高橋康夫に出版の相談をしていた。森が上京し、読売新聞記者時代から市川と親しくしてきた放送評論家の鈴木嘉一《よしかず》と三人で話し合った結果、「市川森一論集刊行委員会」をつくることで一致した。市川美保子夫人をはじめ、日本放送作家協会常務理事として市川理事長を支えてきた脚本家・作家の香取俊介、月刊誌「ドラマ」編集長で、市川の自選シナリオ集四冊を編集してきた辻萬里《ばんり》・映人社代表も加わり、六人による刊行委員会が発足した。

このうち五人はそれぞれ日本放送作家協会や市川森一脚本賞財団、市川森一顕彰委員会といった団体に属しているが、刊行委員会は個人参加を旨とした。各団体の意向に制約されず、市川とその作品を敬愛する一個人として「市川森一の世界」に向き合うためである。刊行委員会では執筆やインタビューを依頼する候補者をリストアップして絞り込み、委員たちが交渉やインタビュー、原稿のやり取り、執筆を分担した。最終的には、計十三人が寄稿やインタビューの依頼に応えてくださった。『脚本家 市川森一の世界』と題した本書は、五章で構成されている。

第一章では市川の全体像を概観し、第二章では市川作品にかかわりの深い俳優、プロデューサー、演出家、批評家ら七人の語りや回想記、論考をとおして市川の「夢の軌跡」をたどった。第三章は同じ脚本家の立場から、第四章は市川の郷里である長崎関係者の視点から、市川の多面性を浮き彫りにした。第五章には、市川の素顔と人間性をめぐって四人の刊行委員がざっくばらんに語り合った座談会の模様を収めた。話は大いに盛り上がり、二時間の予定が何と四時間近くに及んだ。巻末には詳細な年譜を配した。

市川は生前から自分の脚本、自作を録画したＶＴＲやＤＶＤ、膨大な蔵書などを諫早図書館に寄贈していた。その魂は郷里に帰り、諫早市内にある市川家の菩提寺で眠っている。墓石の御影石には、市川が好んだ「夢」という自筆の字が刻まれている。

この企画の言い出しっぺであり、刊行委員会の代表に推された森の尽力によって、本書は市川とも浅からぬ縁のある長崎文献社から刊行される。長崎の歴史や文化、風土をことのほか愛した故人にとって、本書がその長崎から全国に発信されるのは本望だろう。

「市川森一の世界」へようこそ——本書が長崎県民はもとより、市川作品を見続けてきたファンやドラマ好きの視聴者たちだけではなく、これからテレビや映画など映像の世界のクリエーターを志す若い世代にも広く読まれることを願っている。

市川森一論集刊行委員会

第一章　人と作品の全体像

市川森一という「ドラマの森」

放送評論家
鈴木嘉一《すずきよしかず》

多彩なジャンルのドラマを手がける

長崎県諫早市は長崎市がある長崎半島と島原半島のつけ根に位置し、有明海と大村湾、橘《たちばな》湾という三つの海に面している。人口は約十三万五千人で、長崎市、佐世保市に次ぐ県下第三の都市である。大村市にある長崎空港から諫早の中心部まで、車だと三十分ほどで着く。二〇一七年の師走を前にして、ここを訪れる機会があった。

諫早は、優れた脚本家として活躍した市川森一の郷里である。東日本大震災が発生した二〇一一年の暮れ、七十歳で急逝した市川は市内の曹洞宗寺院で眠っている。地元では二〇一四年に市川森一顕彰委員会が設立され、十二月十日の命日の前に「森一忌」を主催してきた。毎回、作品の上映会や記念講演もあり、私は第四回の森一忌で講演を頼まれたのである。

本明川《ほんみょうがわ》が流れる諫早の中心部は起伏に富み、森や林も目につく。石造りのアーチ橋である国の重要文化財の眼鏡橋が移築された諫早公園は、山城の諫早城址とあって常緑樹が生い茂っている。地元ゆかりの芥川賞作家野呂邦暢《くにのぶ》の文学碑が建つ上山《じょうやま》公園は、森林公園の趣がある。豊かな自然を目にしながら街歩きをしているうち、市川の名前の由来を考えた。「シンイチ」と読ませる名前はよく聞くが、「森」という字を当てるのは珍しいのではないか。

市川のいとこに当たる森長之は、和菓子の老舗「森長《もりちょう》」を経営している。諫早市芸術文化連盟会長（現・名誉会長）を務め、市川森一顕彰委員会では初代委員長に就いた。そんな森から、市川の名前の一字は母親の実家の「森長」から取られたと聞き、納得がいった。

改めて市川の足跡をたどると、小説や戯曲も含めた膨大な作品の世界は独創性と多様性、チャレンジ精神に富み、「豊かなドラマの森」のように思えてくる。

「大人のメルヘン」と呼ばれる個性的な作風を確立した市川は、幅広いジャンルのテレビドラマを作るオールラウンド・プレーヤーだった。ＮＨＫでは、大河ドラマから『銀河テレビ小説』や『土曜ドラマ』『ドラマ人間模様』『金曜時代劇』、単発ドラマまで、実にさまざまなドラマ枠で脚本を書いてきた。登板しなかったのは朝の連続テレビ小説くらいだろう。民放各局での仕事も含めると、特撮もの、サスペンス、刑事ドラマ、時代劇、青春ドラマ、ラブストーリー、コメディー、歴史ドラマ、文芸ドラマといった多彩なジャンルの作品を手がけてきた。しかも、原作の脚色は少なく、オリジナルの脚本が目立つ。

続編がきわめて少ないことも特徴的である。若いころはともかくとして、一家を成してからは、ＮＨＫの『ドラマ新銀河』で放送された『木綿のハンカチ～ライトウインズ物語～』のパート2程度だろう。本人に理由を尋ねたところ、即座に「続編を書くより、新しいものに挑んだ方が面白いですからね」という答えが返ってきた。

この稿では、名脚本家の全体像と独自の世界を概観したい。なお、私は読売新聞の放送担当記者として市川と知り合って以来、公私ともに二十年を超えるつきあいがあり、本来なら「市川さん」と書くべきところだが、敬称は市川も含めてすべて略させていただく。

「脚本家の時代」の一翼を担う

一九七〇年代から八〇年代前半にかけて、橋田壽賀子や向田邦子、早坂暁、山田太一、倉本聰らはオリジナルの脚本によるヒット作、秀作を次々に生み、テレビ界に「脚本家の時代」の到来を告げた。テレビドラマの可能性を広げ、映画より低く見られていたテレビドラマと脚本家の社会的地位を高めた。彼らの脚本集は一般向けに出版され、「シナリオ文学」という新たなジャンルも確立された。

当時の脚本家たちの状況を山にたとえれば、ひとり高い富士山ではなく、八ヶ岳がふさわしいのではないか。山梨県と長野県にまたがる日本百名山のひとつ、八ヶ岳は主峰の赤岳や横岳、硫黄岳、阿弥陀岳《あみだだけ》などそれぞれの峰が独立しながら、全体としては変化に富み、独特の山容を形成している。山田太一や倉本聰の後に続く世代の旗手として、市川も八ヶ岳のように雄大な「脚本家の時代」の一翼を担ったと言える。

八三年、四十一歳の市川は『淋しいのはお前だけじゃない』で第一回向田邦子賞（東京ニュース通信社などの主催）に輝いた。「テレビドラマは脚本から始まる。当時のテレビ界では『脚本家の時代』と言われていて、向田賞の創設はその象徴となった。脚本家に贈られる個人賞は初めてだったので、特にうれしかったですね」と当時を振り返った。

自他ともに代表作と認める『淋しいのはお前だけじゃない』は、八二年六月から八月までTBSで十三回放送された。そのころ社会問題化していたサラリーマン金融（サラ金）の借金地獄を題材にし

長崎県諫早市立諫早図書館に展示されている第１回向田邦子賞受賞の賞状と記念の特製万年筆

たが、現実をなぞるような社会派ドラマの方向には流れず、「虚と実」が入り交じった独自の世界を構築した。西田敏行がふんするサラ金の取り立て屋を主人公にして、膨らみ続ける借金のために家族や仕事も失った人々が大衆演劇の一座を旗揚げし、自己救済をめざす姿を人情喜劇風に描いた。毎回、『一本刀土俵入り』や『雪《ゆき》之《の》丞《じょう》変化《へんげ》』『瞼《まぶた》の母』など大衆演劇の名作を劇中劇の形で取り入れて、その回のテーマと重ねる趣向は、日常べったりのホームドラマが主流だったテレビドラマの世界に寓話性豊かな新風を吹き込んだ。

八〇年に同じくＴＢＳで放送された『港町純情シネマ』は、この先行作品と位置づけられる。主演・西田敏行、演出・高橋一郎とのトリオは、ここから始まった。千葉県銚子市にあるうらぶれた映画館を舞台にして、しがない映写技師とその周囲の人間群像をコメディー調で描いた。懐かしい映画音楽とともに『カサブランカ』や『太陽がいっぱい』『ある愛の詩《うた》』など名作映画の名場面を換《かん》骨奪胎《こつだったい》し、主人公が映画のヒーローになったかのように夢想するシーンは、おかしくも切なく、ほろ苦い笑いを誘った。市川はこれと『チャップリン暗殺計画』（読売テレビ）で芸術選奨新人賞を受賞し、「大人のメルヘン」と呼ばれる独特の作風を確立した。

市川の作品には単発か連続ドラマかを問わず、「夢」をつけた題名が異様に多い。『夢に吹く風』『夢のながれ』『悲しみだけが夢をみる』『父も夢みた母もみた』『面影橋・夢いちりん』『夢帰行』『夢の標本』『いい旅いい夢いい女』……。

これほど「夢」に固執したのはなぜだろう。

市川は小学五年生の時、母親を結核で亡くした。心の奥底に埋めようのない欠落感を抱えたナイーブな少年が書物や映画などをとおして、自分ではどうにもならない現実とは違うもうひとつの世界の存在と魅力に目覚め、明日への希望として「夢見る力」を育んでいったとしても不思議ではない。市川がとりわけ好んだ「夢見る力」という言葉は、NHKで九三年に放送された『私が愛したウルトラセブン』の後編のサブタイトルに使ったほどである。

私が好きな市川作品の一つに、NHKのドラマスペシャル『もどり橋』（八八年）がある。京都の一条戻橋《もどりばし》の伝説と民話の「鶴の恩返し」を下敷きにした三枝健起《けんき》演出の異色作は、孤独な少年の美しくも切ない夢を紡いだ。

母親が家出し、父（根津甚八）を不慮の事故で亡くした少年が、親身に世話を焼いてくれる担任の教師（樋口可南子）を好きになる。「早く大人になって、先生に男として向き合いたい」との願いが、戻橋で奇跡を呼ぶ。父とそっくりの青年に変身し、先生と恋に落ちるという物語である。この「変身」という発想は『ウルトラマン』シリーズなどの特撮ドラマに根ざしているのではないか。昼間は優しい教師、夜は恋にときめく女という二面性を樋口が魅力的に演じ、根津も少年の心のまま大人になったもどかしさを的確に表現した。

女教師はいみじくも青年にこう言う。「子供たちと接してると判《わか》るの。不倖《ふこう》な子供ほど美しい夢をみてる。あなたもきっと、悲しい子供時代を過ごしてきやはった人やと思う」

この不思議なドラマは「鶴の恩返し」を思わせる残酷な結末で終わる。深く夢見た者は現実から手ひどいしっぺ返しを食らうものだが、少年の夢想はやりきれない現実からの逃避というより、生きる支えだった。愛する母を失った少年時代の市川にとっても、夢は想像の翼を自由に羽ばたかせる心の糧だったのだろう。

「虚と実」を往き来する幻想的な作風

日常的なリアリズムにとらわれず、「虚と実」を自在に往《い》き来する幻想的な作風は、九八年に中部日本放送（名古屋市）で放送されたスペシャルドラマ『幽婚』（山本恵三演出）も生んだ。文化庁芸術祭優秀賞や放送文化基金賞テレビドラマ番組賞、モンテカルロ国際テレビ祭最優秀脚本賞など国内外の賞を受けた秀作である。

霊柩車《れいきゅうしゃ》の運転手（役所広司）が名古屋から、急死した美容師（寺島しのぶ）の遺体を四国の山奥まで送り届ける。その山村には若くして死んだ者の霊を慰めるため、婚約者と祝言を挙げさせるという奇妙な風習があった。その身代わりを演じさせられた運転手は、夢の中で死者と対話する。全編に土俗的な雰囲気を漂わせながら、流れ落ちる滝の前で役所と一糸まとわぬ寺島が抱き合うシーンの美しさは、今も目に焼きついている。そのクライマックスシーンで主人公の男（孝行）は死んだ女（佐和）とこんな会話を交わした。

佐和（声）「私を忘れないで……」
孝行（声）「いつまでも一緒にいてくれ……いつまでも……」
佐和（声）「ひと夜も一生も同じ人の夢……過ぎ去ればみんな思い出……私を思い出して……あなたの中で私は生きたい……」

市川は物語が持つ力、虚構だからこそ描ける人間の真実を確信していた。卑小でありふれた日常生活やウエットな人間関係、この社会の雑然とした現実に対し、ファンタジーやメルヘンの世界を対置させる発想と方法論の源を探るには、その若き日にさかのぼる必要がある。

日本大学藝術学部を卒業した市川はテレビのコント番組などの構成作家を経て、一九六六年に東宝・円谷《つぶらや》プロダクション制作の『快獣ブースカ』（日本テレビ）で脚本家としてデビューした。二十五歳と若かった。デビュー作は、イグアナが人間の大きさに変異し、その珍獣と子供たちをめぐる特撮コメディーである。当時の子供たちの間では、ブースカが何かで失敗し、しょげている時に使う「シオシオのパー」というせりふが流行語になった。

それから三十代初めにかけては、ＴＢＳと円谷プロが共同制作した特撮ドラマ『ウルトラセブン』などで脚本家としての腕を磨いた。奇怪な事件を科学的に分析し、犯人逮捕に協力する科学捜査研究所の五人が活躍する『怪奇大作戦』や『帰ってきたウルトラマン』のほか、星からやってきた若い女性が魔法を使う『コメットさん』や『シルバー仮面』（いずれもTBS）など、三十分の子供向け連続ドラマの執筆陣に加わった。

　これらの多くを担った脚本家の佐々木守は著書の『戦後ヒーローの肖像』で「子ども番組は『ジャリ番組』といわれてバカにされていた時代である。そうした多くの悪条件のなかで、あるいはそうした悪条件のなかだったからこそイメージを広げ、作品世界を豊かに展開した人々がいたのである」と回想している。佐々木や沖縄出身の脚本家・金城《きんじょう》哲夫、後に映画監督に転身する実相寺《じっそうじ》昭雄らの異才とともに『ウルトラマン』シリーズを作り続けた市川は、単純明快な勧善懲悪劇や一方的なヒーロー礼賛には与《くみ》せず、怪獣や異星人といった異形の生命体に疎外された者の哀しみや寓話性を込めた。

〝ウルトラマン世代〟の批評家・切通《きりどおし》理作の著書『怪獣使いと少年　ウルトラマンの作家たち』によると、市川は『ウルトラマンA（エース）』（七二～七三年）の最終回でこんな場面を書いた。主人公の北《ほく》斗星司《とせいじ》は無抵抗な宇宙人をいじめる子供たちを見て、愕然《がくぜん》とする。子供たちは歴代のウルトラマンのお面をかぶり、「僕たち、ウルトラ兄弟でーす」と口をそろえる。さらに、無邪気な顔で「この宇宙人、死刑にするの？」と北斗に尋ねたという。

　ここには、『ウルトラマン』シリーズで繰り返し描かれてきた「地球を守るウルトラマンの正義」を自問自答する作者の鋭い視線が感じられる。ファンタジーの世界は荒唐無稽な夢物語ではなく、そこには大人の社会の手あかにまみれた常識や社会通念を撃つ弾丸も忍ばせていたのだろう。

　市川にとって子供向けの特撮ドラマは、後に『港町純情シネマ』や『淋しいのはお前だけじゃない』で大きく開花する「大人のメルヘン」の母胎となったのではないか。

時代の青春像を鮮烈に描く

もっとも、市川が築いたテレビドラマの世界は、「虚と実」をメルヘン調や幻想的に描く作品だけにとどまらない。多様なジャンルに挑み、多才ぶりを発揮した。

『ウルトラマンA』の後、市川は大人向けのドラマにシフトしていった。まず、七二年にスタートしたばかりの刑事ドラマ『太陽にほえろ！』の脚本家集団に加わり、全部で九話を執筆した。日本テレビが得意とした「明朗な青春ドラマ路線の刑事版」というコンセプトだっただけに、セックスをめぐる事件や題材はタブー視された。しかし、市川は沢田研二がゲスト出演した第二十話「そして、愛が終わった」で何と近親相姦《そうかん》を犯罪の動機として取り上げ、お決まりのパターンにとらわれない個性の片鱗《へんりん》を見せた。後に刊行された『太陽にほえろ！』自作シナリオ集のあとがきで、「『犯罪』を扱いながら『情欲』を我慢し続けることは異常である」と書いたほどである。

市川はこの人気ドラマで若手刑事を演じたショーケンこと萩原健一と意気投合し、萩原が主演した日本テレビの『傷だらけの天使』でメインライターに起用された。全国の大学を席巻した全共闘運動は「七〇年安保闘争」を経て急速に退潮し、若者たちの多くは「シラケの季節」を迎えていた。そんな一九七〇年代前半、市川は時代の青春像を鮮烈に描き、新進気鋭の脚本家として頭角を現した。

「シラケ世代」を代表する俳優のひとりと目された萩原と水谷豊が演じた二人組は、あやしげな探偵事務所でこき使われる若者だった。深作欣二、神代《くましろ》辰巳、工藤栄一、恩地《おんち》日出夫ら第一線の映画監督が演出陣に参加し、若い世代に強く支持される反面、きわどい性描写や激しい暴力表現でお茶の間からは拒絶反応を受けた。型破りでアナーキーな青春ドラマは、今でも「傷天」という略称で伝説的に語り継がれている。

NHKで初めて執筆した『黄色い涙』に主演した森本レオ（右端）。市川（左端）の隣は原作者の永島慎二（1974年）

市川がＮＨＫで初めて執筆した『黄色い涙』は、当時の若者たちの間で熱狂的に支持されていた永島慎二の漫画『若者たち』を原作としている。売れない漫画を描く主人公（森本レオ）が暮らす木造アパートの一室に、ひょんなことから文学青年や画家の卵、歌手志望の男たちが転り込み、貧しくも夢多き共同生活が始まる。それぞれの失恋やささやかな喜怒哀楽を経て、漫画家以外の三人は自分の夢を捨て、現実との折り合いをつけていく。ほろ苦い〝自分探し〟の物語には、市川が自身の青春時代を重ねたように思われる。

ほとんど対照的な青春像を描いたこの二作が同じ脚本家によって書かれ、同じ七四年に放送されたとは、「まるで二重人格者ではないか」と信じがたい人もいるだろう。一筋縄では捉えられない市川の多面性、振幅の大きさを物語る。

それから二十年ほど後の九三年、ＮＨＫで放送された『私が愛したウルトラセブン』と日本テレビの開局四十周年記念番組『ゴールデンボーイズ――１９６０笑売人ブルース――』はいずれも、「特撮の神様」と称された円谷プロの円谷英二や無名時代のコメディアン萩本欽一、坂上二郎ら実在の人物を登場させ、駆け出しの放送作家時代を振り返る自伝的な青春ドラマでもあった。『私が愛したウルトラセブン』はウルトラ警備隊のアンヌ隊員（田村英里子）やダン隊員（松村雄基）のほか、脚本家の上原正三（仲村トオル）、金城哲夫（佐野史郎）、円谷英二（鈴木清順）らが実名で登場し、市川自身は「石川新一」として香川照之が演じた。『ゴールデンボーイズ』では、主人公の萩本欽一を小堺一機が演じ、市川役には仲村トオルがふんした。この二作は自選のシナリオ集『市川森一ノスタルジックドラマ集』（九三年刊行、映人社）に収められている。


市川の多彩な作品の中では、ＴＢＳ系の『東芝日曜劇場』で書いた単発ドラマの秀作も光っている。連続ドラマ枠に路線変更される九三年まで、この番組は北海道放送、中部日本放送、毎日放送（大阪市）、ＲＫＢ毎日放送（福岡市）の系列局も制作に参加する一話完結形式の単発ドラマ枠だった。市川は七四年の『林で書いた詩』（北海道放送制作）以来、主婦向けのホームドラマを中心とするＴＢＳ以外の四局のプロデューサーやディレクターたちと組み、芸術祭賞や日本民間放送連盟賞など多くの受賞作を作ってきた。

本人から「たいてい白紙の状態で各局を訪れた。気心の知れたスタッフの話とともに、古いサナトリウムや修道院など地元の風景に触発され、一気に書き上げた。各局とも僕自身のモチーフを尊重してくれて、自分にしかない作風を形にしてくれました。出演者も手作りの良さを感じ、常連になるケースが多かった」と聞かされたことがある。

小樽出身の作家・伊藤整《せい》の詩から題名を取った『林で書いた詩』の場合、長沼修ディレクターとともに札幌や小樽の街を歩き回り、小樽で木造の古い図書館を見つけた時、物語はほとんどでき上がったという。落葉の季節をバックにして、さえない司書と謎めいた都会的な年上の美女の淡い交流と心の機微を叙情的に描いた。長沼とは、役所広司が主演した文化庁芸術作品賞受賞作の『サハリンの薔《ば》薇《ら》』まで七作を作った。

長沼が演出した作品も、市川の母校である諫早市のミッションスクールを舞台にしたRKB毎日の『みどりもふかき』なども、ローカル局の地の利を生かしたロケ撮影と相まって透明感のある詩情を漂わせ、文学性が高かった。中部日本放送の山本恵三ディレクターとコンビを組んだ作品は、『夢の鐘』『夢の鳥』『夢の指環《ゆびわ》』『夢で別れて』というように「夢」をつけた題名が多い。市川はこれらの短編に強い愛着を持ち、映人社から刊行された自選のシナリオ集『市川森一センチメンタルドラマ集』（八三年刊）や『市川森一メランコリックドラマ集』（八六年刊）などに収録している。

『東芝日曜劇場』では八八年十一〜十二月、「日本列島縦断スペシャル」と銘打たれた『伝言〜メッセージ〜』が四週連続で放送された。北海道放送、中部日本放送、毎日放送、ＲＫＢ毎日のディレクターが地元絡みの部分を撮り、共同で編集するという画期的な企画だった。「各局の連帯をアピールしようという話になり、僕に企画が持ち込まれた。北海道から九州までの各地と登場人物をどう物語の中にはめ込むか、パズルに挑むようで楽しかった。『日曜劇場』でやってきたことの集大成でした」。この脚本を書けるのは、四局で仕事をしてきた市川以外にいなかったことも特筆したい。

大河ドラマで新たな地平を開拓

市川は、七八年に放送されたNHKの大河ドラマ『黄金の日日』の脚本を担当した。近藤晋《すすむ》チーフプロデューサーによる抜擢《ばってき》で、書いたのは三十六歳から三十七歳にかけてという若さだった。

大河ドラマの主役はそれまで、武将か武士で占められた。しかも、豊臣秀吉や平清盛のような歴史の覇者か、大石内蔵助、坂本竜馬に代表される時代劇のヒーローが多かったが、『黄金の日日』はさまざまな新機軸を打ち出した。「為政者からではなく、庶民の視点で描き、日本が世界とかかわった節目の時代を取り上げよう」と、南蛮交易で栄えた戦国時代の堺を舞台に選び、実在した商人の呂宋《るそん》助左衛門を主人公に据えた。近藤は経済的な視点も導入するため、作家の城山三郎に原作の書き下ろしを依頼し、市川とともに構想を練る新方式を取った。フィリピンのルソン島で大河ドラマ初の海外ロケをして国際性を込めたように、何から何まで初めて尽くしとなった。

主演の市川染五郎（現・松本白鸚）をはじめ、意表を突く配役も注目された。盗賊の石川五右衛門役に起用された根津甚八は、唐《から》十郎が率いるアングラ（アンダーグラウンド）劇団「状況劇場」の看板役者で、鉄砲の名手の杉谷善住坊《すぎたにぜんじゅぼう》を演じた川谷《かわたに》拓三はもともと東映の大部屋俳優だった。市川は助左衛門と五右衛門、善住坊らを〝戦国青春グラフィティー〟という視点で生き生きと描き、根津と川谷の人気は急上昇した。夏目雅子、竹下景子、名取裕子といった若手女優の起用も新鮮に映った。この意欲作は、二五・九％の平均視聴率（ビデオリサーチ調べ、関東地区）を挙げるヒットを飛ばした。

時代と人間をダイナミックにとらえ、物語性豊かにつづる大河ドラマの執筆によって、市川は歴史の醍醐味《だいごみ》を知り、自分の世界を大きく広げた。六年後の八四年には再び、近藤プロデューサーや襲名で市川染五郎を改めた主演の松本幸四郎とともに大河ドラマに取り組んだ。「近代大河」路線の第一作として企画された山崎豊子原作の『山河燃ゆ』では、日系二世の主人公をとおして太平洋戦争の時代に挑んだ。

九四年の『花の乱』は三度目の大河ドラマとなった。大河ドラマを三回以上執筆した脚本家は後にも先にも、市川と中島丈博《たけひろ》、橋田壽賀子、ジェームス三木の四人しかいない。市川は『花の乱』でも新たな地平を開拓するチャレンジングな姿勢を貫き、大河ドラマで初めて室町時代後期を取り上げた。八代将軍足利義政の妻で、「稀代《きだい》の悪女」といわれる日野富子（三田佳子）を主人公にして、応仁の乱を中心とする下剋上《げこくじょう》時代の到来をオリジナル脚本で描いた。

そのころ市川宅を訪れると、三百巻を超える『大日本史料』がリビングの本棚を占領していた。「必要なのはごく一部だけなんですが、古本屋さんがバラ売りしないという。第一の基礎資料であり、こっちの心意気を示す意味で買っちゃったんですよ」。私は七百万円を投じたと聞いて、驚いた。「応仁の乱は合戦記ではなく、別姓の二人が引き起こした壮大な夫婦げんかとして描くつもりです。室町時代はある一面からだけでは描き切れない。あらゆる対立の構図がドラマの機軸になっていく」とモチーフを語った。それは、男と女、夫と妻、親と子、兄と弟、東軍と西軍、都と地方、権力者と民衆という立場や属性の違いにとどまらず、光と影、夢と現実、現世と極楽浄土といった観念的な二項対立も指していた。

演出チーフの村上佑二による第一回は室町時代らしく能楽の場面から始まり、まだ世継ぎに恵まれない富子が夫の足利義政（市川團十郎）から思いもかけない決意を告げられる。将軍職を弟（後の義視）に譲りたいという一言が、天下大乱の遠因となる。「室町夢幻」と題したように、格調の高い語り口でドラマ上の現在と過去、夢とうつつを往き来した。史実だけにとらわれず、説話的な要素も織り交ぜて、幻想的な作風を得意とする市川ならではの導入部だった。

しかし、半年間放送の『琉球の風』、九カ月間放送された奥州藤原氏四代の興亡劇『炎立《ほむら》つ』の後を受けたこの作品は四月にスタートし、九カ月間の変則的な放送方式という事情もあって、平均視聴率が一四・一％と歴代最低を記録した。「なじみが薄く、話の展開がわかりにくい」という視聴者の声は、大河ドラマで新しい時代を取り上げる冒険的な企画のリスクとして常につきまとうが、誰も手をつけない題材に挑戦した意欲作であり、市川ドラマの集大成として評価するのは私だけではない。歴史学者の呉座《ござ》勇一は異例のベストセラーとなった中公新書『応仁の乱』で『花の乱』の低視聴率に言及し、「ドラマとしては良くできていたので、何とも気の毒であった」と擁護している。

聖と俗、そして長崎の風土

市川の作品には、「清濁」ではなく「聖と俗」を併せのむ戯作調の社会派ドラマと言うべき系譜もある。八二年、芸術祭優秀賞を受賞した二時間ドラマ『十二年間の嘘《うそ》〜乳と蜜の流れる地よ』から始まる「モモ子シリーズ」はその代表格だろう。

このシリーズは、社会性の強い題材にアンテナを張りめぐらすTBSの演出家・プロデューサー堀川とんこうの着想から生まれた。一流企業の課長がマイホームを建てるつもりだった土地を妻に内緒で売り、それが知られてしまったため、妻を殺したという新聞記事からヒントを得て、狂言回しとして竹下景子をトルコ嬢、今でいうソープランド嬢に据えた。サブタイトルに「約束の地」を意味する聖書の言葉を選んだのは、クリスチャンの市川らしかった。

清純派女優とみられた竹下がお人好しの風俗嬢を演じた意外性もあって、モモ子のキャラクターは独り歩きした。二作目が『聖母モモ子の受難』と名づけられたように、市川は一見「俗」にまみれ、市民社会からはみ出した裏の世界で生きる女に「聖」を見いだす。サラ金問題や新興宗教、大物政治家の女性スキャンダルなどその時々のジャーナリスティックな題材を取り込んで、市民社会の偽善や欺瞞《ぎまん》を戯画化し、世相を鋭く風刺した。市川が新たな境地を開いたこの「モモ子シリーズ」は十五年間に八作が放送され、九七年放送の『最後の審判』で幕を閉じた。

市川はこの間、社会や人間に対する鋭い洞察力、人を飽きさせない巧みなトークとともに、にこやかでソフトなキャラクターを買われてか、テレビやラジオ番組にレギュラー出演する機会が増えた。過去のテレビ番組を振り返る『ＮＨＫビデオギャラリー』の司会や、日本テレビ系の情報番組『ザ・ワイド』（読売テレビ制作）のコメンテーターなどを務めた。実を言えば、市川の才能を愛する放送関係者たちの間では「文化人タレント」への傾斜を懸念する声もあった。これに対し私は、市川が世俗的な出来事にも旺盛な好奇心を示し、「モモ子シリーズ」などの作品に反映させたとみている。また、テレビ出演によって市川自身の知名度だけではなく、脚本家という職種を世間に広くアピールしたのは間違いない。

市川の全体像を語るうえで、故郷である長崎県の歴史や風土は抜きにできない。海外に向かって開かれ、新しい文化や学問、技術を受け入れた開放性や先進性、日本と中国、西洋の文化が入り交じった独特の異国情緒、数々の受難劇を経て、隠れキリシタンの時代から連綿と受け継がれてきたキリスト教の精神的風土、諫早のミッションスクールで聖書に親しんだ牧歌的な寮生活……。郷土愛が人一倍強かった市川は、諫早を舞台にして、同郷の役所広司が主演したフジテレビの連続ドラマ『親戚《しんせき》たち』（八五年）などで、たびたび地元を取り上げてきた。

私にとっては、日本テレビの名ディレクターとして知られたせんぼんよしことコンビを組んだ三作目の『明日―1945年8月8日・長崎』（八八年）が印象深い。同じく長崎出身の作家井上光晴の小説を大竹しのぶ、樹木希林、富田靖子らの俳優陣でドラマ化した。原爆が投下される前日の長崎を舞台にして、戦時下の日常生活を懸命に生きる庶民の群像を淡々と描き、文化庁芸術作品賞などを受けた。市川自身はこれと、作風が異なる『もどり橋』『伝言』で芸術選奨文部大臣賞に輝いた。

市川の創作活動はテレビドラマだけにとどまらなかった。新たな表現領域や表現方法を開拓し続けただけに、演劇や映画、小説も手がけるのは必然的だったのだろう。NHK大河ドラマ『黄金の日日』を舞台化した七九年以降、佐藤B作が率いる劇団東京ヴォードヴィルショーの結成二十周年記念公演『水に溺れる魚の夢』や松本幸四郎（現・白鸚）主演の『ヴェリズモ・オペラをどうぞ！』などの戯曲も書いた。映画にも活躍の場を広げ、第一回山本周五郎賞を受賞した山田太一の『異人たちとの夏』（大林宣彦監督）、なかにし礼の直木賞受賞作『長崎ぶらぶら節』（深町幸男《ゆきお》監督）などの脚本も担当した。長年温めていた『古事記』の企画は、NHKのラジオドラマとして実現させた。

五十代半ばからは、小説にも力を入れた。ライフワークと呼んだ「長崎三部作」は『夢暦 長崎奉行』から始まる。江戸の南北の町奉行を務め、「遠山の金さん」で名高い遠山左衛門尉景元《さえもんのじょうかげもと》の父親で、長崎奉行を務めた遠山景晋《かげみち》を主人公に据えた。オペラの『蝶々夫人』で知られる米海軍士官と芸者との悲恋を新たな視点から掘り起こした『蝶々さん』に続いて、島原の乱を取り上げた『幻日』を地元紙の長崎新聞に連載した。『幻日』は二〇一一年六月、講談社から刊行された。自ら脚本も書き、宮崎あおいが主演した『蝶々さん』の前後編はその年の十一月、NHKで放送された。長崎を舞台にしたこの二作は小説とテレビドラマの遺作になってしまった。

「幻日」という言葉は耳慣れないが、市川の造語ではない。『広辞林』には「大気中に水滴・氷晶・火山灰などがあるとき、太陽の光が複雑に屈折・反射して別に太陽があるように見える現象」とある。島原の乱では、天草四郎を若き頭目として担いだキリシタン勢が幕藩体制の圧政に抗して武装蜂起した。民衆たちが幻視した〝魂の王国〟とその壊滅劇をつづるに当たって、これほどふさわしい題名はほかにあるだろうか。

市川は「夢見る力」によって、現実とは違うもうひとつの世界を創造し、人間の真実を描いてきた。その意味では、目に見える「現実」ではなく、人の心の中だけに現れる「幻日」を生涯にわたり追い続けたのかもしれない。

陽気なオルガナイザー

還暦を前にした二〇〇〇年、市川に大きな転機が訪れた。約千人の会員を抱えていた日本放送作家協会（放作協）の理事長に推されたのである。気苦労が多そうなトップを引き受けたのは意外と思われたが、私のインタビューに対し「『もっとアクティブな団体に』という会員たちの思いから、多少声がデカくて、派手めの僕が選ばれたんでしょう」と笑顔で答えた。テレビの現状に強い危機感を抱き、「僕らが若いころは、各局に脚本家を育てる土壌があった。今は作家性が必要とされず、使い捨ての傾向が強まっている。愚痴をこぼし合うのではなく、『闘う放作協』でありたい」と意気込んだ。

理事長の在任期間はちょうど五期十年間に及んだ。私は放送担当の新聞記者としてだけではなく、一個人としてもその精力的な活動を目の当たりにしてきた。

市川は二〇〇三年、衆議院の総務委員会で「膨大な脚本や放送台本が日々失われつつある。貴重な文化資産を保存し、資料として体系化することは急務」と訴え、「日本脚本アーカイブズ」設立を提唱した。日本放送作家協会に日本脚本アーカイブズ特別委員会が設置され、東京都足立区の協力を得て開設された準備室で脚本家の遺族や放送局ＯＢ、俳優たちから寄贈された台本などを保管した。市川は同協会の仲間と手弁当でシンポジウムや脚本展を開き、毎年、文化庁の助成による調査・研究報告書も発行してきた。収集された脚本や放送台本は五万冊を超えた。

日本放送作家協会の理事長として「ドラマの市場をアジアに広げよう」と海外にも目を向け、二〇〇六年から日本と韓国、中国を中心にしてアジアの脚本家たちが集う国際会議を牽引《けんいん》してきた。私は市川に誘われて、韓国・釜山で開催された第一回「東アジアドラマ作家会議」を取材して以来、二〇一二年七月に福岡市で開かれた第七回「アジアドラマカンファレンス」までほとんど参加し、アジア各国のドラマの最新事情に接することができた。

この国際会議からは具体的な成果が生まれた。市川は、主催団体の一つである韓国の国際文化産業交流財団（後に韓国文化産業交流財団）のシン・ヒョンテク理事長と意気投合し、「韓流スターはアジアで人気があり、脚本では日本に一日《いちじつ》の長がある。両方の〝いいとこ取り〟で新しいドラマを作ろう」と、新たな日韓連携方式による「テレシネマ７」の企画を推し進めた。市川の呼びかけに応じて、大石静、岡田恵和《よしかず》、中園ミホ、尾崎将也《まさや》、井上由美子、北川悦吏子《えりこ》、横田理恵の脚本家七人が韓国を舞台にした物語を書き、韓国の監督と俳優によって撮影された。これらは二〇一〇年、両国で劇場公開された後、放送もされた。二〇一一年、シンに続いて市川も他界したが、二人がまいた国際交流の種は次の世代に受け継がれている。

第３回「アジア放送作家カンファレンス」で日韓が連携する「テレシネマ」プロジェクトを発表する（左から）市川、中園ミホ、横田理恵、岡田惠和らの脚本家（2008年６月、長崎県佐世保市で）

　日本放送作家協会は創設五十周年を迎えた二〇〇九年、記念事業として『テレビ作家たちの50年』をＮＨＫ出版から刊行し、ドラマやバラエティー番組、テレビ報道の現状を論議する連続シンポジウムも開催した。私は市川から「ホテルで盛大なパーティーを開くより、もっと実質的なことをしたいんで、手伝ってよ」と声をかけられ、出版やシンポジウムでも協力を惜しまなかった。私に限らず、市川から気さくな口調で何かを頼まれると、ついつい引き受けてしまう人は多かったのではないか。

　ある時、市川に「自分の仕事でも忙しいはずなのに、放作協の理事長としてそれほど一生懸命になれるのはなぜですか」と単刀直入に問うと、「理事長を引き受けてから、自分のためだけではなく、人のために動くことの心地良さを知りましてね」とほほ笑んだ。

日本放送作家協会創設50周年記念イベントでトークを交わす（左から）中江有里、萩本欽一、市川（2009年９月、東京・新宿の芸能花伝舎で）

六十代の市川は、陽気なオルガナイザーとしての資質も発揮したのである。

これらと並行して、長崎でも熱心に文化活動に取り組んだ。長崎「旅」博覧会プロデューサー、諫早市立諫早図書館の名誉館長、長崎歴史文化博物館名誉館長などの公職を次々に引き受けた。単なる名誉職ではなく、個人的な人脈を生かしてゲストを招くトークショーや講演、文化行政への提言などで地元に貢献したと聞いている。

思い浮かぶのは笑顔ばかり

その夜は奇《く》しくも皆既月蝕《げっしょく》だった。

「市川先生が今朝亡くなりました」。二〇一一年十二月十日午前、知人のNHKドラマ番組部OBから電話を受けた時、思わず自分の耳を疑った。市川はその半年前の六月初旬、ソウルで開催された第六回アジアドラマカンファレンスでスピーチなどを元気な様子でこなしていた。七月末に開かれた向田邦子賞運営委員会の会合で委員として同席した時も、ユーモアを交えた口調はいつもと変わらないように見えた。それだけに、肺がんによる七十歳の死がにわかには信じられなかった。

東京での告別式は十二月二十一日、青山葬儀所で営まれた。葬儀委員長の山田太一をはじめ、市川作品に出演してきた西田敏行、役所広司、竹下景子らの弔辞は、いずれも心にしみた。私は献花の列に並びながら、祭壇に掲げられた遺影をじっと見つめた。正装してほほ笑んでいる姿は、旭日小綬章を受けた十一月に撮影されたばかりだった。

ありし日の表情を思い起こすと、笑顔しか浮かんでこない。顔を合わせると、「やあやあ」と気さくにほほ笑みを返した。酒席ではやや甲高い声になり、よく大笑いした。かしこまった公式の場でも、にこやかに語りかけていた。

ふりかえれば虹。
思い浮かぶ顔はみんな笑顔。
なんて素敵《すてき》な人間たちと出会ってきたのだろう。
どの顔も、みんな私の人生の宝だ。

出口で受け取った小冊子には、故人の詳細な作品歴や略歴とともに、こんな一節があった。亡くなる五日前、「去りゆく記」と題し、美保子夫人にｉＰａｄで送信した文章の冒頭部分と知り、「迫る死を前にして、これほど見事な言葉を残すとは」と感じ入った。

市川の魂は故郷の諫早に帰り、墓は市川家の菩提寺の徳養寺にある。墓石には諫早のシンボル眼鏡橋がデザインされ、浮かぶ月には市川の自筆の「夢」の字が刻まれている。曹洞宗の戒名は「祇承院《きしょういん》弘庸森叡居士《こうようしんえいこじ》」といい、「森」の一字が取られている。美保子夫人から「高く、広く、優れた知識で人々に伝える。それは大きな力で継承されていく」という意味と聞かされた。

年が明けて二〇一二年二月下旬、最後の自選シナリオ集となった『市川森一メメント・モリドラマ集』が会葬者たちのもとに送られてきた。ラテン語で「死を忘れるな」を意味する警句の「メメント・モリ」は、市川の座右の銘のひとつだった。『幽婚』や『蝶々さん』など八作を収めたこのシナリオ集は、「香典返しにしてほしい」という市川の遺志で映人社から刊行されたものである。

市川が後続の世代に与えた影響は大きい。日本大学藝術学部の後輩でもある三谷幸喜は市川の死を受け、朝日新聞の連載エッセー「三谷幸喜のありふれた生活」でこう追悼した。

市川さんの描く「ファンタジーとしての現代劇」は、まさに自分が描きたかった世界であり、「市川森一」は、それ以来僕の目標になった。（中略）連続ドラマ「王様のレストラン」は「淋しいのはお前だけじゃない」の僕なりの変奏曲。大衆演劇の芝居小屋を立て直す物語を、潰《つぶ》れかけたフレンチレストランの再建話に置きかえた。（中略）今も、そしてこれからも市川さんは僕にとってもっとも尊敬する脚本家だ。今でも僕のもっとも好きな大河ドラマは「黄金の日日」であり、もっとも影響を受けたドラマは「淋しい～」である。

同じく日大藝術学部出身の宮藤官九郎《くどう》もまた、市川の影響を受けた脚本家のひとりである。放送界で伝統のあるギャラクシー賞（放送批評懇談会主催）の大賞に輝いたTBSの『タイガー&ドラゴン』（二〇〇五年）が、『淋しいのはお前だけじゃない』の大衆演劇を落語の世界に置き換えたのは間違いない。大御所の落語家に西田敏行を充てた配役は、市川作品へのオマージュとも取れる。

二〇〇七年には、中学生の時にNHKの『黄色い涙』を見て感動したという犬童一心《いぬどういっしん》監督の映画『黄色い涙』が公開された。市川が自ら脚本を書き、二宮和也《かずなり》ら「嵐」の五人が出演した。また、『淋しいのはお前だけじゃない』は二〇一一年六月、東京・赤坂ACTシアターで舞台化された。中村獅童が主演し、脚本は蓬莱《ほうらい》竜太、演出はマキノノゾミだった。市川の作品は色あせず、映画界や演劇界の俊英たちをも刺激し続けている。

没後の動きと市川の見直し機運

ここで、市川が亡くなった後の動きとその見直し機運について触れたい。

市川の一周忌を前にした二〇一二年十一月から十二月にかけて、追悼の展示会が相次いで始まった。NHK放送博物館は「市川森一が遺《のこ》したもの」と題した特別企画展を開催し、元NHKプロデューサーや演出家、大石静、中園ミホらの脚本家による座談会を二度開いた。横浜市の放送ライブラリーも大規模な「市川森一・上映展示会　夢の軌跡」を開催し、地元の長崎でも巡回展示された。

これに先立ちその年の六月には、市川の遺志を受け継ぐ日本放送作家協会やNHK、日本民間放送連盟、東京大学などの関係者が一般社団法人「日本脚本アーカイブズ推進コンソーシアム」を設立し、代表理事には山田太一が就任した。山田があえてこの役職を引き受けたのは、年下ながら優れた脚本家であり、日本脚本アーカイブズ設立運動の先頭に立ってきた市川への敬意からだろう。

NHK放送博物館は市川の1周忌を迎える2012年11月から、特別企画展「市川森一が遺したもの」を開催した。右は市川の妹・由実子

「テレビ文化は、多くの人々の『思い出』に根ざしている。脚本アーカイブズ活動は、多くの人々の人生をより豊かなものにする『思い出』の発掘作業である」。市川はこういう意味の言葉を残している。

同コンソーシアムは具体的な活動の手始めとして、市川の一周忌に際し「デジタル脚本アーカイブズ　市川森一の世界」をインターネット上で公開した。市川が書いた百作以上の脚本に加え、年譜、関係者へのインタビューなどがアップされた。私も求めに応じて、「夢の途中、ふりかえれば虹――市川森一の軌跡とその世界」と題した長めの文章を寄稿した。なお、本稿はそれを大幅に改稿・加筆したものである。

日本放送作家協会が収集し、保存していた約五万冊に上る脚本や放送台本は同コンソーシアムに引き継がれた。このうちテレビ草創期から成長期にかけての二万七千冊は国立国会図書館に寄贈され、二〇一四年四月から公開が始まった。

地元の諫早市では毎年、市川の母校の鎮西学院が四月の誕生日にちなんで追悼礼拝を捧げる「夢記」と、十二月の命日を前にしての森一忌が開催されている。森一忌を主催する市川森一顕彰委員会では、新たな活動として顕彰碑の建立運動に乗り出すという。

さらに、市川が諫早を舞台にした『親戚たち』をめぐって、映画プロデューサー村岡克彦の製作総指揮で映画化が進められている。村岡は市川の母校である長崎県立諫早高校の後輩に当たり、二〇一三年に公開した森崎東《あずま》監督、岩松了主演の『ペコロスの母に会いに行く』はキネマ旬報ベスト・テンで日本映画ベスト・ワンに輝いた。監督は萩野欣士郎、脚本は市川の妹の井上由実子（ペンネームは市川愉実子《ゆみこ》）が担当し、二〇一九年の公開をめざしている。

その一方、市川を敬愛する元ＮＨＫプロデューサーの高橋康夫、渡辺紘史《ひろし》たちによって二〇一二年、一般財団法人「市川森一脚本賞財団」が設立され、初代理事長には福地茂雄・元ＮＨＫ会長が就任した。新進気鋭の脚本家を対象にした市川森一脚本賞が創設され、第一回市川賞は大島里美が『恋するハエ女』（ＮＨＫ）で受賞した。同財団は「テレビドラマの巨人たち～人間を描き続けた脚本家」シリーズを企画し、第六回市川賞授賞式があった二〇一八年四月、第一弾として市川を取り上げた。

二日間にわたる上映会とシンポジウムでは、『黄色い涙』や「モモ子シリーズ」の第一作『十二年間の嘘』、ＮＨＫ大河ドラマ『花の乱』、北海道放送制作の『サハリンの薔薇』など五作が上映された。シンポジウムには、三田佳子、竹下景子、森本レオの出演者、本書に寄稿していただいた演出家の堀川とんこうと村上佑二、元北海道放送社長の長沼修のほか、木田幸紀《ゆきのり》・現ＮＨＫ放送総局長、『傷だらけの天使』のプロデューサーを務めた工藤英博の計八人がパネリストとして登壇し、二日間とも私が司会を務めた。この個人的収穫のひとつは、事前に『黄色い涙』のＤＶＤを送られ、初めて全二十回を視聴できたことである。また、会場で上映された『傷だらけの天使』の第三回「ヌードダンサーに愛の炎を」を見て、ストリッパー役の中山麻理が豊満なバストを何度もあらわにするシーンや、映画の『仁義なき戦い』を連想させる深作欣二監督の荒々しい暴力表現にはびっくりさせられた。

市川の世界に足を踏み入れると、今でも新たな魅力や発見、驚き、意外性、謎に満ちていることに気づかされる。それは森のように広大で、奥が深い。

本稿は、市川森一という「ドラマの森」を探訪する旅の序章にすぎない。

■鈴木嘉一プロフィール

一九五二年、千葉県生まれ。七五年、早稲田大学政治経済学部を卒業し、読売新聞社に入社。文化部主任、解説部次長、編集委員などを経て二〇一二年に退社した。その後は放送評論家・ジャーナリストとして執筆活動を続けている。一九八五年から放送界を取材し続け、芸術選奨選考審査員や文化庁芸術祭賞審査委員、放送文化基金賞専門委員、日本民間放送連盟賞審査員などを務める。放送倫理・番組向上機構（ＢＰＯ）の放送倫理検証委員会委員。放送批評懇談会理事。放送人の会理事。日本記者クラブ会員。著書に『テレビは男子一生の仕事　ドキュメンタリスト牛山純一』（平凡社）、『大河ドラマの50年』（中央公論新社）、『桜守三代　佐野藤右衛門口伝』『わが街再生――コミュニティ文化の新潮流』（いずれも平凡社新書）などがある。二〇一六年度から四年間使われる光村図書出版の中学生用教科書『国語Ⅰ』には、書き下ろしの『桜守三代』が掲載されている。

第二章　夢の軌跡

子ども番組の「夢見る力」

文化批評家　切通理作《きりどおしりさく》

さようならブースカ

市川森一は二十五歳の時『快獣ブースカ』（一九六六〜六七年）でドラマの脚本家としてデビュー。以後七三年の『ウルトラマンA（エース）』最終回まで、空想特撮ドラマを書いていた時期がある（市川が脚本を書いた夜七時台の三十分番組では、一九七四年スタートの『刑事くん』第四部第一話が最終執筆作品）。

『ウルトラマン』シリーズや『快獣ブースカ』を制作した円谷プロダクションにいて市川のデビューのきっかけを作った脚本家・上原正三はその後、子ども番組の大御所となっていくが、上原はかつて筆者のインタビューに、こう答えている。

「彼も僕も、何歳まで書くか分からないけれど、たとえば七十歳になって、いままでの作品群を並べて、何を一番に選ぶかっていったら、意外と二十代の子ども番組の中から選ぶんじゃないですか。あの頃はまだ技巧がなかったから、自分の才能だけで描いていました。一番純粋だったって言うとおかしいけれど、何か理想に燃えながら一本一本に全力投球してね」

このインタビューは市川が五十歳の時に行われたものである。当時は芸術選奨文部大臣賞を受賞、日本のシナリオ界の第一人者として誰もが認める時期だった。その市川の子ども番組時代のシナリオ集が出版されることになった時、編纂《へんさん》を手伝った筆者は、当時の関係者や市川本人にインタビューを行ったのである（柿の葉会刊『市川森一ファンタスティックドラマ集 夢回路 魔法・怪獣・怪奇・ウルトラマン・青春・犯罪』）。

『快獣ブースカ』『ウルトラセブン』、円谷プロが怪獣路線の次に放った『怪奇大作戦』といった番組で、二十代の市川森一と上原正三はそれぞれの脚本を書きながら、ときに共作もしている。その中でも『快獣ブースカ』の最終回「さようならブースカ」は、筆者を含め当時の幼い視聴者にとって忘れられないものになっている。子どもたちと仲の良い等身大の快獣ブースカだったが、宇宙開発のためのロケットの乗組員として二十年の旅に出かけることになる。だがブースカはそんなにも長く地球を離れることを知らない。宇宙と地球では時間のスピードが違うため、ホンの短い間の出来事だとしか認識していないのだ。ずっと親友だった大作くんは、その秘密を黙ったままブースカを送り出す。

「お前が今後帰る日は、僕たちも立派な大人だ。この世界で、僕たちは戦争をしない。僕たちは手をつなぐ。僕たちは助け合う！」

上原によれば、ロケットで旅立っていくブースカに向って叫ぶ大作くんのこの言葉は、市川が書いたものだという。明るく楽しいファンタジー・コメディーだった『快獣ブースカ』の最後になって急に、世界平和の話題までが持ち出される。上原も指摘していたが、技巧的には当時まだ上手な脚本だったとはいえないかもしれない。しかし、不思議と違和感はない。親友のブースカと別れることで、大作くんの子ども時代は終わり、未来へ向けての責任が一挙にのしかかってくる。それに懸命に負けまいと顔を上げ続ける少年の、涙を拭うこともない姿に胸を打たれるからかもしれない。

「どこか意地でもハッピーエンドにはしないぞ、と思ったんですね。子ども番組の最終回ですから、何か一つ事件があって、みんなで『アッハッハ』と笑い、手を取り合って仲良く丘の上を〜僕はブースカブー！　と朝日に向って走っていく……という風に終わってもいいんですが、そうはしたくなかった」

これは最終回を振り返った市川本人の発言だ。もともとブースカは、ウルトラマンのように宇宙から来た存在というわけではない。発明少年である大作くんの実験によってイグアナが突然変異したものだ。最終回だからといって「別れ」を想定する必要は、必ずしもなかった。

当時市川は上原と一緒に、遊園地の「ブースカショー」の台本も書いていた。遊園地にやってきた子ども達が、着ぐるみのブースカに対して、無心に抱きついたり大喜びしているのを見て、恐怖を感じたという。

「あの大作という少年と、ブースカというこの世にありもしないものとの共存を、あれ以上許したくなくなったんです。冷たい現実、ブースカのいない世界をあの少年は歩まなければならない。夢を見させた我々は、最後の義務として夢から覚めさせなければならない。大体、ぬいぐるみでごまかして遊園地に子どもを呼び込むなんてことは、途中まではいいとしても、作者がある時点になったら『ハイ、コレは嘘でした』と言わないと」

現実と非現実の狭間

どんなに楽しい時間でも、いつかは終わってしまう。祭りの後の淋しさまでを描くのが作者の責任……という姿勢は、市川ドラマに全体として見られるが、若い頃からの一貫したものだった。そしてそれは、幼い頃の原体験から始まっている。

市川の脚本家デビュー作となった『快獣ブースカ』の脚本（2012年12月から横浜市の放送ライブラリーで開催された「市川森一・上映展示会　夢の軌跡」で）

「母のない子というのはね、みんなそれまでは一緒に遊んでても『ごはんですよ』と呼ばれてワーッと夕方散って帰る時はさ、一人だけ取り残されるわけでしょ。それまではわんぱく坊主で元気に遊んでても、その瞬間からは孤立するわけ。家に帰っても誰もいないし、女中サンが作ってくれた冷飯が置いてあるだけ」

少年時代に母を結核で亡くし、周囲の子ども達よりも早く大人になった市川森一は、迫りくる現実との間に、自覚的にファンタジーの世界を作りだしていった。市川は『快獣ブースカ』執筆当時、撮影現場で撮ったスナップ写真に、当時の執筆活動は「現実と幻想の接点を追っかける作業だった」と自ら記している。上原もこう証言する。

「市川森一の作家としての異色さは、

現実と非現実の狭間《はざま》を描けるところだと思うんですが、これは僕の方も一番好むところなんですね。もっと単純に言えば『変身！』と言って変身するでしょ。この差の部分が僕らには一番興味がある。闇と光の間に潜むものに目を凝らしていく、そしてそこから何かをつかみだしてくる。あの頃二人が関《かか》わり、それぞれが担当した『ブースカ』や『ウルトラマン』シリーズにはそういう視点が必ず動いていると思います」

『帰ってきたウルトラマン』で、深夜に起きた少年が居間でテレビをつけると、そこには砂嵐のノイズが映っている。二十四時間放送が当り前でなかった頃の話だ。もしテレビ局が放送をやっていない時間に、怪獣自身が放送局となって、ウルトラマンとの戦いを「中継」していたら？……そんな市川の発想から生まれた、電波怪獣ビーコン登場の「怪獣チャンネル」の回には、当時の幼い視聴者であった筆者たちと、テレビの中の世界をリンクさせるような発想の妙味がある。

また、当時「夢の島」と呼ばれた東京都江東区のゴミ処理場に怪獣ゴキネズラが現れる「この怪獣は俺が殺《や》る」という回は、当時テレビや映画でもよく取り上げられるようになっていた公害問題さえファンタジーにしてしまうかのように、ピエロの格好をした労務者がゴミの山の中で舞い、踊る。

「テーマ主義は嫌い」の真意

現実が幻想となり、幻想が現実となる「だまし絵」のような世界。『ウルトラマン』シリーズや国際放映の『コメットさん』、日本現代企画の『シルバー仮面』などで市川森一とコンビを組んだ山際永三監督は、市川を「リアリズムのドラマ作家」と呼ぶ。

「市川さんは、ファンタジックで詩的な世界の話を書く人なわけですけど、その本質は人間のリアルな一面をグサッとえぐり取るようなリアリズムのドラマ作家だと思うんですね」

『帰ってきたウルトラマン』の「ふるさと地球を去る」という回では、「じゃみっ子」（親から糸を吐くことを教えられなかった蚕の意）と呼ばれていじめられ、先生からも疎外されている少年・六助が中心の話だ。怪獣による被害が近づいたため、普段自分をいじめていたガキ大将たちが思い出のオルガンを運び出そうとしている姿に「なんて心やさしい生徒たちだ」と先生は感動し頭を撫《な》でる。

子ども達のそんな「立派」な行動を、輪の中に入れてもらえない六助の側から見つめるのは、市川が同じ子どもの中でも、より孤独な魂に寄り添っているからに他ならない。

六助は怪獣攻撃隊MAT《マット》の野営テントから銃を盗み出して怪獣ザゴラスに立ち向かう。自分も子どもの時「じゃみっ子」と呼ばれていじめられていたMATの南隊員は、独断でそれを許す。

だが南隊員が六助に託した勇気と成長の物語は、最後に銃を持った少年の暴力性によって一瞬、ヒビが入る。怪獣がウルトラマンに倒されてから、破壊の後の何もない空間に、六助は銃を撃ち続ける。

「また起こらないかな。今度はもっと撃ちまくってやる！」

南隊員は慌ててそれを制止する。

英雄礼賛でもなく、かといって、美しい物語で弱者の心の傷を埋め合わせることにも同意しない。人間のリアルな一面を「突きつける」のではなく、その瞬間、ヒビを入れるように示す。

「人間こう生きるべきだとか、弱い者いじめをしちゃいけないとか、そういうようなことをウルトラマンに教えられちゃう子どもってのは、ロクなもんにならないと思うんですよ。政治家とかになるんなら話は別だけど、どうしたって普通の人間になっていくんだったら、もっと子どもの時に多くの謎を知り、人間の世界ってなんて不思議なんだろうということに目覚めていくことの方が大切なんです。

子ども時代に必要な想像力、我々も含めてですけれど、人間にはわからないことがたくさんある。判断つかないことの方が多いという、そういうことを早く子どもの時に知ることが必要なんです」

このような姿勢の市川は、ウルトラマンを通して正義や人のあり方を教えるような「テーマ主義」は「害悪である」とまで言い切っている。しかしもちろん、市川がなんのテーマもなくドラマを書いていたということではない。ここでいう「テーマ主義」とは、あらかじめ答えを先回りして、子ども達を善導するような態度のことだと筆者は思う。子ども達に向けて、もう大人になった側から正しい答えを押しつけるのではなく「ほんとうのこと」を語ろうとする真摯《しんし》な態度を市川は持っていた。

市川は、『帰ってきたウルトラマン』の「悪魔と天使の間に」という回でも、同様の問いかけをしている。宇宙人が、レギュラーチームである怪獣攻撃隊MATの伊吹隊長の娘・美奈子のボーイフレンドである聾唖《ろうあ》の少年に化けて、ウルトラマンである主人公・郷秀樹の前に現われる。郷は正体を見破るが、伊吹隊長はそれを受け入れない。娘の善意を信じているからだ。

「私は、あの子が、なにかの偏見で、人を疑ったり、騙《だま》したり、差別したりするような娘に育てたくないンだよ……」

伊吹が見出そうとする子ども達の美しい友愛。しかしそれは伊吹の見た夢に過ぎなかった。宇宙人の正体をさらした少年を自ら射殺することになる伊吹隊長。美奈子の気持ちを傷つけないためにも、少年は遠い外国へ行ったということにすればどうですかと提案する郷隊員に、伊吹はかぶりを振る。「やはり事実を話すつもりだ。所詮《しょせん》は人間の腹から産まれた子だ、天使にゃなれんよ」（シナリオより。放映作品では若干変更が加えられている）

ここで伊吹隊長は、少年の正体を見破ったということに留《とど》まらず、自らが子ども達に抱いた「天使のような存在」であってほしいという「夢」を捨てたのだ。

市川は自分がドラマを書く際のモチーフを「夢」だとよく語っていた。『夢のながれ』『夢に吹く風』『夢の鳥』等々、一般向けドラマに移ってからのタイトルにも「夢」を冠したものが多い。

市川のドラマでは、夢が現実に勝利することはない。必ず裏切られるか、現実にはない思い込みだったとわかる瞬間がある。

君にも見える「ウルトラの星」

『ウルトラマンA』の最終回は、市川森一が手掛けた最後の『ウルトラマン』シリーズだが、ウルトラマンエースが地球を去る時、子ども達に「やさしさを失わないでくれ」と呼びかける。

「やさしさを失わないでくれ。弱い者をいたわり、互いに助け合い、どこの国の人たちとも友だちになろうとする気持を失わないでくれ。たとえ、その気持が何百回裏切られようと……それが、私の最後の、願いだ」（シナリオより）

市川は、この言葉について、次のように語っている。

「聖書にね、キリストの弟子がキリストに、裏切りを何回まで許したらいいですか？　十回ぐらいですか？　と問うくだりがあるんです。その時キリストは、十回が百回、百回が千回まで許し続けろと言うんだけど、多分エースの言葉を借りて、そのキリストの言葉を言ったんじゃないのかな」

そう。ここでの「やさしさ」という言葉は、それが現実には必ず裏切られることを前提にしている。

子ども達が守ろうとしていた善良な宇宙人・サイモンこそが悪のヤプールだと知った北斗星司は、子ども達の目の前でサイモンを撃ち殺す。

「市川森一・上映展示会　夢の軌跡」では、『ウルトラマン』シリーズなどの写真パネルも展示された

子ども達になじられた北斗は、ウルトラマンエースであるという自分の秘密を明かす。放映作品ではカットされているが、シナリオには以下のセリフがあった。

「ぼくだって、命がけで打ち明けたんだ。判ってくれ。エースの秘密を打ち明けた以上は、ぼくだって二度と人間に戻ることが出来ないンだ。人間に戻れないことを覚悟して言ったんだ」

　人間に戻れないことを覚悟して、子ども達の前で最後の変身をした北斗。彼がエースの姿で放った「やさしさを失わないでくれ」という言葉は、もはや生身の人間の言葉ではない。遺言に近いものだと言っていい。

　そして市川は飛び去るエースをこう描写している。

エースの小さくなっていく姿が、いつしかウルトラの星になる。
輝くウルトラの星に――

生身の人間の姿を捨て、地上を離れ、遠く輝く「ウルトラの星」になっていったエース。市川は、自身が書く最後の『ウルトラマン』シリーズのこの脚本によって、ウルトラマンというものを、子ども時代の幻想に生き続ける存在として、ある意味で永遠化したのかもしれない。生身の人間は、やさしさや善意そのものではあり得ない。現実の中で、そのような夢は何度でも裏切られていくだろう。だが、子ども時代に宿した「ウルトラの星」は心の中で、思い出せばいつでも見上げることが出来るのだ。

それぞれの青春に流れる歌

山際永三監督は、市川森一のドラマを演出している時に、いつも感じていたことがあるという。

「『窮鳥懐に入れば猟師もこれを見逃す』じゃないけど、人が困っている時にサッと手を差し伸べる、昨日まで冷たかった人間が急に優しくなるっていうような、ヒューマンな意外性が彼のドラマにはあるんです。もちろんそれは、いままで手を結んでいた人間が突然裏切るということにもなる。『裏切り』のテーマは、キリスト教の素養もあって彼がそのことをずっと考えてきたという基盤があるのかもしれないし、継母に育てられたっていう生い立ちも関係あるのかもしれないですけど、人間関係のハッとした意外性みたいなものがね、実にうまいんですよ」

クリスチャンである市川が、初期作品で「罪と罰」の問題を取り扱う時、『ウルトラマン』シリーズなどのSF・ファンタジーのジャンルと並んで、『刑事くん』を書いていたことが大きい。

いまでこそ、三十分番組の実写ドラマはSFキャラクター番組の別名のようになってしまったが、七〇年代までは、時代劇やホームドラマ、刑事ドラマとさまざまなジャンルの番組が夜七時台で放送されており、内容も子ども向けに留まらなかった。その中でも『刑事くん』は桜木健一主演で三シリーズ、通算四年余りにわたって続いたヒット番組だった。

「僕はあのドラマで、自分の青春の決算をしているんです。あれではうまい具合に、現実的な罪としてそういうシチュエーションを盛り込めたという思いがあるんですけど、そこで僕が書いた話の、すべての事件の動機は、昔の女を裏切ってしまった男たちの話なんですよ」

『刑事くん』で市川が書いたのは全二十六本。その内の一本「もどらない日々」は、死んだ女性との間に生まれた子どもが誘拐されるが、自分には無関係だとし、新しい女性との婚約旅行に行くために日本を発《た》とうとする元刑事・井上が登場する。彼の態度に無責任さを感じて憤る刑事くん。

だが誘拐犯が逮捕された後、「パパ！」と駆けてくる我が子を、井上は思わず抱きとめていた。彼は子どもに「いま、一番なにしたい？」と問いかける。「動物園行きたい」というあどけないその子を肩車して、夕映えの中を去っていく井上。

さっきまで自分の子どもを見捨てようとしていた男が、急に「動物園へ行こう」と抱き上げるという意外性。この場面に、PYG《ピッグ》という当時のグループサウンズの曲『もどらない日々』がかかる。いまは亡き女性との幸せだった日々を振り返るように。

この回は、市川と個人的にも親交のあったショーケンこと萩原健一が井上役としてゲストで出たものだ。PYGはショーケンと、ジュリーこと沢田研二が参加していたバンドであった（ちなみに「井上」という役名は、ＰＹＧのリーダー井上堯之《たかゆき》から付けられたもの）。この回を演出した冨田義治監督は、次のように語っている。

「以後、ドラマの中で流行歌や歌謡曲をそのまま流すようになったんですよ。もう市川さんとディスカッションする段階から、意識してね。いつも曲を見つけてくるのは市川さんでしたね。『こういう歌あるんだけどどう？』なんて言ってきて、二人でレコードを聴いて（笑）。彼もそのうちだんだんエスカレートしてきて、台本の段階から歌を指定してくるようになったんです」

冨田義治は東映の監督だが、ＴＢＳの子ども番組を統括していた橋本洋二プロデューサーに見出され、社外である円谷プロの『帰ってきたウルトラマン』も担当している。前述した「ふるさと地球を去る」も冨田の監督作品だ。

「以前の『ウルトラマン』シリーズ（『ウルトラセブン』まで）も見ていましたから、『帰ってきたウルトラマン』は、昔のものとはだいぶ変わってきたな、という印象を持ちましたね。『刑事くん風ウルトラマン』とでもいったらいいのか、人間の泥臭いドラマが中心になって……。私もあんまり器用な方ではないので、どうしても二つのシリーズが似てしまうんです。自分でもちょっと苦笑いしながら撮っていたという感じですね」

そんな冨田監督と同じように、市川も当時『刑事くん』と『ウルトラマン』シリーズという二つの世界を往還することで、ドラマ作家としての腕を磨いていった。

『刑事くん』での市川と冨田監督とのコンビには、沢田研二がゲスト出演した「許されない愛」もある。母親の愛人を殺してしまった少女をジュリーが守ろうとする話だった。

また「愛の航海」は、当時の喫茶店やバーにはよく備え付けてあったジュークボックスを小道具に使った、歌謡ドラマの決定版ともいえる作品になっている。あるバーで、ＰＹＧによる激しいロックナンバー『自由に歩いて愛して』がかかっている間に起きた殺人事件を、刑事くんが現場検証という形で追体験していく。回想シーンでは実際に曲をかけて演出したという。

最後に男女の三角関係をめぐる、ある悲しい結末が明らかにされると、ジュークボックスからは『自由に歩いて愛して』と同じシングル盤のＢ面であるバラード曲『淋しさをわかりかけた時』が、過去の罪や憎しみをすべて赦《ゆる》すかのように流れ始める。当時ジュークボックスはシングル一枚で一回分の料金だったので、ＡＢ面が続けてかかる。そことシンクロさせるという凝りに凝った作劇がなされた。

「僕らのそうした試みを見た先輩の山際永三監督が、『帰ってきたウルトラマン』の方でも石堂淑朗脚本の『許されざるいのち』でＰＹＧの歌を流したりしていました」

冨田監督はそう語る。青春のすべてを賭け執着した研究が怪獣レオゴンを生み出してしまい、自らそれに滅ぼされる青年を描いた「許されざるいのち」の脚本を市川は直接担当してはいないものの、山際監督からストーリーを聞くと、ＰＹＧの『花・太陽・雨』という曲を使うようにアドバイスし、またショーケンを通して許諾を取るようはからったという。光も温かい風も届かず、花の彩りさえも感じられない、春の訪れのない青春を歌った『花・太陽・雨』は、怪獣に青春を捧げた青年の末路にふさわしい挽歌だった。

これは『刑事くん』と『帰ってきたウルトラマン』の世界を橋渡しする象徴的なエピソードだ。市川自身は、歌とドラマの関係についてこう語っている。

「青春は皆、その時代を生きるものだとすれば、その時代にはその時代の歌があり、みんなそれぞれに自分の歌を持っている。刑事も、犯罪者もね。この時代はこんな時代だったんだと表現するには、歌を流すのが一番いい。こんな歌がうたわれている時に、彼らはこんな恋をし、こんな夢を持って青春を走っていたんだ、というように」

自分の原罪へ向かう旅

市川森一にとって、刑事も犯罪者も同じ登場人物だ。『帰ってきたウルトラマン』の「ふるさと地球を去る」で銃を撃ち続けて、南隊員から思わず制止される六助少年のように、人間には誰しも、暴力や破壊への衝動がある。

「僕は刑事ものを書く時にも、どうしても裁く者と裁かれる者との間に格別の差をつけられない。裁く者にとって、裁かれる者というのはもう一人の自分なんです。一歩間違えば、自分もその側に立ったかもしれないもう一人の自分への事情聴取。ですから主人公は、国家権力によってあらかじめ統制され、呪縛された社会や生き方から、なんとか解放されようとする叫びそのものを、犯罪者として追いかけなければならない」

市川はこのような姿勢でドラマを書いてきた。そして人が犯す罪は刑法上の罪だけではない。生きていくことそれ自体が背負う原罪に目を向けた。

『刑事くん』と同じTBSの『ブラザー劇場』の枠で放映されていた、魔法使いのお手伝いさんが主人公の『コメットさん』で、市川は山際永三監督たちと数々の魅力的な作品を生みだしている。

その一本「いつか通った雪の街」では、コメットさんが住み込みで働く一家がクリスマスに見た夢の中に、共通して一人のマッチ売りの少女が出てくる。昔騙してしまったり、助けられなかったり……この少女は一家にとっての罪の意識の象徴だ。

そして一家の二男である最年少の浩二少年だけは、罪の記憶を持たず、マッチ売りの少女と打ち解けることが出来る。家族で一人だけマッチを持たせてもらえない浩二に、マッチ売りの少女は火遊びを教える。しかしマッチに火が灯《つ》くと同時に壁が崩れ、上からニワトリの死骸がぶら下がってきた。恐怖にかられ少女を置き去りにして、逃げ出す浩二。壁の穴の向こうにある波打ち際の砂浜に、浩二は行くことが出来なかった。そして彼もまた、少女を裏切るという形で、原罪を背負っていく。

浩二が雪の街に行ってきたことを知っているコメットさんは、「もう、あの街へは行けないの?」と問う彼に、こう答える。

「行けるわよ。あなたが思い出しさえすれば……いつでも」

夢の中の世界は、ただの嘘物語ではない。夢にこそ、その人の正直な自分が出る。しかし人には、そこに戻って自分を問い直す機会がそうおいそれとは訪れない。否、そこに還《かえ》っていく道筋自体、意識して捜すのは難しい。そんな自分の原風景へと、橋渡ししてくれるのがドラマの世界なのかもしれない。当時のお茶の間にあったブラウン管という回路を使って。

夢見る者が立ち向かうのは?

『快獣ブースカ』の「魔法の帽子」という回で、人間の子ども達には母親がいるのに、自分にはいないことを淋しく思ったブースカは、手品師のおじさんと出会い、彼が手品に使う「なんでも出してくれる帽子」を奪って、その中に入って幻の母と対面する。そこにはブースカが夢見ていたとおりの、西洋の童話にありそうな編物部屋で、ペチカが温かく燃えている中、安楽椅子に腰かけてせっせとマフラーを編んでいるお母さんがいた。ブースカは母の膝で眠るが、それは夢とも現実ともつかない、

1997年、NHK衛星第2テレビで『ブースカ帰ったよ！』というミニドラマが放送され、30年ぶりにブースカと再会した

つかの間の逢瀬《おうせ》だった。

「会ってからの長い描写は、もう僕の手には負えなくなる。アレはあくまでも、こっちの瞬間の願望ですから。僕の母親ってのは、聖フランシスコ病院に見舞いに行く数時間の対面でしかない。いつも子どもと母親を会わせたいという願望は人一倍強いんだけど、やっぱり絶えず遠くに置く以外関わらせられない。だから僕は大人向け一般ドラマに移ってからも、母親との日常描写ってのは、空想できないんです」

やはり『ブラザー劇場』の枠で『コメットさん』の後番組だった『胡椒《こしょう》息子』は、継母たちに迫害されている少年が、千代紙人形に実の母を投影して、それを支えに生きていくという獅子文六原作のドラマだったが、市川と山際永三監督のコンビは、最後に母と再会するという原作を改変した。少年がいまは芸者をしている母の影を障子越しに見て、それで帰っていくという話に変えてしまったのだ。

あと少しで母親と現実に会えるというその瞬間、現実を影絵の向こうに自ら封じ込めてしまう。ここではもはや、夢は叶わないから夢なのではない。それを糧にしてきた自分の人生を、自分で引き受けていこうとする強さが感じられる。

また『刑事くん』の「めぐり逢《あ》う日まで」という回では、アイドルのポスターに恋焦がれ、つい盗んでしまう中学生の少年を追いかけている内に、刑事くんもまた、二次元の女性への恋心を共有していく。少年は刑事くんと秘密の恋心を共有していたとわかった瞬間、盗んだポスターを自ら差し出す。

「本物を捜します」と宣言した後「いないと思いますか?」と訊《き》く少年に、刑事くんは応える。

「自分の理想通りの恋人か……さァ、いないとは思いたくないよな。いつかは、めぐり逢う日がくるかもしれない……」

お互いに捜し続けることを約束して、二人は別れる。その時、ト書きにはこう書かれていた。


二人の青春の間を青い風が吹きぬける。


TBSプロデューサーの橋本洋二は、このト書きを読んで、驚きとともに「市川森一らしい」と思ったという。

「僕はそれを読んで、東映の割と荒っぽいスタッフ達がどういう風に料理するかと思って、わざと放っといて現場に出したんです」

案の定、「〝青い風〟みたいなものを持って走ればいいのかよ!」などと、スタッフ間で大討論になった。

市川のドラマは、テレビという当時まだ成長期にあった「なんでも映る魔法の箱」の中で、目に見えないものを追いかけて行く作業だったのかもしれない。

人はみんな育っていく中で、一人ひとり違う夢を持つ。人の数だけ「夢」はある。決して、他人が代わって叶えてあげることは出来ない。そして夢見る者が立ち向う敵は、最終的には「現実」ではない。夢は自分自身のものだからだ。

市川森一はそのことに気付かせてくれるドラマ作家だった。

■切通理作プロフィール

一九六四年、東京都生まれ。和光大学在学中に市川森一の研究誌を作り、本人にインタビュー。九〇年、編集者として市川の脚本集『夢回路』の編集にかかわる。九三年、市川森一論を含む『怪獣使いと少年 ウルトラマンの作家たち』（宝島社）を刊行。以後、映画、コミック、文学、社会問題をクロスオーバーした文筆活動に当たる。著書は『お前がセカイを殺したいなら』（フィルムアート社）、『ある朝、セカイは死んでいた』（文藝春秋）、『山田洋次の〈世界〉』（ちくま新書）、『ポップカルチャー・若者の世紀』（廣済堂出版）、『失恋論』（角川書店）、『怪獣少年の〈復讐《ふくしゅう》〉70年代怪獣ブームの光と影』（洋泉社）など。二〇〇二年、『宮崎駿の〈世界〉』（ちくま新書）でサントリー学芸賞を受賞。二〇一三年から日本映画批評メルマガ『映画の友よ』（夜間飛行）を配信中。二〇一七年、『青春夜話 Ａｍａｚｉｎｇ Ｐｌａｃｅ』で映画監督としてデビューした。

市川染五郎時代の〝黄金の日日〟

歌舞伎俳優

松本白鸚《まつもとはくおう》

プロフェッショナルなチャレンジャー

――梨園の名門・高麗屋（松本幸四郎家）さん三代の襲名披露興行は三十七年ぶりです。一～二月の歌舞伎座に続いて、これから名古屋・御園座、福岡・博多座、大阪松竹座などでの公演が控えています。初舞台を踏んだ二代目松本金太郎、六代目市川染五郎、九代目松本幸四郎を経て二代目松本白鸚さんを襲名されましたが、僕らはつい幸四郎さんと呼んでしまいそうです。名跡《みょうせき》というのは、どのくらいでなじむものなんですか。

白鸚　どうでしょうか、私は三十七年間、松本幸四郎でいましたからね。歌舞伎役者は昔、芸名を変えることはあっても、襲名はそれほどなかったんですね。ましてや、三代同時襲名はきわめて珍しいことです。「名前を変えるってどういうことだ?」と奇異に思われるかもしれませんが、襲名は今や伝統芸能の世界にしか残っていないでしょう。初代松本幸四郎から数えると、ざっと三百年たっているそうです。

歌舞伎の世界ではよく「芸の伝承」と申しますが、役者の芸とは一代限りだと思うんです。名前を継いでも先代とは違いますから、その人が努力し、精進して、自分の芸を磨けばいいんじゃないですか。ですから、自分の口からはなかなか「この名前になじんだ」とは言いにくいですね。

――なじんだかどうかは、お客が判断すればいいということですか。

白鸚　そうですね。地方巡業にまいりますとつい最近まで、年配の方から「染五郎！」って呼ばれることがありましたよ（笑）。その方にとって、私はいつまでも染五郎なんでしょうね。

――その一方で、「名は体《たい》を表す」という言葉があります。まるで襲名をする歌舞伎役者さんのためにあるような言葉ですね。

白鸚　確かに、襲名したことで役者が大きくなったり、芸風が変わったりするとはよく言われます。

――僕らの目には、染五郎さんの時代はニューヨークのブロードウェーでミュージカル『ラ・マンチャの男』に主演されるなど、次々にチャレンジされたという印象が強いですね。ＮＨＫの大河ドラマ『黄金の日日』（一九七八年）の主演もそのひとつです。

白鸚　チャレンジが「自分で意欲を持って、新しいことに取り組む」という意味なら、私の場合、必ずしもそうではなくて、いつも向こうから大きな仕事が舞い込むんですよ。城山三郎さんが原作を手がけ、市川森一さんが脚本を書かれた『黄金の日日』も、まさにそうでした。市川さんやＮＨＫの近藤晋プロデューサーのような方が現れるんです。歌舞伎役者の家に生まれ、三歳で初舞台を踏んだスタートからして、自分の意思とはかかわりなく、そういうふうに育てられてしまったんですね。

ただ、あまりにも「チャレンジャー」と言われるもんですから、このごろは「プロフェッショナルなチャレンジャーでありたい」と思っています。チャレンジャーというと、どこかアマチュアリズムの響きがありますよね。こういう気持ちが芽生えたのも、市川さんたちと仕事をしたからでしょう。

あらゆるジャンルの俳優と共演

——大河ドラマの主役はそれまで、ほとんど武将か武士で占められてきました。十六作目の『黄金の日日』は南蛮交易で栄えた戦国時代の堺を舞台にして、呂宋助左衛門という実在の商人を主人公に据えました。為政者側からではなく、庶民の視点から歴史を描いた点は画期的でした。脚本家も原作の構想段階から参加し、城山さんが小説を、市川さんが脚本を同時に書き進めるという方式も初めてでした。近藤プロデューサーから声をかけられた時、新進気鋭の脚本家だった市川さんは驚いて、「えっ、僕が大河ドラマを書くんですか?」と思わず聞き返したそうです。市川さんが『黄金の日日』を執筆したのは、三十六歳から三十七歳にかけてでした。

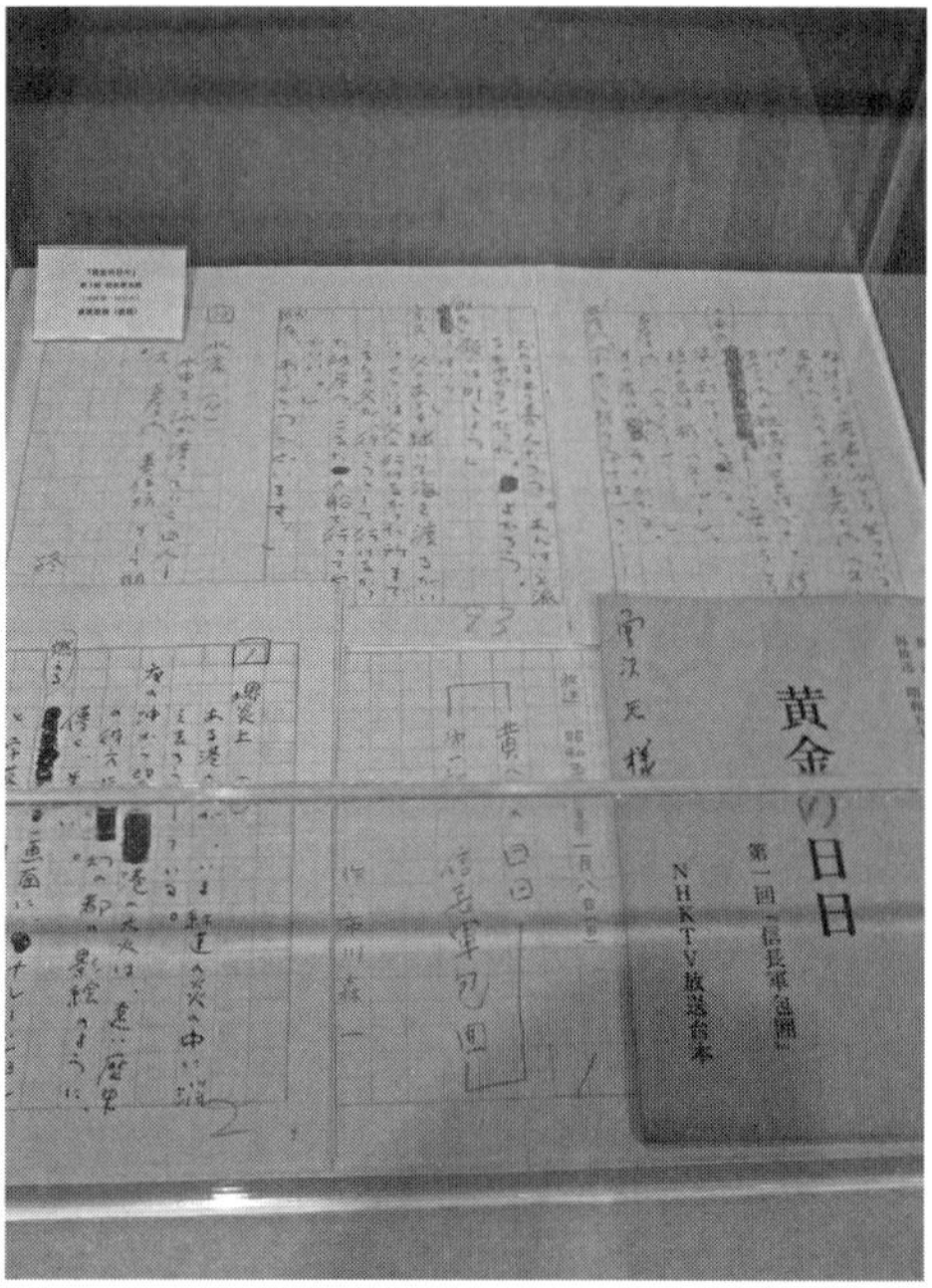

『黄金の日日』の第1回目「信長軍包囲」の生原稿と脚本（放送ライブラリーの「市川森一・上映展示会　夢の軌跡」で）

白鸚　市川さんとは『黄金の日日』で初めてお会いしましたが、そんなに若かったんですか。私より一歳上くらいだから、そうなんでしょうね。今からみれば、その若さで大河ドラマを執筆されたとは驚きですねえ。

——配役も意表を突いていました。大盗賊の石川五右衛門には、唐十郎さんが率いたアングラ劇団「状況劇場」の看板俳優だった根津甚八さん、織田信長を狙撃する鉄砲の名手・杉谷善住坊には東映の斬《き》られ役だった川谷拓三さんを起用し、伸び盛りの女優だった夏目雅子さん、竹下景子さん、名取裕子さんも新鮮でした。大河ドラマの三作目『太閤記』（一九六五年）で豊臣秀吉を演じた緒形拳さんと織田信長役の高橋幸治《こうじ》さんが、それぞれ同じ役で出演したことも話題を呼びました。

白鸚　歌舞伎は当然、歌舞伎役者だけですし、ほかの舞台劇も新劇系の方など出演者がある程度限られますが、『黄金の日日』のキャスティングはすごかったですねえ。今にして思えば、近藤プロデューサーと市川さんの力、センスでしょうね。「紅《あか》テント」の唐さんたちと共演するとは夢にも思っていなかったですよ。鶴田浩二さんが千利休、丹波哲郎さん、宇野重吉さん、志村喬さんが堺の会合衆《えごうしゅう》にふんし、栗原小巻さんや島田陽子さんも出演しました。ありとあらゆるジャンルの方たちと共演したのは、後にも先にも『黄金の日日』だけでしょうね。

――さまざまな分野の俳優が集まる大河ドラマには、それぞれの演技の質が異なる〝異種格闘技〟という側面もあります。歌舞伎俳優として、そうした〝他流試合〟に戸惑いはなかったですか。

白鸚　私はもともと、舞台で他流試合に近いことをしてきたんですよ。『王様と私』や『ラ・マンチャの男』はミュージカルですし、『黄金の日日』の後にサリエーリを演じた『アマデウス』では、文学座の江守徹さんとご一緒しましたからね。テレビドラマにも、テレビの草創期から出ていました。日本テレビが開局してから数年後のことですが、『大助捕物帖』（一九五八年）という生放送の連続ドラマで主人公の池田大助を演じました。テレビに興味を持たれた市川崑監督が日本テレビで演出した梶井基次郎原作の『檸檬《れもん》』や、続けて演出した島崎藤村原作の連続ドラマ『破戒』（ともに一九六一年放送）にも主演しました。ですから、他流試合にはそれほど戸惑いはありませんでした。

『黄金の日日』の収録終了を記念しての集合写真。市川は２列目の左から２人目、その右は栗原小巻、主演の市川染五郎（現・松本白鸚）＝1978年11月、NHKで

もっとも、歌舞伎でも現代劇でも舞台は板の上ですが、テレビのロケ撮影では足元が本物の土なんです。映画に出た時にも感じましたけれど、せりふを言っていて「なんだか、いつもと違うなあ」と思って、違いに気づいたんですね。そんなふうに他流試合を重ねてきた歌舞伎役者の市川染五郎が『黄金の日日』という大河ドラマに出合ったわけです。

——近藤プロデューサーは恐らく「そういう染五郎さんだから、〝異種格闘技〟を面白がるに違いない」と見込んで、主役に迎えられたんでしょう。こうした異色のキャスティングはそれぞれの演技の質が「水と油」になるというリスクもはらんでいましたが、見事に融合し、躍動感のある大河ドラマになったと思います。平均視聴率は二五・九％でしたから、堂々たるヒット作と言えます。

白鸚　市川さんは自由奔放な感覚で書かれ、演出陣がオーソドックスに撮られましたね。収録には一年二、三カ月かかり、その間、歌舞伎の舞台はすべて休みました。当時のことをお話ししていると、今でも胸が躍りますね。役者の私が言うのも何ですけれど、若手からベテランまで役者さんがみんな生き生きしていました。あれは市川さんの脚本の魅力でしょう。自分が持っているものをすべて出し切れたというか、スカッとして、気持ちのいい仕事になりました。題名のとおり、市川染五郎時代の〝黄金の日日〟でした（笑）。時がたてばたつほど、私の中で光り輝いていますよ。

市川さんの『淋しいのはお前だけじゃない』（TBS、一九八二年）はずっと見ていました。素晴らしい作品なので、今でもよく覚えています。あの名作も「この作者の作品に出たい」という役者さんたちの思いが画面に出て、みんな生き生きと演じていましたよね。

――『黄金の日日』のホン（脚本）はスムーズに届けられたんですか。

白鸚　そんなに遅れることはなく、私たちにとってはありがたい脚本家でした。その一年余りは助左（衛門）を演じるというより、朝から晩まで助左として生きようと思いました。助左になりきるわけですから、ホンが早いとか遅いとかはほとんど意識しませんでしたね。せりふはうちですべて覚え、収録現場には台本を一度も持ち込みませんでした。これは映画に出た時、三船敏郎さんの姿勢から学んだことです。

――『黄金の日日』では、大河ドラマで初めてとなる海外ロケもありました。マニラに日本人村をつくった助左衛門が独立運動の闘士たちを助け、イスパニアの軍隊と戦うという国際性豊かなストーリーでした。

白鸚　いやあ、フィリピンのルソン島ロケは本当に大変でした。とにかく暑いし、ロケ現場の海岸が遠かったんですよ。泊まっていたところからバスで片道二、三時間かかりました。朝はみんな元気ですけれど、帰りはぐったりして、バスの中で寝ていました。朝から晩までスタッフや共演者の皆さんとご一緒で、まるで合宿のようでした。

ドラマとは関係ないんですが、ルソン島は太平洋戦争で戦場になり、その傷跡にも触れました。助左が竹やりを持つ場面では、現地のエキストラのおばあさんがものすごい顔つきで私をにらむんです。その目を見て、「ああ、この人は助左の私に戦時中の日本兵を重ねているんだな」と思いましたよ。ロケの帰りが夜になり、車中から外を眺めていると、村の家々には電気がなく、真っ暗なんです。電柱の灯りだけがポツンとついていました。そういう貧しさがある一方、朝になるとブーゲンビリアの鮮やかな深紅が目に入り、対照的な光景でした。考えてみれば、歌舞伎では絶対に味わえない貴重な経験をさせていただきました。

――先代の白鸚さんも、助左衛門と生き別れになり、海賊の頭となった父親役で出演されましたね。

白鸚　父が幸四郎の時期でした。最終回には私の息子、今の幸四郎も本名で出演しました。堺を捨て、ルソン島に渡ろうとする助左の船に乗り込む少年の役でした。あの『黄金の日日』には三代が出ていたんですね。市川さんがご健在でしたら、今回の三代襲名をどれほど喜んでくださったことか。それを考えると、早すぎる死が残念でなりません。

――『黄金の日日』は翌年の一九七九年に舞台化され、歌舞伎座で上演されました。どういういきさつでしたか。

白鸚　市川さんは自ら戯曲を書かれ、あれで大谷竹次郎賞を受賞されましたよ。松竹さんが新作歌舞伎として企画し、ＮＨＫさんに掛け合いました。大河ドラマを歌舞伎にするのはまれで、松竹さんがよほど気に入られたんでしょう。テレビ用の衣装も使った覚えがありますね。

大河ドラマはほとんど市川がらみ

――『黄金の日日』から六年後の一九八四年、松本幸四郎さんとして『山河燃ゆ』で再び大河ドラマに主演されました。大河ドラマは前年の『徳川家康』を最後に時代劇からいったん離れ、日本の近現代史を取り上げる「近代大河」路線に方向転換します。その第一作の『山河燃ゆ』は山崎豊子さんの長編小説『二つの祖国』を原作にして、大河ドラマで初めて昭和史と太平洋戦争の時代に挑みました。市川さん、近藤プロデューサーと再び組む、このチャレンジングな企画については、どう思われましたか。

白鸚　大河ドラマに二度目の主演をするということで、役者としてうれしく受け止めましたが、山崎豊子さんの原作と聞き、正直に言ってエーッと思いましたよ。大河ドラマは日本史を描く歴史ドラマというイメージがありましたからね。でも、実際にあったことを基にして、日系アメリカ人の立場からあの戦争を描いた山崎さんの小説を読んで、その迫力に圧倒されました。市川さんがこれをどう料理するのかなと思っていたら、お会いした時、「これはグレン・ミラー（二十世紀前半に活躍したアメリカのジャズミュージシャン）の世界だな」とおっしゃったんです。そのとらえ方には私も同感でした。沢田研二さんが演じられた日系二世も、『イン・ザ・ムード』が聴こえてきそうでしたよ。

ただ、『黄金の日日』とはまったく違ったシチュエーションだったし、生々しい問題提起を含んでいましたから、市川さんはかなりご苦労されたようですね。制作過程のことは、私の耳にも多少入ってきました。

――この『山河燃ゆ』もアメリカでの海外ロケがありましたね。

白鸚　サンフランシスコやロサンゼルスに行きました。私の父親役の三船敏郎さんがロサンゼルスのリトル・トーキョーで営むクリーニング店や、戦争中に日系人が強制的に入れられた収容所などは、NHKのスタジオにセットが組まれました。リハーサルの時に驚かされたのは毎回、外国人の方が多かったことです。近藤プロデューサーが米軍関係から集められたと聞きました。『山河燃ゆ』にも大原麗子さん、島田陽子さん、多岐川裕美さん、鶴田浩二さん、池部良さんと、いろいろな方が出演していらっしゃいましたね。

——主人公の天羽《あもう》賢治は日米間を往ったり来たりして、日米開戦後は日系新聞の記者を経て、米軍の情報将校となります。日本兵として戦う弟の忠《ただし》（西田敏行）とフィリピンの激戦地で遭遇し、誤って忠の足を撃ってしまいます。賢治は戦後、戦犯を裁く東京裁判に通訳として立ち会いました。二つの祖国の間で揺れ続けた賢治は、この裁判の行方を見届けた後、拳銃で自殺するという衝撃的な結末でした。

白鸚　賢治にはモデルの方がいらしたそうで、今でも忘れられない後日談があります。放送が終わって何年後かに、その奥さんと娘さんが来日し、私に会いたいと言ってこられました。私はそのころ、日生劇場の公演に出ていて、楽屋でお待ちしていたんです。そうしたら、娘さんだけ見えられて、「母は東京まで一緒に来ました。でも、どうしても賢治を演じられた幸四郎さんにはつらくて会えず、独りでホテルの部屋におります」と聞かされました。私は何と言ったらいいか言葉が浮かばず、ただただ娘さんを抱きしめました。それほど重いテーマが込められたドラマでした。

歌舞伎役者が経験しようとしても、そうそう経験できることではありません。大河ドラマならではの、得がたい経験でした。「日本人とは何か、人間とは何か」を深く考えさせられました。本当に、市川さんと近藤さんは私にいろいろな経験をさせてくれました。私の心の中の宝物です。

――市川さん夫妻とは家族ぐるみのおつき合いと聞きました。

白鸚　『黄金の日日』の収録中は、市川さんとそれほど話す機会はありませんでした。役者が脚本家に直接、あれこれ言うのはどうかという気もしましたからね。お会いするようになったのはそれ以降です。それほど立ち入った話はしなくても、気心が知れていました。市川さんは言葉遣いが優しく、包容力がありました。私のことを「幸四郎さん」ではなく、「九代目《くだいめ》、九代目」とおっしゃり、うれしかったですね。そう呼んでくださるのは、市川さんと近藤プロデューサーくらいでしたよ。

私の芝居をよく見に来てくださり、俳優の道に進んだ三人の子供たちのこともずっと気にかけてくれました。電話がかかってくると、家内がよく長話をしていましたよ。お会いすると、いつもにこやかでしたが、その笑顔は今思い出しても本当に素敵でした。

以前から「（松）たか子ちゃんがデビューするなら、ぜひ僕のドラマで」と言ってくださり、たか子が高校一年になった時、「もう、いいでしょう」と市川さんから直接、『花の乱』のお話をいただきました。芸能活動を認めない学校だったので、本人の意思に任せたところ、たか子が「出たい」と言うんで、一学期で転校することになりました。

――一九九四年放送の『花の乱』は、大河ドラマで初めて室町後期を取り上げた市川さんのオリジナル脚本でした。たか子さんは八代将軍足利義政（市川團十郎）の妻・日野富子（三田佳子）の少女時代を、当時の市川新之助（現・市川海老蔵）さんが義政の青年時代を演じました。白鸚さんも、富子の実の父とされ、酒呑童子《しゅてんどうじ》の面をかぶった男の役で出演されました。「保護者」の気分じゃなかったですか。

白鸚　いやいや、たか子と共演する場面はなく、何も言いませんでした。酒呑童子は市川さんのご要望で、少しだけ出ました。

――たか子さんは『花の乱』の翌年、ＮＨＫで放送された連続ドラマ『藏《くら》』（宮尾登美子原作、大山勝美演出）に主演されました。そうすると、転校してまで『花の乱』に出演したことは大きな岐路になったわけですね。

白鸚　そのとおりです。市川さんからのお話がたか子にそういう決心をさせたんですね。うちの家内によりますと、市川さんは「たか子ちゃんにはいつか、新派の台本を書いてあげるからね」と話していたそうです。

――二〇一六年の大河ドラマ『真田丸』の中盤では、呂宋助左衛門として出演されましたよね。

白鸚　作者の三谷幸喜さんが『黄金の日日』の大ファンでして、あれを見て脚本家をめざしたそうです。その三谷さんから「ぜひ出てほしい」と頼まれ、三十数年ぶりに助左衛門を演じました。市川さんと『黄金の日日』に対する三谷さんのオマージュであり、私にとっても大切な役なので、即座にお引き受けしました。当時とはＮＨＫの現場がすっかり様変わりしていて、驚きましたね。より映画に近い撮り方になっているんです。

――二〇一七年度の文化庁芸術祭賞では、舞台『アマデウス』に主演された松本幸四郎さんとして演劇部門の大賞を受賞されました。『ラ・マンチャの男』の演技が評価された二〇一五年度に続いて、二度目の大賞に輝きました。さらに、今年のＮＨＫ放送文化賞にも選ばれました。受賞理由には、『黄金の日日』と『山河燃ゆ』に主演されたことも挙げられています。このＮＨＫ放送文化賞は市川さんも受賞されました。

白鸚　ありがたいことです。そういえば、私が出演した大河ドラマはほとんど市川さんがらみですね。

市川は松本幸四郎（左から２人目、現・白鸚）と家族ぐるみのつき合いがあった。市川美保子夫人（右から２人目）は幸四郎の後援会のパーティーで司会を務めた。その両脇は幸四郎の妹夫婦（1984年ごろ）

ダイヤモンドのように輝いていた

——白鸚さんは、二〇〇二年にNHKで放送された七十五分の単発ドラマ『風の盆から』にも主演され、市川さんはこれでブルガリアのゴールデンチェスト国際テレビ祭最優秀脚本賞を受けました。富山・八尾《やつお》の「おわら風の盆」に題材を取り、失明の危機にある著名な指揮者が八尾でいわくありげな少女の幻影を見るという、市川さんらしい幻想的な作品でした。

白鸚　夜のロケで、地元の方が踊ってくださる場面がありました。『越中おわら節』の歌や三味線、胡弓《こきゅう》の音は入れず、坂道の曲がり角から踊り手が出てくるんです。提灯《ちょうちん》がずらりと並ぶ辺り一面はシーンと静まり返り、草履と下駄の音だけが聴こえてきて、鳥肌が立ちました。「ああ、これは市川森一さんの世界だな」と実感しましたよ。

――市川さんはテレビドラマだけではなく戯曲も手がけ、一九九八年に銀座セゾン劇場で上演された『ヴェリズモ・オペラをどうぞ!』を書かれましたね。

白鸚 日本の創作劇を上演しようと演劇企画集団「シアターナインス」を立ち上げ、『バイ・マイセルフ』(作・三谷幸喜)に続く二作目を市川さんにお願いしました。主人公のデザイナーは現実と幻想の世界を往き来します。『道化師』というオペラを劇中に取り入れ、ワイドショーのリポーターたちが声だけで出演しました。どちらかといえば、『淋しいのはお前だけじゃない』に近い系列の作品でした。この芝居を起点にして、市川さんとの仕事がもっともっと広がればいいなと楽しみにしていたんですけれどね。

――市川さんは長崎県諫早市の出身ですが、長崎や諫早の話は聞かれましたか。

白鸚 家内はよくお話をしていたんで、知っていると思います。しかし、私は市川さんがどういう経歴で、どのようにして脚本家になったのかはほとんど聞いておりません。無関心というんじゃなくて、そういうプライベートな部分を抜きにして、気持ち良くおつき合いさせていただいたと思っています。

――仕事の苦労話などは?

白鸚 直接にはまったく聞いたことがありません。素敵な人って、苦労話はしないんですよ。それでいて、ご苦労されているのは何となく伝わってくるんです。思わず笑ってしまうような、楽しい苦労話ならいいんですけれど、そうでなければ心地いいものではありませんよね。市川さんはそれがわかっていらしたんじゃないですか。

これは余談ですが、市川さんの手は白くて、ポチャポチャとしているんですよ(笑)。ゴツゴツした手じゃなくて、女性の手のようで、家内も同じことを言っていましたね。天才作家だった菊田一夫先生の手とよく似ていましたよ。

――市川さんが二〇一一年暮れに急逝された時は驚きました。

白鸚　市川さんが亡くなる一カ月ほど前に勲章を受けられた際、たか子がガラス製の天使の置物をお祝いとしてプレゼントしたんです。そうしたら、「ありがとう。とってもうれしかった」というお礼のはがきが来て、「私は大天使ミカエルになって、いつまでもたか子さんを見守り続けます。これからも頑張ってください」と自筆で書かれていました。どういう意味なんだろうと、非常に気になりました。

もっと長生きして、いい作品を書いてほしかったという気持ちはもちろんあります。でも、振り返ってみれば、運命《さだめ》というか、これが市川森一さんの人生じゃないかとも思いますね。私とも「将来、こういう仕事をしよう」とか、「たか子さんで蝶々夫人をやろう」とか話していましたが、未完に終わった仕事は私の夢として今も生きているんです。昨今のテレビドラマを見ていても、「ああ、あれは『黄金の日日』の影響を受けているな、これは『淋しいのはお前だけじゃない』の系譜だな」といった感想を抱くことがあり、市川さんの精神はまだまだ生き続けているような気がします。

――今年は、『黄金の日日』の放送からちょうど四十年になります。それは市川さんとの四十年でもありますね。

白鸚　何といっても、『黄金の日日』は私のテレビドラマの代表作です。思い出に浸るのは年が知れるので、どうかとは思いますが、市川森一さんという方は心の底から素敵な人だったなあ、という思い出話はいくらでもしていいと思うんですよ。

人間はどれほど偉くなるかではなくて、どれだけいい友達を持てるかがその人の値打ちだって言われます。作者と役者という関係ではありますが、市川さんはかけがえのない、ダイヤモンドのように輝いていた友人の一人でした。こうして市川さんのことを語れるのはうれしいし、幸せですね。きょうは楽しいお話をさせていただきました。ありがとうございました。

（二〇一八年三月六日、聞き手・鈴木嘉一）

■松本白鸚プロフィール

一九四二年、八代目松本幸四郎（初代松本白鸚）の長男として生まれる。四六年、二代目松本金太郎として初舞台を踏み、四九年に六代目市川染五郎を襲名。七〇年、『ラ・マンチャの男』で日本人として初めて米ブロードウェーでの主演を果たした。八一年、九代目松本幸四郎を襲名。ミュージカル、現代劇、シェークスピアなどの翻訳劇でも活躍し、『ラ・マンチャの男』では芸術選奨新人賞、日本芸術院賞、読売演劇大賞最優秀男優賞、菊田一夫演劇賞大賞、文化庁芸術祭大賞などを受賞した。このほか毎日芸術賞、菊池寛賞、紫綬褒章も受けている。二〇〇九年に日本芸術院会員、二〇一二年には文化功労者に選ばれた。二〇一八年一月、高麗屋三代の同時襲名で二代目松本白鸚を襲名した。当たり役である『勧進帳』の弁慶の上演回数は、千百回を超える。フジテレビの連続ドラマ『王様のレストラン』（一九九五年）など、多くのテレビドラマにも主演している。著書に『弁慶のカーテンコール』『句集　仙翁花《せんのうか》』『幸四郎的奇跡のはなし』などがある。

市川さんとの、北のドラマ作り

北海道放送顧問　長沼《ながぬま》　修《おさむ》

晩秋の『林で書いた詩』

あれは一九七四（昭和四十九）年の秋の初めだった。その頃、私の師匠・守分寿男《もりわけとしお》さんは気鋭の脚本家だった倉本聰さんと組んで、ＴＢＳ系の『東芝日曜劇場』で『ばんえい』や『りんりんと』など優れた単発ドラマを次々に発表していた。北海道放送（ＨＢＣ）でようやくディレクターとして独り立ちしたばかりの私は、守分・倉本コンビに負けない、私とタッグを組める同世代の脚本家を探していた。そして「面白い人がいる」と聞いて声をかけたのが市川森一さん。市川さんは三十三歳、私は三十一歳だった。

市川さんは「札幌に来るのは初めてだ」といった。彼はお洒落《しゃれ》でスマート、とても洗練された文学青年という印象だった。ドラマの内容は全く決まっていなかった。「明日はどこへ行ってみますか」と尋ねたら、小樽へ行ってみたいという。彼は故郷の長崎に似た、坂のある北の港町を見たいと思ったようだ。

翌日、市川さんと私は小樽の街をあちこち歩いた。古い石造りの倉庫が並ぶ運河のまわり。外国船が停泊する港の埠頭《ふとう》。珍しい魚が並ぶ北の市場。小樽が生んだ作家・小林多喜二や伊藤整の記念碑がある丘。そして夕方、町はずれの公園にたどりついた。楡《にれ》や柏の林の中に、白い小さな木造の図書館があった。

人の出入りはほとんどない。でも、窓の向こうにかすかに人の動きが見える。館長はどんな人だろうね。司書は何人いるのだろうか。こういう図書館に本を借りに来るのはどんな人だろう。私たちは通りの向こうから、しばらく黙ってその図書館を眺めていた。

辺りはもう夕方。少し色づいた木々の葉が小鳥の群れのように舞っていた。

帰京した市川さんから、しばらくしてシナリオが送られてきた。素敵な脚本だった。

『林で書いた詩』は市川さんが『東芝日曜劇場』で初めて執筆する作品。書き出しのト書きがとても文学的だった。

その季節《とき》、枯葉は鳥に変《な》って森を舞う。
秋から冬に移っていく日々の、ある日あるときの風にのって……
樹木を離れ、地上に朽ちて土に還るまでの間の、わずか数秒間……
鳥に変った枯葉の群れは、渦を描いて森の空間を輪舞する。
此処《ここ》は北国の森……
その重なり合うフォトジェニックな落葉の情景の中に、
タイトルが浮かび上がってくる。

市川がTBS系『東芝日曜劇場』で初めて書いた『林で書いた詩』（1974年放送）に出演した桜木健一と香山美子

シナリオのト書きは通常、科白《せりふ》にできない俳優の動きや、もろもろの設定を表すものであろうが、この作品のト書きは、ドラマの空気や色といった、これから始まる物語の世界を暗示していた。

『柔道一直線』など硬派の青春ドラマで人気だった桜木健一さんが扮《ふん》する、小柄でビン底メガネのもてない司書が主人公だった。秋も深まったある日、その司書の前に都会風の謎めいた女（香山美子）が現れる。長い髪には人知れず一枚の枯葉が絡みついていた。そして、その女を尾行しているらしい太った中年の男（金田龍之介）。森の中に建つ小さな図書館で繰り広げられる不思議な世界。全編に秋の気配が色濃かった。

時ならぬ降雪などもあってロケは難航したが、何とか撮影を終えた。編集して作曲家の深町純さんに見せたところ、彼はポツリとつぶやいた。「この作品のテーマは秋だね」。そう、まさしく市川さんが書いたのは、冬を目前にした北国の晩秋を、婚期を逃しそうなもてない司書と、やはり恋に破れた旅の女の「こころの秋」に重ねて描いたもの。

女が愛した男には妻子があり、すでに船の事故で死んでいた。それを知ったこの司書は、沖に向かう船を指して、彼はあの船で旅立ったと女に告げる。

伊藤整の詩「林で書いた詩」がドラマの最後を包み込む。

やっぱりこの事だけは言わずに行かう。
今のままのあなたを生かして、
寂しければ目に浮かべていよう
何時か皆、人が忘れたころ、私は故郷に帰り、
閑古鳥のよく聞こえる
落葉松《からまつ》の林のはずれに家を建てよう。
草藪《くさやぶ》に蔽《おお》われて、見えなくなるような家を

市川さんは初めて訪れた北の港町の、メルヘンのような小さな図書館を舞台に、長く厳しい冬に向かって生きる人間の優しさを、シナリオの中に見事に表現されていた。

私は思う。市川さんはシナリオを単なるドラマの設計図としてではなく、シナリオという形をとりながら、一つの文学作品を書いておられたのではないかと。

そしてそのことは、市川さんが晩年までこだわったシナリオの収集・保存活動の原点でもあるよう

に思えるのだ。

北国の自然を生かすロケ

『日曜劇場』は一九九三年まで、今日のような連続ドラマ枠ではなく、毎回が一時間の読み切りだった。年間の三分の二ほどはＴＢＳが作ったが、その他は大阪・毎日放送（ＭＢＳ）、名古屋・中部日本放送（ＣＢＣ）、福岡・ＲＫＢ毎日放送（ＲＫＢ）そして北海道放送の四局が、それぞれの地域を舞台に年間四本から六本の意欲作を制作し、全国に放送していた。

一話完結形式のドラマ枠は、失敗を恐れず斬新なドラマ作りを可能にし、また若い脚本家の登竜門としても貴重だった。四局が制作するドラマはいずれも個性的で、内容の評価も高く、多くの優れた脚本家や俳優さんが競って地方局制作の『日曜劇場』に参加してくれた。

市川さんは北から南まで、各局の作品をたくさん書いた。特に中部日本放送の山本恵三ディレクターとは、『日曜劇場』のほかにも『幽婚』（九八年、文化庁芸術祭優秀賞）など素晴らしい作品を何本も残している。

しかし、市川さんには北の風土が似あうように思う。

私は『林で書いた詩』以来、合わせて七本のドラマを市川さんと作った。その多くが場所や空間を限定して、その中でうごめく人間のドラマを想像して作っていくというものだった。ドラマの舞台を限定することにより、制作費も抑えられるし、何よりも人間の内面に深く入っていける。一時間の単発ドラマでは効果的な手法だった。

1980年に放送された『春のささやき』のロケ風景。（左から）南田洋子、根津甚八、長沼修ディレクター

例えば八〇年放送の『春のささやき』は、小樽の海岸から少し山側に入ったところにある小さな駅の駅員（根津甚八）と彼に恋する食堂の娘（伊藤蘭）、そしてその駅にふらりと降り立った旅の女（南田洋子）が織りなす一日の話だった。

カメラはほとんどこの駅から出ることはない。ゆったりと行きかう長い列車が、山あいの小さな駅という閉鎖的な空間を外につなげる唯一のものだった。

季節は春だが、三月の北海道はまだ冬の最中だ。

時折、ものすごい吹雪に見舞われる。そんな荒れた日に、この小さな駅に降り立った女は、若い駅員がかつて憧れた先生だ。確か、誰かと結婚して函館に行ったと耳にしていたのだが……。

なぜか彼女は駅の待合室から動かない。誰かを待っているようだ。駅員はそんな彼女が気になり、彼に恋する娘は嫉妬する。はちきれるような伊藤蘭ちゃんの若さと、すっかりやつれた南田さんの表情は、女の宿命を思わせるように対照的だ。そして市川さんはその女に対し、さらに厳しい現実を突き付ける。

彼女が駆け落ちを約束した男はついにやってこないのだ。雪が足元から舞い上がる吹雪の中でホームにひとり立ち尽くすその女。彼女は傷心のまま汽車に乗ってどこかへ旅立っていく。そして対照的に、若い二人はようやくお互いの気持ちを通わせるのだ。

吹雪は去り、線路の傍らのネコヤナギの芽がふっくらと膨らみ、かすかに春の訪れを告げる。

ＨＢＣのドラマ作りの特徴はロケの多用にあった。なるべく一カ所にカメラを据え、あたりの陽《ひ》の移ろいや風の変化をできるだけドラマの中に取り入れた。この作品のロケの最中にも、時ならぬ猛吹雪に見舞われて過酷な撮影現場となったが、偶然撮られたすさまじい吹雪の映像は物語の効果を十分に高めるものだった。

市川さんはそんな私たちのドラマ作りをとても好んだ。彼のシナリオの行間には、北国の自然の光や風の映像が良く収まった。

脱走犯、空に舞う

市川作品の魅力のひとつはその虚構性にあると思う。テレビドラマがある意味、嘘のかけらを積み重ねて人間の本質を描いていこうとするものならば、まさに市川作品はぎりぎりまでその虚構性を打ち出してくる。その点では、私が教えを受けた倉本聰さんとは対極にあるといってもよい。

倉本さんはしつこいほどリアルなディテール（細部）にこだわる。登場人物の設定に嘘はないか、主人公はそんなことを言うだろうか、その人のお父さんはどこの出身でおじいさんは何をしていたか。倉本作品の登場人物はすべてリアルに存在する人間でなければならないし、その追求がドラマ全体の空間を本物に近づける。ドラマのパーツというべき登場人物の設定を科白の語尾にまで気を使い、リアルに表現しながらドラマを組み立てていく。その結果、倉本ドラマはとても説得力のあるものになる。

反対に市川さんは人間のリアリティーより、作品が打ち出す空想の世界の中に、人間の本質を見つけようとする。だから人物の設定は、こんな人はいるだろうか、こんなことがあるだろうかという、ぎりぎりのところまでデフォルメされる。その結果、リアリティーを超えて見えてくる空想の世界が自由に描かれるのだ。絵画における具象画と抽象画の違いに例えられるだろうか。

『バースディ・カード』（七七年）を企画したきっかけはこうだ。

市川さんと札幌の大倉山のジャンプ台を見に行った。市川さんは空にそびえる、高いジャンプ台を見上げながらいった。「こんなに高いところから飛び降りるなんて信じられないね……」。そこで私が説明した。「かつてK君という選手がいて、彼はいつも一番遠くに飛ぶんだけれど、必ず転ぶんですよ。もう少し距離を加減すれば転ぶことはないのに、変な男ですよ」。それを聞いて、市川さんはいった。「きっと、鳥になりたかったんじゃないだろうか……」。市川さんらしい夢のある発想だった。

しばらくして脚本ができた。

雑誌のペンフレンド募集で知り合ったかわいい女子高生（池上季実子）にひとめぼれした寂しい若者（水谷豊）が、恋に破れてジャンプ台から飛び降り、鳥になろうとする物語。現実離れした不思議な話だった。

憧れの彼女から届いたバースディ・カードには、ひょうきんな鳥がジャンプ台からスキー板を履いて空に飛び出している漫画チックな絵が描かれている。

音楽はすでにできていた。マーサ三宅さんが歌う『とめどなく』。ジャズフィーリングのリズムカルなメロディーにのせて、ひたむきに恋心を募らせる若者の気持ちが、深町純さんの歌詞で熱く歌われていた。

その曲に合わせて、高くそびえる雪山のジャンプ台を登っていく男。水谷さんが扮する脱走犯である。貧しく寂しく、一途《いちず》な男の悲しい物語が描かれる。ひとめぼれした彼女とペンフレンドになり、この男は有頂天。そして、彼女を追いかけ、殺人事件を起こして投獄される。刑務所を脱走して、郊外の小さなドライブインにたどり着くのだが、そこには今はやつれたあの彼女がおかみとして働いていた。女は彼のことを覚えていない。彼女はあのバースディ・カードを出したことすら覚えていない。あの頃はいたずらのつもりで、見ず知らずの人にたくさん出していたというのだ。

警察によってジャンプ台の頂上まで追い詰められたこの男は、一気にスキー板を履いて滑り降り、空に大きく飛び出して鳥のように舞うのだが……。ドラマはジャンプ台の斜面にたたきつけられ、転げ落ちる男の姿で終わる。

このドラマは、全編をマーサ三宅さんと深町純さんが歌う愛の歌で包む。

脱走犯がジャンプ台から空に向かって飛びだすという非現実的な設定を、あるかもしれない、あってほしい、というぎりぎりのリアリティーで描いていく。若い主人公たちの純朴な気持ちがひしひしと伝わる市川さんならではのドラマとなった。

良い歌の歌詞のように、短い言葉の中に人間の心の真実が凝縮される、そんな世界を市川さんはこのドラマで作りたかったようだった。

かつてNHKで放送された女流脚本家の座談会で、今や大活躍の中園ミホさんが、「一番影響を受けた作品」として『バースディ・カード』をあげてくれた。今も、もう一度見たいというリクエストがたくさん寄せられている。

日本列島縦断ドラマに挑戦

『東芝日曜劇場』のスポンサーは内容には寛容だった。また年間の半分以上がTBSの制作で、石井ふく子プロデューサーが確実に視聴率をとってくれたから、制作に参加するMBS、CBC、RKB、HBCの地方局はあまり視聴率を気にせず内容本位、それなりに冒険ができた。

ある時、TBSを除く四人のプロデューサーが集まる機会があった。そこで「何か共同で面白いことをやりたいね」という話が出た。はじめは冗談半分だったが、次第に熱を帯びてきた。せっかく日本の各地で地域に根差したドラマを作っているのだから、それぞれの地域で物語が展開し、それが日本全土に広がるようなドラマを作らないか、という話になった。そして出来上がったのが、「日本列島縦断スペシャル」と銘打って、『日曜劇場』で放送された『伝言～メッセージ～』だった。

舞台となるのは北海道、東京、名古屋、京都、福岡。一話の中に各局が制作した各地のドラマが入り乱れるという、大掛かりで前代未聞の企画だった。

物語はこうだ。東京の下町にある小さな土地の相続人は全国に散らばっているのだが、札幌にいる権利者の一人（いかりや長介）が心臓病の発作に襲われ、その娘（つみきみほ）がこの土地の権利証を全国に散らばる他の権利者に届ける。しかし、各地の権利者にはそれぞれの事情があり、思わぬ過去

『伝言』の制作発表会に出席した（左から）かたせ梨乃、岩城滉一、八千草薫、二谷英明、つみきみほ、市川（1988年）

があらわになる……。

　折しもバブル景気の真っ最中で、日本中の土地の価格が値上がりして天井知らず。そのため世の中の不動産に関する関心は高まり、トラブルも多かった。そんな世相を背景に、四局の四人の演出家がそれぞれ一話ずつ作るのではなく、一回の放送の中に各局が撮影したシーンが各地から入ってくるというものだ。

　それぞれの土地で生活しているスタッフが切り取る、その地域ならではの空気や人の息遣いというものがきっとあるはずだ。それを横糸としてつなぎ合わせて、縦糸になるのは市川さんの脚本と久石譲さんの音楽、そして全国に展開する俳優さんたち。苦労は多いが、斬新で素晴しい織物が出来上がるだろうという夢を掲げ、大胆な実験ともいえるドラマ作りだった。

市川さんは大いに乗り、この奇想天外なドラマ作りに挑戦してくれた。全国を駆け回り、それぞれの局の担当者と話し合った。各局の撮影の分量も、劇中の重要性も、俳優の役どころも、制作費もすべて均等になるように配分しなければならない。彼はパズルを解くような作業をして、この壮大なドラマを書き上げた。

番組の冒頭は、全国各地からそれぞれの局のアナウンサーによって生中継されるニュース番組の再現から始まった。このドラマの作り方を象徴するものだった。

京都で暮らす謎の女性（八千草薫）や佐賀・有田の焼物工場で働く妖艶な絵付師（かたせ梨乃）、アメリカーズカップに挑戦する息子（石黒賢）を励ます名古屋在住の元外交官（二谷英明）、さらに全国を駆け巡る不動産屋（岩城滉一）など多彩な出演陣の熱演もあり、この番組は八八年十一月二十日から四回にわたって無事、全国に放送された。

こういうドラマの作り方はおそらく、日本のテレビ史上これが最初で最後だろう。地方局を熟知し、チャレンジ精神が旺盛な市川さんなくしてはできない挑戦だった。

サハリンの美しい少女

市川さんと私の、北のドラマ作りは、ついに北海道を越えて、もっと北に舞台を移した。九一年放送の『サハリンの薔薇』である。

サハリン（旧・樺太）は終戦直後の混乱の中、ソ連軍によって日本人が追い出され、ソ連領とされた。以来、「赤いカーテン」に遮られ、日本人の渡航は許されなかった。その南端は北海道の稚内から肉眼で見えるほど近いが、人の行き来はできない、近くて遠い島だった。

ところが、八〇年代末期にペレストロイカという政治改革の機運が盛り上がり、ソ連はその赤い鉄の鎧《よろい》を脱ぎ始めた。そして、サハリンもようやく開放され、外国人が入れるようになった。

北海道には樺太からの引揚者がたくさんいる。一九四五年夏、混乱の中で着の身着のままで日本に引き揚げてきた人々にとって、サハリンはすぐにでも行ってみたい思い出の地だった。

私は、そんなサハリンを舞台にドラマを作ってみたいと思った。ちょうどサハリンテレビの幹部が札幌に来るというので、ドラマの共同制作を持ち掛けた。

脚本は市川さんにお願いした。シナリオハンティングのため、新潟市からハバロフスクを経由してサハリンにわたった。州都ユジノサハリンスク（旧・豊原）の飛行場では荷物の受け取りに三時間もかかった。待っている間、市川さんはずっと本を読んでいた。どうやらロシアの文豪アントン・チェーホフの戯曲集を持ってきたようだ。

チェーホフは若い時、囚人の流刑地だったサハリンまで旅行し、その印象を『サハリン島』という旅行記に詳しく書き残している。

当時は飛行機もない。シベリアを横断する旅は想像を絶するほど長い旅であったろう。シベリアの果て、極東の島にやってきたチェーホフの思いは何だったのか。

市川さんと私は、そんなチェーホフの気持ちを探るように、ユジノサハリンスクの町を歩き回った。道はデコボコ、車は傷だらけ。建物も傷み、経済が停滞しているのがわかる。しかし、町の中心には日本の旧樺太庁舎だったお城のような博物館があった。公園にはチェーホフの像が立ち、チェーホフの名を冠した劇場もあって、文化的な香りがかすかに残っていた。

郊外には、木製の塀で囲まれた小さな小屋付きの百坪ほどの畑が散在している。ダーチャと呼ばれる畑では、わずかな野菜や果樹が作られていた。街中の通りの片隅では年老いた女性たちがバケツを並べ、ダーチャで作った花を売っていた。そのほとんどが美しいバラの花。色とりどりのバラの花が妙にこの極東のはずれの町にマッチしていた。

帰国してから市川さんは脚本を書いた。そのころ論議を呼んでいた安楽死を取り上げ、不治の病に苦しむ婚約者を安楽死させた医者の矢吹（役所広司）を主人公に据えた。彼はその罪から逃れるように、ソ連人の友人がいるサハリンにやってきた。演劇青年だった彼は、チェーホフの『ワーニャ伯父さん』の芝居をやったことがある。それで、この芝居の科白ならある程度ロシア語が理解できるという設定がミソだった。

矢吹は花売りの店が並ぶ通りでマーシャという少女と出会う。バラのように美しい女の子。彼はその少女の案内で、やはり医師でもあったチェーホフの足跡をたどるのだ。

婚約者を死なせたという苦しみを忘れさせてくれるような数日間。しかし、ふとしたきっかけでマーシャが白血病に侵されていることを知る。薬を取りに帰国することを決意した矢吹は、駅まで見送りに来たマーシャに対して、自分が犯した罪とその苦しみを打ち明けようとするのだが、ロシア語の会話ができない彼はその思いを彼女に伝えられない。

そこで彼は持っていたチェーホフの戯曲集を開き、『ワーニャ伯父さん』の科白を介して気持ちを伝え、少女はその男の苦しみを理解する。

矢吹、ふと思い立ち、バッグからチェーホフの原書を出して、「ワーニャ伯父さん」の頁《ページ》をめくって、読む。

矢吹「(ロシア語) ソーニャ。いや、マーシャ、私はつらい。私のこのつらさが分ってくれたらなァ (スーパー)」

マーシャ「(ロシア語) ワーニャ伯父さんの科白なら通じるのね！　貸して (と、原書をとって、読む) ……、仕方がないわ。生きていかなければ！　ね、ワーニャ伯父さん、生きていきましょうよ (スーパー)」

矢吹「?! (通じて、目が輝く)」

マーシャ「(つづけて) 長い、はてしないその日その日を、いつ明けるとも知れない夜また夜を、じっと生き通していきましょうね。いまのうちも、やがて年をとってからも、片時も休まずに、人のために働きましょうね。そして、やがてその時が来たら、素直に死んでいきましょうね。あの世へ行ったら、どんなに私たちが苦しかったか、どんな涙を流したか、どんなにつらい一生を送ってきたか、残らず神様に申し上げましょうね」(中略)

矢吹「(涙で声がつまる、ロシア語で……) ……神さま、どうぞお赦しを (スーパー)」

発車の汽笛が鳴る！

矢吹、ふりきるように列車に駆けこむ。

『ワーニャ叔父さん』の科白を拾いながら、必死に自分の気持ちを伝えようとする少女のやさしさを理解するこの男は、後ろ髪を引かれる思いでサハリンを後にする。

チェーホフの戯曲の科白をそのまま使いながら、自分のドラマを組み立てていく。まさにチェーホフになりきったような市川さんの巧妙で大胆なドラマ作法だ。

撮影のために稚内から船でサハリンに出発したのは一九九一年の八月十九日。この日はちょうどモスクワでクーデターが勃発し、その後のゴルバチョフ大統領の失脚とソ連崩壊につながった重要な日である。その混乱の中でサハリンロケは進められた。日本から同行した俳優さんは役所広司さん、ロシア語と日本語ができる友人の医師役ブライアン・ユルさん、幻影として現れる亡き婚約者役の那須佐代子さんだけだった。

バラのような少女を演じたのは、市川さんと現地で見つけた普通の高校生マリーナ。演技の経験はなく、日本語もできない素人の女の子だった。彼女は大変な努力をして役所さんの相手役を堂々と演じた。他の出演者もすべて現地の人。サハリンにはプロの劇団などなく、出演者は皆アマチュア。通訳さんにまで科白のある役をやってもらったようにとても苦労したが、サハリンの皆さんの献身的な協力を得て無事撮影を乗り切った。そして『サハリンの薔薇』は九一年度の文化庁芸術作品賞を受賞した。

この物語には後日談がある。マーシャを演じたこの少女は、ドラマ出演が日本への関心を強めたらしく、サハリンの大学に進んで日本語を勉強した。

それから何年か過ぎたある時、札幌の薄野の焼肉店にきれいなロシアの娘が働いているとのうわさを聞いた。私のドラマに出ていた娘に似ているという。行ってみると、やはり彼女だった。労働ビザを持たず、いろいろな伝手《つて》を頼って貨物船でやってきたという。「将来二度と日本で仕事ができなくなるから、いったん帰って、しっかり労働ビザを取ってからおいで」と説得してサハリンに返した。

数年後、彼女は再び札幌にきて、通訳として一生懸命働いていたのだが、突然、私を訪ねてきて涙を流した。信頼していた人に騙されたという。私にはどうしてやることもできなかった。その後、彼女はロシアの西の町に住む母親のところに帰ったと聞いた。

サハリンの少女のドラマはまだ続いていたのだ。

二〇一一年の秋、所用で仙台にいた私は一緒にいた友人から、市川さんが仙台に来ていて午前中に会ったという話を聞いた。東日本大震災の被災者を扱ったドラマの企画の調査だという。その時突然、その友人に市川さんから電話がかかってきた。これから東京に帰るとのこと。私がその電話に出ると、市川さんはとても驚いていた。新幹線の発車が迫っており、駅のホームを走っているようだった。ハーハーと息を弾ませながら、「長沼さーん、また一緒にやりたいねー！」と大きな声で叫んだ。

それから三カ月後、市川さんが他界されたとの悲しい知らせを聞いた……。

■長沼修プロフィール

一九四三年、札幌市生まれ。北海道大学農学部卒。六七年、北海道放送に入社後、テレビの制作現場で多くのドラマやドキュメンタリーをディレクター、プロデューサーとして制作する。『東芝日曜劇場』では、八〇年放送の『春のささやき』と『遠く離れて子守歌』、八一年の『ホンカン仰天す』、八三年の『たぬきの休日』、八七年の『ダイヤモンドのふる街』などが日本民間放送連盟賞優秀に選ばれる。八七年にはドキュメンタリー『童は見たり』で文化庁芸術作品賞、放送文化基金賞本賞などを受賞。二〇〇〇年、北海道放送社長に就任。同社会長を経て、二〇一〇年、札幌ドーム社長に就任。二〇一七年に退任した後は、音楽イベントや映像のプロデューサーとして活躍している。二〇一七年、旭日小綬章を受ける。日本ペンクラブ会員。北海道民放クラブ会長。著書は『北のドラマづくり半世紀』（二〇一五年、北海道新聞社）など。

『新・坊っちゃん』から始まった

俳優　西田敏行《にしだとしゆき》

舞台からテレビドラマへ

　もともとは新劇の「青年座」で舞台俳優として出発したのですが、ＮＨＫの朝の連続テレビ小説のレギュラーに抜擢されたことがきっかけで、テレビと深くかかわるようになったんです。以来、五十年あまり、いろんな脚本家とテレビドラマの仕事をしてきて、楽しかったこと、嬉《うれ》しかったこと、苦しかったこと等々、いろいろありましたけど、市川森一さんとの仕事は僕の中で独特の位置をしめていますね。

　思い返すと、市川脚本は多彩にして斬新、意表をつく展開があって、いつもワクワク感がありました。さりげなく書かれたように見えるト書きにも趣向がこらされ、画《え》（映像）が浮かぶ。無駄のない台詞《せりふ》とともに「市川ワールド」に引き込むマジックのようなものがあるんですね。

　市川さんとの初めての仕事は、ＮＨＫで一九七五年から七六年に放送された連続ドラマ『新・坊っちゃん』です。

　これは斬新で、発想がユニークでした。それまでのテレビドラマの常識を破るもので、出演者はみんな興奮気味であったことを覚えています。

朝の連続テレビ小説『北の家族』のプロデューサーの竹内日出男さんが、声をかけてくださったんです。

「今度、夏目漱石の『坊っちゃん』を連ドラでやることになったんだけど、新解釈のもとにやってみようと思う。スターシステムじゃなくって、無名でも実力のある俳優さんをそろえて、しっかりと作りたい」

その誘われ方がとっても気持ちよかったんで、受けたこともあります。

本題に入る前に、僕にチャンスをくださった竹内さんのことにちょっと触れさせてください。仕事の重心を舞台からテレビドラマに移すきっかけになったのは『北の家族』です。七三年から七四年にかけて放送された連続テレビ小説で、ヒロインは高橋洋子さん。家族のそれぞれの成長を描く伝統的なテレビドラマです。僕はヒロインの兄貴の友人、源太郎という大工役に起用されました。

ＮＨＫの連続テレビ小説は当時、一年間放送の長丁場でした。竹内さんが僕の『写楽考』の舞台を見にいらして、声をかけてくださったんです。竹内さんが雑誌のインタビューで、僕のことをこんなふうに語っています。

「独特のリズム感にひかれました。最初にラジオドラマに出てもらったんです。ラジオに出演していた当時は青年座の稽古場で、おどけて金太郎の腹掛けなんかして『テレビにも出してよう』なんて言っていましたが、その彼が『北の家族』のオーディションにきて、『俺はでっかい劇場でオセロを演じたいんです』と言って、審査員を茫然《ぼうぜん》とさせました。そのとき、線の太い役者になると思いましたね」

恥ずかしいけど、嬉しかったですね。

『北の家族』以降、僕にとって「アウェー」であったテレビが、次第に「フランチャイズ」になっていくんです。そして出会ったのが市川森一さん。年齢も近いし、それまで僕がテレビドラマについて抱いていたイメージをくつがえす発想をもち、しかも僕たちのようにまだ無名の俳優の意見に耳を傾け、意見を巧みに吸い上げて脚本に織り込んでいく。

ああ、テレビドラマもこういう作り方が出来るんだ、ここが俺の舞台になるなと思いましたよ。

自由な解釈で盛り上げた群像劇

『新・坊っちゃん』は夏目漱石の有名な小説『坊っちゃん』を下敷きにしています。「新」がつくくらいだから、新しい解釈の群像劇です。

僕の役は旧制松山中学の数学教師の山嵐。主人公の坊っちゃん役は柴俊夫でした。みんな二十代の後半くらいだったですね。柴俊夫はドラマでの実績がそんなになかったのに、いきなり主役に抜擢です。下條アトムさんもレギュラーに入ってましたけど、下條勉さんの息子だアみたいな感じがつよく、一般的にはあまり名前を知られていなかった。赤シャツ役の河原崎長一郎さんは我々よりちょっと年上で、すでに貫禄十分でしたね。

レギュラーは柴俊夫をのぞいて、ほとんど演劇関係の人たちでした。マドンナ役は大原麗子さん。途中降板になってしまいましたけど、お客を呼べるスターといったら大原さんぐらいでした。

そんな陣容で二十二回連続の長丁場のドラマが始まったわけですよ。僕たち若手の出演者も意見を言わせていただいたので、「『坊っちゃん』の裏側を読めば、こうなんだよ」などと言って収録に参加していました。ミーティングのときも、赤シャツが長州藩の士族で、山嵐は会津藩士族。「戊辰《ぼしん》戦争で戦った同士だし、犬猿の仲であるはずなんだよな」なんてことから始まって侃々諤々《かんかんがくがく》、言いたいことを言い合ったので、現場は活気があって面白かったですね。

僕は福島県出身なので当然会津びいきです。戊辰戦争で会津は長州などに徹底的にやられるんですが、市川さんはそんな僕の体験というか歴史を巧みに脚本に取り込んでくれました。当然、参加感が強まり、役者は張り切りますよ。

「テレビドラマの新しい表現というか、新しい領域を切り開けたらと思ってね」と市川さんは話していたし、意気込みを感じましたね。実際、『坊っちゃん』という素材を深掘りするというか、実験的な試みも随所にありました。

ただし、『坊っちゃん』は漱石の代表作であり、日本文学史に残る小説です。自由な解釈で面白く盛り上げる市川脚本に対して、反発もありました。当時の文学界の重鎮だった石川達三さんも、だいぶクレームをつけてきたと聞いています。

並の脚本家だったら恐れをなして原作どおりに描くのでしょうが、市川さんは断固跳ね返していましたね。「脚本家は戦わなければダメなんだ」とよく話していました。

そんな気概があるからこそ、新しい表現が出来たんだと思います。市川さんに刺激されて、我々も新しいものを作っていくという空気のなか、いろんなアイデアや思いを率直にだして意見をぶつけあいました。

市川さんは胸を張って「これが本当の『坊っちゃん』なんだよ」と言っていましたね。文豪に立ち向かう、という強い思いで書いたんだと思います。「新」をつけることで、関係者にはお許しを願った

『新・坊っちゃん』の収録終了後の集合写真。前列の左から５人目が西田敏行、その右隣が市川、前列の右から３人目が主演の柴俊夫（1976年）

と聞いています。

脚本家がそんなふうに頑張っていると聞いて、全員がチャレンジ精神を刺激されましたね。毎回、問題提起があったし、ワクワク感いっぱいです。

そうそう、当時は「受験地獄」という言葉がはやったように、多くの若者が受験勉強で苦しんでいる時代でした。それで、市川さんはドラマの中に京都帝国大学の三代目総長が「試験廃止論」を打ち出す話を取り込むんです。当時の藩閥政治に対して起こった自由民権運動を取り入れて、反戦的な思考を展開し、それに僕の演じる山嵐が絡んだり……。

坊っちゃんが松山中学に赴任してから間もなく日露戦争が始まるんです。市川さんは卒業生の多くが日露戦争にかり出されることも、問題提起としてドラマに織り込みました。それが赤シャツに目をつけられて、会津の血をひく山嵐との戦いになる、といった面白い展開です。

ちょうどベトナム戦争が北ベトナムの勝利で終結した時期でした。明治を描く「時代もの」でありながら、「反戦」という現代性を加味した構成にしたり、明治を描きながら、そこに「今起きている」事実を取り込み、批判のスパイスをまぶしたりする。ですから、ホン（脚本）としては非常に面白いし、演《や》ってて楽しいわけですよ。僕は長年、テレビや映画にかかわってきましたが、現場があんなに楽しくてワクワク感のあることって、めったにあるもんじゃありません。「脚本・市川森一」だからこそ出来た芸当ですね。

青春ドラマをみんなで楽しく作った

レギュラーの役者たちは自分の出番が終わっても帰らずに、最終撮りの役者を待って、飲みにいくんです。あとから市川さんが飲み屋にやってきました。

そこで、今度はこういうエピソードはどうですかとか、奇想天外なことも含めていろいろなアイデアが出てきて盛り上がる。番組が終わってから、市川さんはこうおっしゃっていましたね。

「居酒屋でのミーティング。楽しかったし、なにより面白いアイデアがたくさん出てきて、ずいぶん助かった」

まるでみんなで舞台を作るというか、映画を一本撮るような気持ちになりました。もの作りの楽しさを共に感じて、刺激しあう。そういうところから人を感動させる作品が出来るのではないか、とあらためて思いますね。

当時、早坂暁さんの風刺時代劇『天下御免《ごめん》』とか、それまでの表現の型を壊すような意欲的な実験作がいくつも作られていたんですね。映画関係者から低く見られていたテレビドラマが、独自の表現手法を掘り当てた時期といってもいいと思います。

こんなこともありました。

市川さんが遅筆のため別の脚本家をたてるという話があったんです。市川脚本の面白さを肌で感じていたので、僭越《せんえつ》ながら僕が出演者を代表して制作側に「市川さんでぜひやらせて欲しい」って直訴したんです。

「チームワークがすごくいいし、我々俳優陣はホンがいくら遅くても頑張るから」と力説しました。我々の意見が認められなければ、レギュラー陣は総退陣するとまでいった気がします。こっちの熱意が通じて制作側も受け入れてくれました。

僕の『写楽考』での演技を評価して、『北の家族』のレギュラー陣に加えてくださった竹内プロデューサーですから、そんなことができたんでしょうね。

『新・坊っちゃん』に出演していた役者が集まると、その話題で盛り上がります。ああいう作り方は、今の働き方改革からしたら非常に逆行することでしょうけど。当時はみんな熱い思いをもって現場にのぞんでいたので、時間オーバーなんて平気でした。役者バカ、映画バカ。それが〝テレビバカ〟につながったってことですかね。

それはいいとして、「脚本は市川さんで行く」との方針が決まってからも、なかなか次のホンができてこない。原稿を待つ間、我々役者は居酒屋で飲みながらアイデアを出し合いました。市川さんはNHKに〝拉致〟されて、渋谷の東武ホテルで軟禁状態になっている。でも、市川さんは制作側の見張りの隙をみてホテルを抜け出して、我々のところに飲みに来るんですよ。そこでまたみんなが意見をだしてワイワイガヤガヤやって、青春の楽しいドラマをみんなで作ってるなアって思いがありましたね。みんな若かったし、いい意味で「青年の客気」があったんです。

ＮＨＫのスタッフは、なかなか上がってこないホンが気になってヒヤヒヤもので、胃が痛かったでしょうけれどね。

今はテレビが大人になりすぎてるんじゃないか、と思うこともあります。テレビは、舞台や映画と違って新しい表現媒体だったし、初期にはアマチュアに近い人も加わって、手探りで作っていたような面がありました。機材も発達していなかったので、職人的な芸や技術が必要とされ、手作りの良さや肌の温もりがあったという気がします。

今は機材が急速に進歩したこともあって、作り方が大きく変わってきていますね。時代の流れかもしれませんが、「役者もスタッフも入り交じって、一緒に作っている」という、あのころ肌で感じた熱気は今だってすごく大事だと思います。

テレビの面白さとその裏がえしの怖さは、いつどこで誰が見ているかわからないことです。番組によっては一千万人以上が見ているわけですからね。

その後、僕は民放からお呼びがかかるんですが、これには『新・坊っちゃん』が関係しています。大先輩の森繁久彌さんが『新・坊っちゃん』に出ていた僕の芝居を見ていてくださって、「あいつは面白いなあ。僕の番組に呼びなさい」と言ってくださったんです。それで出演したのがＴＢＳの『三男三女婿一匹』。この番組ではじめて森繁さんと絡むんですが、ホントにすごく勉強になりました。

森繁さんはとにかくアドリブが多い。僕のような新人が来ると〝いじる〟のが楽しいんでしょうね。

もう縦横無尽にアドリブをくりだし、こっちをなんかこうお手玉のように操るんですよ。僕はあの番組で、お手玉としての仕事をやったんじゃないかと思ってます。

森繁さんは本番でもまず台本の台詞どおりには言ってくれません。

「お前、誰かに似てるって言われないか」って突然切り出すんです。本番ですよ。台本には、そんな台詞はどこにもない。

「あ、俺ですか。たまに郷ひろみに似てるって言われますけど」と返すと、森繁さん、プッと噴きながら、「郷ひろみのどこに似てるんだよ」って切り返してきます。そこで詰まっちゃあダメなんです。当意即妙にパッパパッと打ち返すことが役者としての資質なんだ、とおっしゃりたいようでした。それで、お手玉になりきれない人はだんだん外されていくんです。

青年座の養成所時代、そういう稽古もしていたような気がします。で、僕はまあ対応はできたんで、合格点をつけられたのかなあと思っています。

森繁さんくらいになると、言葉自体の重みが違うんですよ。風格というか、とにかく味がある。いやあ、いいなあと、うっとりと対していましたよ。

「あなたねえ……」と森繁さんがしゃべるだけで、「あ、森繁だ！　森繁がしゃべってる！」みたいな感じがあるじゃないですか。

異才ならではの傑作『港町純情シネマ』

話を元にもどします。

『新・坊っちゃん』のあとはやはり、半年にわたって放送されたＮＨＫの『風の隼人《はやと》』（一九七九〜八〇年）ですね。直木三十五の『南国太平記』が原作です。例によって、市川脚本は原作どおりではなく、飛躍があったり、現代性を取り入れたりしたと記憶しています。

時代は幕末。薩摩藩は島津家の世継ぎを誰にするか、いわゆる「お由羅《ゆら》騒動」で揺れに揺れていました。そんな史実をふまえて描いた連続時代劇です。原作どおりにいかないのが市川脚本なので、『新・坊っちゃん』に続いてまた〝名作崩し〟かい」などという冗談もでたくらいです。

僕の役は島津の殿様、久光のお庭番の益満休之助《ますみつきゅうのすけ》です。原作を読むと、益満は本当にスーパーマンみたいな感じだし、『新・坊っちゃん』のときの山嵐から、よく益満のような人物を引き出してくれたなあと思いましたね。お庭番は密偵だし、市川さんから「この人物は二枚目である」と言われて戸惑ったこと、覚えています。

でも、僕は役者ですから、本当の二枚目になった気分でカッコよく演じましたよ（笑）。

福島県郡山市で子供のころ、親父と一緒に東映の時代劇をよく見に行ったんです。あの映画体験が役にたちましたね。大川橋蔵や片岡千恵蔵、中村錦之助（後の萬屋錦之介）さんたちの活躍ぶりが、僕の中に蓄えてあったので、それを引き出して演じました。

連ドラで本格的に重要な役を演じるのは初めてだったので、張り切りましたね。その後、大河ドラマ『翔《と》ぶが如《ごと》く』で西郷隆盛にふんするんですけど、薩摩独特の剣法の示現流を『風の隼人』で覚え、薩摩弁も使ったので、西郷を演じる際に役立ちました。

市川さんが異才ぶりをいかんなく発揮した連ドラといえば、『港町純情シネマ』ですね。『淋しいのはお前だけじゃない』も市川さんらしい作品ですが、恐らく多くの方が触れると思います。ここでは

『港町純情シネマ』をメインに語らせていただきます。

ＴＢＳが誇る鬼才の演出家、高橋一郎さんと市川さんの資質がよく合い、お二人ならではの傑作だと思います。高橋さんと市川さんが組むと、面白いことに僕の中にあるポテンシャルを引き出してくれるんですよ。それをこのコンビが探り当てて、僕自身が驚くくらい巧みに人物造形をするんです。自分でも気づかない一面を引き出してくれる作品は、そうそうありません。

脚本があがってくるたびに、「えっ⁉ 今度はこういう役どころか」とワクワクドキドキしましたね。「西やん、こういうの好きだろ」「嫌いじゃないだろう」って感じで誘われたんですけど、「市川さんは本当に俺のことをわかってくれるんだなア」と思って、すごく張り切りましたね。

舞台は千葉県銚子市にある映画館「港シネマ」です。僕の役は猿田禄郎《さるたろくろう》という映写技師です。この男、映画のヒーローに自分を同化させて酔う癖があります。禄郎は漁船の機関士をしていたのですが、父親から手紙がきて「港シネマの経営をすべて任せるので、もどって来い」と。それで、海から陸に上がって映画にかかわるという設定です。

映画館が舞台なので、毎回懐かしの名画とともに音楽が流れます。すべて洋画。例えば『シェーン』や『カサブランカ』『地獄の黙示録』『太陽がいっぱい』等々。禄郎は感激のあまり、それら名作のシーンに自分を重ねてしまうんですね。

『港町純情シネマ』には下敷きがあります。ダニー・ケイが主演したハリウッド映画『虹を掴《つか》む男』です。小心で、さえないサラリーマンが一種の現実逃避から、ところ構わず空想の世界に入り込み空想上の人物に同化してしまうヒューマン・コメディーです。『港町純情シネマ』は市川さんがこの映画をヒントにして書いたオリジナル脚本です。

芸術選奨新人賞を受賞し、そのパーティーには『港町純情シネマ』に出演した伊藤蘭（左）や森下愛子（右）が駆けつけた（1981年）

その後、僕は山田洋次監督の『虹をつかむ男』に主演しますが、原点はダニー・ケイ主演のハリウッド映画であり、市川さんの『港町純情シネマ』だと思っています。市川さんはこの作品などで芸術選奨新人賞を受賞したんですね。

これが放送された一九八〇年当時、連続ドラマとしてはすごく独創的であると同時に、リスクも大きい試みでしたね。視聴率がとれればいいが、数字が悪いと大変なバッシングをくらうんじゃないかと、あれこれ心配したほどです。

やはり数字はあまり良くなかった。内容や作り方が玄人好みなんですね。でも、評論家やドラマ関係者の評判はものすごく高くて、それが支えでした。

時代の一歩先をいっているので、一

般の視聴者には斬新すぎたのかもしれません。

その一方で、新しい分野に挑戦し、玄人に支えてもらっているという自負がありました。ですから、出演者やスタッフのモチベーションは高かったですね。それがテレビドラマ史に残る名作『淋しいのはお前だけじゃない』につながっていったと思います。

幻で終わった「三部作」の構想

じつは、市川さんと演出の高橋さん、それに主演の僕の三人で、「三部作」をやろうという構想があったのです。映画を取り込んだ『港町純情シネマ』、大衆演劇を題材にした『淋しいのはお前だけじゃない』に続いてシェイクスピア劇をやろうじゃないかと。

高橋さんは、当初からそういう構想を立てていたんですね。僕も張り切りましたよ。

ところが、TBSの上層部から「もういい加減にしてくれ」と言われたそうです。「高橋、市川、西田がそろうと、危なっかしくてしょうがない。カネはかかるわ、視聴率はとらねえわ」で、結局、企画がボツになってしまったんです。市川さんと高橋さんは、シェイクスピアの研究家で翻訳家でもある小田島雄志さんに、シェイクスピアの翻訳本などを使わせていただくことも含め、いろいろ協力をお願いしていたんですけれどね。

高橋さんが今野勉さんや村木良彦さんのように中途でTBSをやめなかったのも、この三部作をなんとしてもやり遂げたかったからだと聞いています。

高橋さんは日本テレビで放送していた僕の主演作『池中玄太80キロ』をよく見てくださいました。

「日テレ、いいですねえ、頑張ってますね。視聴率もいいんでしょう？　ただ、僕はあなたとは『池中玄太』と逆のことをやりたいんだ」と話されました。

『港町純情シネマ』は『池中玄太80キロ』と同じ時期に放送されましたが、高橋さんが言われたように、『池中玄太80キロ』とは対極にある作品でしたね。僕はどっちも好きで、思い出に残るものです。

その後、市川さんの脚本、高橋さんの演出によって、シェイクスピアの翻訳家で名門女子大の講師を主人公にした単発ドラマ『ただ一度の人生』(山崎努主演)が一九八六年に放送されました。でも「三部作」の構想とはまったく別ものでしたね。

『港町純情シネマ』と『淋しいのはお前だけじゃない』の流れでシェイクスピア劇をやれたらどんなに面白かったかと、今も思うことがあります。これも『港町純情シネマ』のように登場人物がシェイクスピアの劇の中に入ってしまうスタイルでした。お二人から「シェイクスピア劇をやるとしたら、どの作品をやりたいか」と聞かれたので、「『オセロ』をやりたい」と言ったことはよく覚えています。

それも、イギリスの名優ロ

第15回テレビ大賞を受賞した『淋しいのはお前だけじゃない』の出演者とスタッフ。前列中央が西田敏行、2列目の右から2人目が市川（1983年）

市川は『淋しいのはお前だけじゃない』で第１回向田邦子賞を受けた。その授賞式に駆けつけ、主題歌を披露する泉ピン子、西田敏行ら（1983年）

ーレンス・オリビエみたいな正統派の『オセロ』じゃなくて、もっと「せこい『オセロ』」をやったら面白いんじゃないかと。しかも、大胆な新解釈でね。

一方、例えば『オセロ』なら『オセロ』に絞って、それに現代性をもたせる拡大解釈で、十二、三回の連ドラにするといった構想も、お二人は話していました。

さらに、シェイクスピアという作家が一人いて、その作家がいろいろと周囲を「ぶんまわしていく（ふりまわしていく）」といった構想も聞きました。企画を練っている段階だったので、細かいところはよく分からなかったのですが。

いずれにしても、市川さんと高橋さんでなければ作れない世界です。そこに僕が三本柱のひとつとなって参加できると考えただけで、胸がワクワクしました。もともと新劇出身です。シェイクスピアの『オセロ』

だったら、こうしようとか、こんなキャラクターにしたらとか、いろいろと想像というか妄想をふくらませていました。

　高橋さんも市川さんも亡くなられてしまいましたけれど、「こういう作品を是非とも作ろうじゃないか」という強い情熱を持った人たちとドラマを作ることが出来て、俳優として本当に幸運でしたね。その幸せ感を今になって、あらためてかみしめています。

「近代大河」路線の一作目『山河燃ゆ』

　一九八四年に放送されたNHKの大河ドラマ『山河燃ゆ』は、「近代大河」路線の一作目で、原作は山崎豊子さん、脚本は市川さん、主演は松本幸四郎（現・白鸚）さんでした。僕は日系二世の兄弟の弟を演じました。

　太平洋戦争と敗戦、そして極東軍事裁判（東京裁判）という日本の運命を変える出来事を背景にして、二世の兄弟の相克を描くスケールの大きい作品です。資料が膨大なうえ、多くの関係者はまだご健在でしたし、難しい題材だったと思います。

　描き方をめぐって原作者の山崎さんと市川さんとの間で見解の違いがあって、脚本が収録に間に合わず、NHK出身の香取俊介さんが助っ人として加わり、ともに難題に取り組んだと聞いています。僕は「市川さんも大変だろうな」と思う一方、役者として天羽忠役にどうかかわっていったらいいのか考えながら演じましたね。

　幸四郎さんが演じた天羽賢治と忠とは、同じ兄弟とはいえ、立場も性格もかなり違います。俳優としても僕は新劇出身で、幸四郎さんは歌舞伎役者です。

そんな二人が太平洋戦争の激戦地だったフィリピンのレイテ島で敵と味方として対決するといったように、大変劇的なドラマです。しかも、当時見ていた視聴者の半分近くは実際にあの大戦争を体験していたんですよ。

考えてみると、怖い題材です。僕の記憶によると、収録現場はピリピリした雰囲気でした。幸四郎さんと僕は、お互いに意見を気軽にかわしあう感じではなかったですね。一年間も続く連ドラとしては特別な空気が漂っていました。

鹿児島ロケで幸四郎さんと顔を合わせましたが、あとは天羽賢治が主にアメリカで過ごし、忠は日本と分かれていたので、レイテ島での対決まで二人が相まみえるシーンはあまりなかったんです。そんな事情もあって、幸四郎さんとお話しする機会も少なかったと記憶しています。

思い返せば、市川さんは持ち前のチャレンジ精神を発揮して、あえてナレーションを使わなかったんですね。大河ドラマでは異例だそうです。ナレーションの代わりに、アメリカと日本をつなぐのは手紙でした。ただ、今と違って、便りが届くのに一カ月以上もかかります。そのため、難しい構成となり、市川さんも香取さんもご苦労されたようですね。チャレンジ精神が強すぎるあまり、自分で「手を縛る」ことになってしまったのかもしれません。

アメリカ大使館や右翼関係者の双方から注文というか圧力といいますか、いろいろ来ていたと漏れ聞いています。なにしろ太平洋をはさんで日米が真っ向から対決した大戦争です。戦犯を裁く極東軍事裁判をめぐっては、日本国内にもいろいろな意見がありました。だからといって、そこがドラマの核心部分ですから、あいまいに描くこともできません。

米軍の情報将校だった兄の賢治はあの裁判で、通訳が正しく日本語と英語を訳しているかどうか、チェックする役を務めます。当然、英語の長台詞も多い。最後に自殺する賢治になりきっていたせいか、幸四郎さんは近寄りがたい雰囲気を漂わせていたようですね。

一方、僕はこの収録中、狭心症になってしまい、一週間仕事を休まなければいけなくなりました。ちょうどその時、『天国の駅』という東映の映画で吉永小百合さんと共演するロケがあったんです。吉永さんが群馬の四万《しま》温泉にもう入ってしまったので、どうしても行ってくれと、東映から強く要請されましてね。

今だから話せますが、狭心症をかかえながらＮＨＫには内緒でロケに行きました。医者からは「雪が降っているような寒いところとお酒は絶対にダメ」と厳命されていたんです。ところが、四万温泉の駅の近くで雪の中を転げ回るシーンがあり、医者が禁じたことをやらなければいけません。「親の死に目にもあえない」といわれる役者ですから、たじろいではいられない。狭心症の薬を飲んだあと、どうなることかと思いましたね。

でも、相手が憧れの小百合さんですから、覚悟を決めて雪の中を転げ回りましたよ。ＮＨＫには内緒でしたが、ロケ先にスポーツ紙の記者がきていました。僕のマネージャーが「今週は記事を出さないですよね」と念を押したのに、翌日の新聞に僕が雪の中で転げ回る記事が載り、ＮＨＫにバレてしまいました。ＮＨＫ側は何も言わなかったですけどね。

狭心症になる前、こんなこともありました。ＮＨＫの西口玄関を入ると、手足がむくむような、なんともいえない気持ちになるんです。現場で撮影に入ってしまえばなんともなくなるんだけど、ストレスが高まっていたのか、それまでの市川作品で味わった気分にはなかなかなれなくてね。

なぜだろうなと、いろいろ理由を考えましたよ。楽しくないってわけじゃないけれど、体がどこかで拒否反応を示している。一過性の狭心症もそういうストレスから来たんじゃないかな。もっとも、過ぎてみれば、苦しいことも辛いことも含めて、いい思い出です。いいこと尽くめの人生なんて、面白くないですからね。

「市川版・田中角栄」を演じたかった

僕が最後に出た市川作品はＮＨＫの『蝶々さん』です。収録の時に市川さんが倒れられたと聞いて心配していたのですが、まさか亡くなるなどとは思ってもいなかったので、訃報に接して本当に驚きました。

その年の六月、『淋しいのはお前だけじゃない』（脚本・蓬莱竜太、演出・マキノノゾミ）の舞台公演を見に行きました。主演は中村獅童くんでした。会場で高橋一郎さんにたまたまお会いしたのですが、げっそりと痩せていたんです。体調は大丈夫かなと心配していたところ、それから間もなく亡くなられました。

市川さんとは仕事上の深い縁もあるし、よく飲みに行きました。お宅に伺ったこともあります。たいていは雑談ですが、好きな映画などの話をするうち、市川さんの中で発酵していったものがあったと思います。広い意味での取材をしていたんでしょう。「作家（脚本家）は二十四時間取材をしてるようなもんだ」って話されていましたよ。

僕が最初に頸椎《けいつい》の手術をしたとき、慶応大学病院に市川さんがお見舞いにきてくれたことがあります。上のレストランにカウンターの寿司《すし》屋があるんですよ。そこで市川さんは何と、お見舞いにきたのに酒を飲み過ぎて、ベロベロになってしまってね。僕もそのときは外科の手術だから、お酒を飲めたんです。

市川さんの顔は真っ赤になり、映画やドラマの話がどんどん弾んで、社会問題や芸能の話題、最近のテレビ番組等々、時間の経過も忘れて語り合いました。看護師さんが市川さんを見て「あら、お顔がきれいねえ」と言ったり、市川さんが当意即妙に言葉を返したりして、二人でかなり飲んだと記憶しています。

市川脚本について、思い出したことがあります。

市川さんはト書きが非常に的確で、文学的でもありました。役者の動きやその意味がよくわかるし、乗せられてしまう。演出家も同じ受け止め方をしていたと思います。

僕が初めて舞台の演出をしたとき、低予算と断って市川さんに台本を頼みました。紀伊國屋ホールでの青年座公演です。『リセット』という題名で、当時はあまり知られていなかった「バーチャル・リアリティー」を扱った芝居です。市川さんと東大の研究室にまで行って、いろいろと取材をしました。ところが、出来上がった台本はかなり豪華になっていて、予算内におさまりそうもない。困っちゃったなアと思いながら、市川台本と格闘しましたよ。

僕としては『淋しいのはお前だけじゃない』を舞台化してもらおうと思っていたんです。そしたら、市川さんが「舞台をやるんだったら、もっと新しいことをやろうよ」と提案されてね。ずっと温めていた題材のようでした。

「西やん、これからはバーチャル・リアリティーだよ」と言われたけど、僕は何のことだかさっぱりわからなかったんです。「リセット」という言葉も初めて聞きました。当時、日常生活の中では使われていなかったんですね。

ですから、台本は加筆、手直し等々、いろんなものが加わってきて、そう簡単ではなかった。僕は演出だけじゃなく出演もしていたので、肉体的にかなりきつくて、四キロくらい痩せましたね。一公演でそんなに痩せるなんて、それまでないことでした。

初めて演出を担当してみてわかったんですけど、役者ってみんな生意気だと思いましたね。わからないところが少しでもあると、高飛車に質問してくる。演出助手についてくれた女性の演出家がいろいろとやってくれるうち、市川さんが「あの人はあまり好きじゃない」なんてことになってしまい、僕は間にはさまって困ったこともありました。

過ぎてしまえば、それもいい思い出です。

市川さんがご健在だったら、ぜひやってみたい役があります。田中角栄さんです。テレビドラマでも映画でも舞台でもいいんです。

市川さんの独特の解釈で、ロッキード事件前後の角栄さんをやれたら、ホントに役者冥利につきますね。頸椎の亜脱臼《あだっきゅう》で入院していたとき、ベッドで「市川版・田中角栄」を演じる自分を何度も想像しました。

もし二十代のころ、『新・坊っちゃん』で市川さんと出会わなかったら、その後の僕はどうなっていただろうと思うときがあります。多分、今の西田敏行はなかったであろうと。

市川森一さんはそのくらい、僕にとって大きな存在であり、同時に良き友、良き同志でした。

（談、構成・香取俊介）

■西田敏行プロフィール

一九四七年、福島県生まれ。明治大学農学部中退後、劇団青年座に入団。七一年、初主演の舞台『写楽考』で注目を浴びて以来、映画、テレビ、舞台などで幅広く活躍。八八年から始まった映画『釣りバカ日誌』シリーズは、二〇〇九年まで二十二本作られた。映画『敦煌《とんこう》』（一九八八年）と『学校』（九三年）で日本アカデミー賞最優秀主演男優賞を二度受賞する。二〇〇四年、『ゲロッパ』『釣りバカ日誌14』で毎日映画コンクール主演男優賞やブルーリボン賞主演男優賞などを受賞。ＮＨＫ大河ドラマには、豊臣秀吉を演じた『おんな太閤記』（一九八一年）、主演作の『翔ぶが如く』（九〇年）と『八代将軍 吉宗』（九五年）など十二作に出演し、二〇一八年の『西郷《せご》どん』ではナレーターを務めている。歌手としては『もしもピアノが弾けたなら』でヒットを飛ばし、『ＮＨＫ紅白歌合戦』に四回出場した。二〇〇八年に紫綬褒章、一八年に旭日小綬章を受ける。日本俳優連合理事長。

「モモ子」との出会いと別れ

演出家　堀川《ほりかわ》とんこう

市川らしい『グッドバイ・ママ』

「誰か若手のいい脚本家はいませんか」

一九七六年の春、社内の映画部の先輩・橋本洋二さんを訪ねて行ってそういったのが始まりだった。この年、私は初めて自分の企画でドラマを作ることになった。三十九歳だった。ＴＢＳの演出部には私のまえに先輩たちの厚い層があって、なかなか自分の番が回ってこなかったのだ。与えられたのは木曜夜九時の連続ドラマの枠だ。なにか先輩たちがやらなかったことをやりたい。それにはＴＢＳの常連の脚本家ではなく、自分たちの夢を語れる新しい脚本家が必要だと思った。

その頃の私は使い勝手のいいディレクターとして毎日のようにスタジオに入っていたので、次世代の脚本家との関係を築いておく余裕などはなかったわけだ。知っているのは、年配のベテラン作家ばかりだった。それで映画部の橋本さんの所へ行って、誰かいい人はいないかと相談した。映画部というのはプロデューサーが大勢いて、フィルム番組を外注して作る部署だ。なぜ橋本さんだったのか、だれがそれを勧めてくれたのか、今はもうわからない。橋本さんは『ウルトラマン』シリーズや『コメットさん』『柔道一直線』などたくさんの作品を作ったプロデューサーだ。

「シンイチがいいんじゃない？」。私の話を聞き終わって橋本さんがいった。『刑事くん』や『ウルトラマンＡ（エース）』で市川森一さんを起用し、さんざん格闘もし、市川さんを育てたともいわれる人だ。市川さんをシンイチと呼び捨てにできるのは、橋本さんぐらいなものじゃないか。

さっそく市川さんに会って二人で企画の詳細を作った。『グッドバイ・ママ』という連続ドラマがそれだ。市川さんは「子供向けドラマでメインライターを務めたことはあったが、TBSで大人の時間帯のドラマを任せてもらうのは初めてだ」と、当時それを何度も口にした。この人は子供向けの時間帯から抜け出すために苦労したのだなと思った。

『グッドバイ・ママ』の主人公は、坂口良子さんが演じる若い未婚の母で、舞台は東京・下北沢。シングルマザーというところが当時としては新しかった。下北沢に本多劇場ができてこけら落しに唐十郎さんの『秘密の花園』が上演されたのは五、六年あとだが、シモキタはすでに若者の街としてにぎわい始めていた。私と市川さんは、AD（アシスタント・ディレクター）や美術スタッフを連れて下北沢を歩き回った。シングルマザーという設定は私が決めていたが、彼女が不治の病を抱えていることにしたのは市川さんだった。幼い子供を残していかなくてはならない。ならば子供を託していく新しい父親が必要だ。現れては去っていく男たちとヒロインの別れの物語だった。

市川脚本は軽やかで、しかし青春の哀《かな》しみといったものを漂わせた素敵な脚本だった。セリフが新鮮で上々の出来栄え、役者たちは大乗りだ。

問題は脚本の出来の遅さだった。締め切りをとうに過ぎて、もう待てないという限度も超えた。ロケのスケジュールは立たない、セットの準備はできないという騒ぎになった。自分が撮る回はともかく、プロデューサーを兼ねる立場として若いディレクターには少しでも早く脚本を渡して準備させたい。そのことを市川さんにくどいほど説明するのだが、執筆は一向に早まらない。あの頃、市川さんは渋谷の公園通りの白いビルのなかに仕事場を借りていた。ビルのロビーに私とＡＤが交代で張り付いて原稿を取り上げるという状態が続いた。それでも番組自体は好評で、タイトル音楽として使ったジャニス・イアンの『ラブ・イズ・ブラインド』という曲がヒットしたことにも助けられ、先輩たちの成績をしのぐ成果をおさめたのだった。

『グッドバイ・ママ』には毎回「マザーグースのうた」の一編が登場する。こういう詩や物語の引用は後の市川脚本の特徴のひとつになるものだと思うが、『グッドバイ・ママ』では必然性に乏しかったのか、あまり効果を上げることができなかったような気がする。

もうひとつ、市川さんの面目躍如と思われるのは、最後にヒロインが亡くなるシーンだ。雨の路上で発作が起き、駆け込んだのが教会の廃虚で、そこで雨に打たれながら死ぬのだ。リアリティーとは無縁の世界だが、幻想的できれいなシーンだった。

そういえば『グッドバイ・ママ』は、ヒロインの設定自体がメルヘンチックともいえる。自分の亡き後、父となって子供を育ててくれる男性を探すというのも、リアリティーのある話というよりは作話的であり、メルヘンであり、虚構性の高い話なのだ。そうしてみると『グッドバイ・ママ』は目立たない作品ではあるが、いかにも市川さんらしかったのかもしれない。

風俗嬢「モモ子」の誕生

そのあと市川さんと仕事をしたのは六年後の一九八二年だが、その間、私は社内の異動で現場を離れたり、戻って『水曜劇場』をやったりした。二時間ドラマが隆盛の時代で、日本テレビの『火曜サスペンス劇場』と『木曜ゴールデンドラマ』、テレビ朝日の『土曜ワイド劇場』が元気だった。TBSはこともあろうに『土曜ワイド劇場』の裏で二時間ドラマを始めることになる。この『ザ・サスペンス』のスタートに当たって私は池端俊策さんの脚本で二本作り、あることを学んだ。それは、どこかに殺人事件がひとつ入っていればあとは自由で、相当に難解なテーマでも作れるということだった。

朝日新聞で哀しいコラムを読んだ。一流企業の課長のマイホームにからむ妻殺しだ。

彼は十二年前に妻の実家の援助を受けてマイホームのための土地を買ったが、援助を受けたことに負い目を感じていて、一時的に上地を換金して株式に投資し、儲《もう》けで借りを返そうと計画した。しかし、株に失敗して元も子も失くし、土地を買い戻すこともできなかった。だが、彼はそれを家族にいえなかった。十二年間も。子供が大きくなり、妻はマイホーム建設の計画を進め始める。住んでいる団地の住居は売却され、家が出来るまでの仮住まいに引っ越さなければならないという前夜、彼は妻を絞殺してしまう。妻の夢を砕くことができなかったのだ。土地を持っていない夫になるよりは、妻を殺す方を彼は選んだ。

新聞記事を市川さんに見せた。彼も大いに興味を示したので、これを二時間のドラマにしようと打ち合わせを重ねた。TBS会館の地下にレストラン・トップスがあった時代で、ここでラザニアを食いながら何回も打ち合わせをした。報道局を通して追加取材もした。しかし、打ち合わせは不調で、物語は一向にできない。何度も「もうちょっと考えようか」といって別れた。この事件は最後の一瞬がドラマチックであり、哀しいのだが、途中の十二年間はこれといった動きがないのだ。

「女房をひどい悪妻にするぐらいしか展開の方法がない。ドラマにならない事件というのもあるんだなあ」と市川さんはいい、「ダメかあ」と私も諦めかけた。しかし、物語は意外なことで急にほぐれた。電車の中吊《づ》りで〈月に二百万円も稼ぐトルコ嬢（いまはソープランド嬢と呼ばれるが）がいる〉という週刊誌の見出しを見たのだ。一人のトルコ嬢が男の夢をあざ笑うように、土地の現在の持ち主だったらどうか。

そう伝えると、市川さんはたちまち面白いストーリーを考えた。トルコ嬢のモモ子もまたマイホームの夢を持っていた。体で稼いだ二千万円をつぎ込んだ希望ヶ丘の土地に可愛《かわい》い家を建てて、故郷の意地の悪い義母たちを見返してやりたい。市川さんが書いた『十二年間の嘘～乳と蜜の流れる地よ』は、恐らく演出家が生涯にめぐり合うことのできる最良の脚本のひとつだろう。私にとって全シーンが楽しく、自分の演出プランに一抹の不安も持たずに撮ることのできた稀有《けう》な作品だった。

忘れ難いシーンがある。家族にせがまれて男がマイホーム予定地、かつて彼のものだった土地へ、晴れた日曜日に出かけていくシーンだ。お弁当を持ってピクニックのようにやってきて、「ここは居間、ここはキッチン」と間取りごっこをして遊ぶ。男の辛い胸のうちを思うと、撮っていて涙が出た。

ところで番組のタイトルだが、市川さんが書いてきたのは「乳と蜜の流れる地よ」だったのだが、番組宣伝部が「難解だ」といって『十二年間の嘘』というのを考え、「乳と蜜――」はサブタイトルにしようと主張した。番組宣伝部の担当者と言い争って私が負けたのだが、今にして思うと『十二年間の嘘』は悪くないタイトルである。

意外にも引き受けた竹下景子

モモ子を誰がやるのか。意外性のあるキャストでいきたいな、というのが二人の一致した意見だった。市川さんが突然「都はるみ！」といった。演技力の程はわからないが、確かに意外性はある。しかし、歌手として人気の絶頂期だ、無謀な冒険はしないだろう、と無理を承知で事務所に電話してみたが、「今、ドラマは……」と、やっぱり断られた。

「竹下景子！」。今度も市川さんが唐突にいった。そのあと二人が同時に、「やらねーよなあ」と嘆息した。当時のいい方でいうと〈お嫁さんにしたい女優ナンバーワン〉の竹下景子さんだ。風俗嬢の役をやるわけがないと、二人は常識的にそう考えた。

しかし、恐る恐る事務所に電話してみると、意外にも「検討してみる――」という返事。二日後、マネージャーの太田さんが心配顔でやってきて、「本人はやるといってるが、表現が露骨になることはないでしょうね」とおっしゃる。RKB毎日放送制作の『東芝日曜劇場』で市川作品に出演したことがあり、脚本に対する信頼があるので本人はその気になっている。が、正直言って心配だという。心配はごもっともだった。「露骨な表現はしたいです。でも無理でしょうね」と答えた。

スタートしてみて、竹下さんの覚悟がしっかりしていることに驚かされた。衣装合わせに彼女はかなりの数の衣装を持ち込んだ。女優が衣装を持ち込むことは珍しくないが、大抵それはこちらの想像を超えてシャレ過ぎ、ゼイタク過ぎで、困惑することが多い。が、竹下さんは違った。こちらの想像をはるかに下回る、安物の、派手な、品のない衣装を選んできた。原宿で買い込んだという。思わず笑っちゃうような下着も含まれていた。

『十二年間の嘘～乳と蜜の流れる地よ』は、現実の事件には無関係の風俗嬢が登場することによって、フィクションとしての風格を備えることになった。男が失った土地は、市川さんによって「甘い乳と蜜の流れる約束の土地だった」と描かれ、物語は大地から引き離された都会人の悲劇として高い象徴性を持つことになった。放送当日の新聞の「試写室」欄はこう書いた。「虚と見える世界に働く女から、実と思われる職場の男を照らし出す。土地をめぐって虚実は逆転し、男は次第に追いつめられていく」

これこそ市川ワールドの真骨頂ではないか。虚が実を撃つ。実といわれるものの脆《もろ》さ、はかなさを暴くのは〈虚の世界の真実〉だ。

お人好しでオツムのちょっと弱いモモ子を、竹下さんが大胆に演じて好評。事実上の主人公のサラリーマンをやってくれた佐藤慶さんの、内部で自壊が起こり始めている男の演技、刑事役の蟹江敬三さん、小野武彦さんのコンビも秀逸で、これが皆との長い付き合いの始まりになった。景子さんがトルコ嬢をやるという話題性のお陰で、モモ子は二八%の視聴率をたたき出して『ザ・サスペンス』の看板番組になり、さらにその年の芸術祭優秀賞を受けた。風俗嬢モモ子が市民権を得た。

番組が好成績を収めたので、狂言回しだったモモ子は名実ともにドラマの主役になり、パート2、3を作った。その頃だったと思うが、竹下さんが結婚することになった。それを聞いて市川さんと話した、「モモ子もこれで終わりだな」と。確かに新婚さんが風俗嬢でもないだろう。

「ヤケクソだ。竹下を誘って飲みに行こう」と市川さんがいい、珍しく三人で酒を飲んだ。私は大体酒がダメで、すべてがコーヒーで済んでしまう人間なので、この思い出は貴重なのだ。少し酒が入ってから、市川さんが竹下さんとデュエットで歌った。男女が掛け合いで歌う『三年目の浮気』だったと思う。驚いたことに、これがびっくりするほどうまいのだ。掛け合いの間を寸分も外すことがない。私はすぐに怪しんだ。二人は私の知らないところでこれを何度も歌っているなと。私は少し嫉妬した。

「何だ、この軽薄な歌い方は。脚本家ともあろうものが」

同じ夜だったと思う。市川さんが酒の勢いでこう叫んだ。「竹下は結婚する。いいだろう、結婚しろ。そのかわり俺か堀川の子供を産め」

三人で大笑いした。涙を浮かべて笑った。私は妙に嬉しかった。酒に酔って主演女優にからんでいるということが嬉しかった。

竹下さんは結婚しても、モモ子をやめなかった。モモ子はやめた方がいいという人もいたに違いないのだが、お子さんを出産したりしながら、パート8まで続けたのだから、竹下さんという人もおもしろい。

「モモ子シリーズ」に主演した竹下景子と市川（1985年、TBSの『受胎の森』の制作発表会後に）

独り歩きしたキャラクター

『十二年間の嘘』の好評を受けて、すぐに続編を準備した。一作目と同じく新聞の社会面から題材を選んで、不健全市民のモモ子が健全な市民の虚偽を撃つ、というつもりだったが、モモ子のキャラクターはすでに変わり始めていた。主人公になったことで「語り部としての冷ややかさ」を保つことができなくなったと思う。主人公にしたための必然だともいえる。二作目のタイトルを『聖母モモ子の受難』としたのは市川さんで、「聖母」といういい方には抵抗があったが、学校にいけない子供とモモ子の話だったので、このタイトルを受け入れた。新聞もテレビ誌もＴＢＳの番組宣伝部も、このいい方に飛びついた。すべての表記が「聖母モモ子」になった。俗の世界で働くモモ子が実はピュアだった、というのはわかり易い。安心して見られるヒロイン像だ。一部では「女寅さん」ともいわれた。

私が目論《もくろ》んだのは、油断のならない、俗のモモ子だった。聖ではない。限界があるにしても、ぎりぎりまで無法、無頼のモモ子で行きたかった。だが、市川さんの筆力によってモモ子は愛嬌《あいきょう》のある魅力的なヒロインになり、どんどん独り歩きした。三作目までを収めた市川さんの脚本集のタイトルは『聖母モモ子の夢物語』だ。「夢物語」といういい方は当時の私の思いからは距離があった。

第一作の最後で、モモ子は土地を男に譲ると電話する。それはある種の夢物語だが、そのとき男はすでに妻を殺していた。それは夢ではない、哀しい現実だ。作られた物語ならば、モモ子が夫婦を悲劇から救うという展開になるだろう。しかし、事件は起きてしまった。それが社会面に題材を求める理由だった。

「モモ子シリーズ」は回を重ねるに従ってコメディー色を強め、モモ子の冒険譚《たん》、おとぎ話のようになった。理由のひとつは、社会面の事件が残酷なだけで哀しみがなくなり、ドラマの素材にならなくなったことだった。日本全体が貧しさから抜け出したのだ。政治家のスキャンダルを扱った『芸者モモ子の復活』という回では、モデル問題で神楽坂の女性に訴えられ、放送当日の夕方まで裁判所で争うという騒動もあった。勢いモモ子の物語はおとぎ話になっていったともいえる。

市川さんが作品のなかで、〈古い物語や歌のイメージと登場人物の物語をダブらせて語る手法〉を盛んに使うようになったのはこの頃からだろうか。いや、もっと前からかもしれない。それがもっとも

市川森一脚本賞財団が主催したシンポジウム「テレビドラマの巨人たち」シリーズの第１回では市川が取り上げられ、堀川とんこうと竹下景子も登壇した（2018年４月、東京・千代田放送会館で）

はっきりした形を取ったのは『淋しいのはお前だけじゃない』だろう。それで思い出すのは丸谷才一氏が新聞に寄稿した『淋しいのはお前だけじゃない』評だ。絶賛だった。「われわれが見るのは大人のための童話劇であって、それは日常的な現実の外へ快く連れ出してくれる。（中略）この作者は、リアリズムからふわりと離れることをきれいにやってのけたのである」

　私は童話劇になることに抵抗して、できるだけ現実の事件から離れない、メルヘンに逃げない、似非《えせ》リアリズムでもなんでもそこにとどまって、現実的な解決を求めて戦う、などと市川さんに注文したが、大した説得力はなかった。市川メルヘン（市川さん自身がそう呼んだのを聞いたことがある）は、夢と現《うつつ》、二つの世界が響き合って情趣が増すのが狙いだが、ともすると意味のはっきりしていること、価値の定まった物語へ逃げ込んでいるようにも感じた。意味が定まった過去のイメージと同化することで救いを得るという感じ方はキリスト教的なのか、とも思った。最後の特別養護老人ホームの話のときに、もう少しリアリズムにとどまって問題に向き合えないか、といったりしたが、モモ子で老人問題を考えるというのが、今思うと市川さんにまったく合わなくなっていたのだ。「モモ子シリーズ」の終わりが近づいていた。

その後、市川さんはこの手法で多くの傑作を生んだ。が、私は結局、リアリズムから離れられなかった。

ともあれ、市川さんと竹下さんに出会えたことを、私のテレビ人生の、この上ない僥倖《ぎょうこう》と思う。

■堀川とんこうプロフィール

一九三七年、群馬県生まれ。東京大学文学部卒。一九六一年、TBSに入社。『七人の刑事』などの演出陣を経て、『岸辺のアルバム』や『茜さんのお弁当』をプロデュースする。八四年、『ゼロの焦点』『聖母モモ子の受難』で芸術選奨新人賞を受賞。プロデューサーと演出を兼ねた作品は多く、『或《あ》る「小倉日記」伝』(九三年)は日本民間放送連盟賞最優秀など、『父系の指』(九五年)はギャラクシー大賞に選ばれた。定年退職後は制作会社「カズモ」に所属し、『長崎ぶらぶら節』などを演出。二〇〇六年以降はフリーとして、芸術祭大賞や放送文化基金賞最優秀賞を受賞した『時は立ちどまらない』(一四年、テレビ朝日)、芸術祭優秀賞受賞作の『五年目のひとり』(一六年、同)などを演出した。二〇〇一年公開の映画『千年の恋~ひかる源氏物語』では、監督を務めた。著書に『今夜も、ばれ飯』(一九九五年、平凡社)、『ずっとドラマを作ってきた』(九八年、新潮社)がある。

〈実〉から〈虚〉と〈真〉をあぶり出す錬金術

演出家　村上《むらかみ》佑二《ゆうじ》

悲しみだけが夢をみる

「やさしさを失わないでくれ。弱い者をいたわり、互いに助け合い、どこの国の人たちとも友だちになろうとする気持を失わないでくれ。たとえ、その気持が何百回裏切られようと……それが、私の最後の、願いだ」

これは『ウルトラマンA（エース）』（一九七二〜七三年・ＴＢＳ）の最終回で、ウルトラマンエースの北斗星司が最後の敵を倒した後、子供たちに送ったメッセージだった。それはまた、脚本家・市川森一が私たちに送った早めの予言であり、遺言だったのだろうか。

『ウルトラマン』シリーズが作られた時代の背景には、戦禍にまみれた沖縄の記憶があり、ベトナム戦争があった。北斗星司のセリフは侵略とは何か、正義とは何かを正面から問う。地球が異星人の侵略戦争にさらされている設定だからだ。書かれたのが日中国交正常化の時代と重なることを思えば、日本がアジア諸国に仕掛けた過去の、大きな負の歴史が見えてくる。

余談だが、『ウルトラマンA』が書かれたのは、市川さんが結婚して間もない頃だった。ほぼ同じ頃に、私の親友だったＮＨＫの音楽番組ディレクター井上省《しょう》さんが、市川さんの妹の由実子（当時は放送作家・市川愉実子）さんと結婚した。私がたびたび井上宅を訪問しているうち、たまたま市川森一さんと知り合うことになった。

そこで仕入れた市川さんに関する最初の情報は、肺を病んで長崎の病院に長いこと入院していたお母さんのエピソードだ。休日には汽車に乗って会いに行くのだが、感染を避けようとする病院の指示で、母に面会する際は距離をとって接した。帰ろうとするわが子に手を振る母の姿はいつも寂しそうだった。家の前に映画館があり、寂しさをまぎらわそうと映画漬けになり、空想や夢想をすることが多い少年だった。それらがもの書きの道に進んだことにも影響したのだろう、と語っていた。市川さんは、早く亡くなったお母さんの面影をずっと引きずっていたように思う。

私は当時、ＮＨＫの駆け出しディレクターとして大河ドラマ『国盗《くにと》り物語』の演出陣の一人だった。東北沢の井上宅に足しげく通ううちに常連も増えて、井上宅はまるでドラマのサロンのようになっていった。ＮＨＫの佐々木昭一郎をはじめ、頭角を現し始めた勢いの良い百鬼夜行たちのたまり場となり、長崎カステラを頬張りながら自己流ドラマ論の大空中戦が展開していた。

市川脚本の軸になるキーワードは〈夢〉というのが定説である。その夢は温かさや優しさ、悲しみを深く物語るが、ホームドラマや予定調和のハッピーエンドとは全く違う夢であり、破壊的であったりする。

『傷だらけの天使』（一九七四〜七五年・日本テレビ）で二人の若者は絶望的なエンディングを迎えるが、世間の片隅でもがいた彼らの残像にはむしろ、悲しさや愛《いと》しさが刻み込まれている。彼らは傷だらけになり悲しみを抱えながら、夢を求めてさ迷っていたのだ。社会を大きく俯瞰《ふかん》するのではなく、世間という自分の傍にある狭い場所や出来事を逆手に取り、リアリズムを超えた虚構の世界を展開する手法は、その後の市川ドラマの基本線になった。

市川ドラマが放つなんとも言い難い迫力の原点は、ともすると現実に埋没するわれわれに〈現実〉と〈夢〉、あるいは〈実〉と〈虚〉、さらにつけ加えれば時代や社会背景とともに価値観が変化する〈聖〉と〈俗〉が、パチパチと火花を散らしてショートする現実をフィクションの中に取り込んで、観《み》る者の意識を揺さぶったところにある。この場合の意識とは、常識と置き換えると分かり易い。なるべく穏やかに常識の範囲内で何事も収めたい人たちにとって、『傷だらけの天使』は行儀が悪く、反社会的なドラマと受け取られるかもしれない。

市川ドラマのキーワードの〈夢〉は、例えば『銀河鉄道に乗って』（二〇〇四年・中部日本放送）のセリフではこう語られる。「掲げた理想と過酷な現実の狭間で自殺しちゃった奴もいる……夢を追うってのは、戦うことだもんね、現実と」

市川脚本は表面的には、柔らかく優しい夢に託して語られることが多いが、その中には強弱の〈毒〉がひそかに盛り込まれている。

芥川龍之介の『侏儒《しゅじゅ》の言葉』にこんな一節がある。「危険思想とは常識を実行に移そうとする思想である」。例えば太平洋戦争中に「侵略目的や人類を殺傷する戦争は悪だ。戦争は止めるべきだ」と主張する人はいた。今でこそ正論、常識だという見方が大勢を占めるが、当時は「危険思想の持ち主」との烙印《らくいん》を押されて、監視されたり拘束されたりした。芥川は、常識という言葉で異端を排除する怖ろしさが日常的に存在することを示唆している。

ＮＨＫの連続ドラマ『悲しみだけが夢をみる』（一九八八年）には、「どんなに記憶が薄れようとも悲しみだけは忘れてはいけない。それさえ忘れなければ、人は夢を見続けることができる」というセリフがある。

市川ドラマの根幹を象徴する深い意味のセリフである。日常に溶け込む夢、哀切な詩情を語りかけ、観る者の心を揺さぶるのが市川ドラマの特質だが、直接話法に頼らずメタファー（隠喩）を巧みに駆使して、人を、生活を、世間を、社会を見つめ、物語るのが市川流の極意である。

批評性に富む大人の社会の寓話

『淋しいのはお前だけじゃない』（一九八二年・ＴＢＳ）はテレビドラマ史上で画期的な作品であった。八〇年代半ば、プラザ合意後の日本は為替相場が大きく変わって超円高時代の幕開きとなった。それは日本経済がバブル景気に踊る時代の始まりだったが、このドラマの主人公はサラ金取り立て屋のさえない男（西田敏行）。サラ金のボスの命を受けて、大衆演劇の役者のところにカネの取り立てに行く。

だが、妙な機縁で彼は一座の役者になってしまう。ドラマの登場人物たちは昔のノスタルジックな人情劇『瞼の母』や『一本刀土俵入り』などを演じるのだ。その劇中劇がドラマの本筋と化学反応を起こすという奇想天外な構造で展開する。主人公は〈虚〉と〈実〉を生きることになり、次第に変わっていく。ファンタジーでありながら、極めてリアルな喜劇。と同時に、辛口の批評性に富む大人の社会の寓話になっている。確たる現実を捉えてこそ、虚構の世界を鮮やかに描くことが初めて可能になる。この作品はテレビドラマの世界に大きな一石を投じた。

この放送後、作家の丸谷才一さんは朝日新聞の文化欄に寄稿して「そしてこれこそは、『淋しいのはお前だけじゃない』を在来のテレビ・ドラマと分かつ最も重要な点であった。この作者は、リアリズムからふわりと離れることをきれいにやってのけたのである。しかも、話の辻褄《つじつま》を合わせながら。でたらめにはならずに」と激賞した。

市川さんは〈ハレ＝非日常〉と〈ケ＝日常〉、時代や社会背景によって変貌する〈聖〉と〈俗〉をあぶり出す錬金術師のような脚本家だった。

中世ヨーロッパの錬金術師は、鉛など卑金属を金に変える触媒であるとされる〈賢者の石〉を探して、終わりのない研究を重ねた。暗黒色の鉛から金を導き出す魔術への試み。渾身《こんしん》の脚本を書くことは、金を抽出するための〈賢者の石〉を探す終わりのない旅のようなものではないか。

日本の近代史は、明治維新（一八六八年）、日露戦争の開戦（一九〇四年）、太平洋戦争の敗戦（一九四五年）、そしてプラザ合意（一九八五年）と、ほぼ四十年周期で劇的な展開を見せるという説がある。ならば次に来る四十年後の二〇二五年は、少子高齢化がますます進み、ＡＩ技術でロボットが労働のありようを一変させるかもしれない。市川さんが健在だったら、どんな触媒を使い、どんなメタファーで物語るのか、ぜひ見てみたかった。それは本来、悲劇的で深刻な問題だが、市川さんの手にかかると、従来のドラマとは違ってなぜか愛しくておかしく、それでいてドキッとする大人の寓話になるような気がする。

夢とうつつを行き来した『花の乱』

私が初めて出会った市川作品は『夢に吹く風』（一九七五年・ＮＨＫ）というタイトルだった。一緒に作った大河ドラマ『花の乱』（一九九四年）の第一回の副題は「室町夢幻」である。そのタイトルバックは、女面をつけた能役者が木橋をすり足で渡ってくるシーンで始まる。それまでの大河ドラマとは全く異なる曲想のテーマ音楽は、三枝成彰《しげあき》さんが作曲した。ピアノ協奏曲のゆるやかなメロディーが彼岸（あの世）と此岸《しがん》（この世）を結ぶ夢幻劇の開始を静かに告げ、後半に盛り上がる。

それは予定調和の夢とはほど遠いものだ。「パターン化された感動ドラマとは一線を画したい」という制作発表での発言が、市川ドラマの本質と覚悟をズバリ物語っていた。

『花の乱』の時代背景は、脚本家もどちらかといえば避けたがる室町時代。華々しい戦国時代に比べて、地味で暗いイメージがあり、よく知られた歴史上の人物にも乏しい。そのうえ、朝廷が南朝と北朝に分かれて正当性を争うという動乱の時代だった。ドラマの骨格が少しずつ見えてくるまで、不安の方が大きかった。

しかし、戦国時代のようにまぶしく輝く英雄を歴史の表舞台に立たせ、彼らのダイナミックな行動を描くことだけが大河ドラマの世界ではない。

室町時代は世阿弥によって「夢幻能」が確立された時代である。歴史の谷間に立ち現れる様々な不条理に向き合って、隠然と、それでいて後の世に一条の強い光を放つ人間を描くこともまた、大河ドラマのテーマとして避けて通ることは出来ない。

室町後期、将軍家が無力化して重臣たちが対立し、政治の求心力が低下する中で応仁の乱が起きる。政治を嫌う八代将軍・足利義政に代わって、執政の役目を背負ったのが主人公の日野富子である。世に言われる悪女像とは異なり、弱り切った幕府を一身で支えるため、蓄財に力を注いで幕政を支えた。

しかし、富子の実像についてはほとんど知られていない。富子をどう位置づけ、ドラマで何を語るのか、市川さんは膨大な資料を読み込んで構想を練り、われわれスタッフと議論を重ねた。

市川さんは二百巻以上の『大日本史料』を買い込んでいた。七百万円ほどかかり、奥さんにあきれ

市川森一脚本賞財団が主催したシンポジウム「テレビドラマの巨人たち」シリーズの第１回では市川が取り上げられ、村上佑二（左端）や三田佳子も登壇した（2018年４月）

られたと聞いて、われわれの資料収集に不備があったことを恥じた。本当はその中の三十巻前後あればこと足りるのだが、古本屋でそこだけを買うことは許されない。それにしても、三十巻であっても読むには膨大な分量である。

『花の乱』が放送された一九九四年は、バブル景気がはじけ、後に「失われた十年」と呼ばれる長期的な不況が進行していた。重苦しい閉塞感が社会を覆い、日本の先行きに不安や危機感を感じさせる時代だった。そして翌九五年の年明け早々に阪神・淡路大震災、三月にはカルト集団・オウム真理教の地下鉄サリン事件が発生した。まさに歴史の転換期の予感が漂っていた。

大河ドラマの制作、演出にかかわるスタッフには、常に過去の歴史を現代に置き換えて考えるという責務が課せられる。

歴史を現代的な視点から再構成するにあたり、日野富子を現代と過去、一九九〇年代と室町後期を結びつける媒介者とした。そして仏徒ではあるが、どちらかというと巫女《みこ》の役割を背負わせたい。女性をシテとする仮面劇、能の舞台を思わせる物語の構造がおぼろげに浮かんできた。タイトルバックで橋を渡ってくるのは、彼岸から此岸に渡ってきて、彼女が生きた時代を物語る日野富子を象徴している。

富子を演じたのは三田佳子さん。企画と同時に三田さんの名があがっていた。「今日は悪女の面をつけ、明日は菩薩《ぼさつ》の面をつけてほほ笑みながら人を殺す」と表現したのは放送評論家の佐怒賀《さぬか》三夫さんだった。過去の時間の凝縮と永遠に続く情念、仮面と素顔の二元性を演じられる女優はそうめったにいるものではない。三田さんの起用はまさに、余人をもって代えがたいものだった。

二元性は意味の並立であるが、対立でもある。市川さんは、室町という時代の特徴を鮮明な二極対立の時代ととらえた。まずは富子と夫の義政との価値観の対立がある。将軍家に代表される都と国人《こくじん》が治める荘園などの地域社会、男と女、光と影、応仁の乱の東軍と西軍などである。それらを大きくくくるフィクションとして大胆に設定したのが、二人の富子（入れ替わった富子と森侍者《しんじしゃ》）という仕掛けだった。

現代は「分断の時代」と言われているが、二極対立の中で日野富子はどんな選択を体現したのだろうか。蓄財という手段に着目して、今にも崩れそうな幕府を貨幣経済の促進で支えた。財政再建策が悪女と言われる理由だったことなど、まさに現代と重なり合う状況が透けて見えてくる。市川さんは当時、冗談を交じえながら、「壮大なる夫婦げんかの時代」と総称していた。

富子はよく寺の持仏堂に籠もって、夢を見る。夢とうつつを行き来する中で、自問自答を繰り返す。

去来する過去と現在の自分を心の中に映しだし、自分が進むべき道を探るためだった。

このドラマには、もう一つの視点があった。平成と室町の時代は似通っているようでいて、大きな違いもあった。バブルの日本は浮いたカネで外国の企業や名画を買いあさった現象に象徴されるように、印象の良くない時代であり、個性的な文化を生むことはなかった。

これに対し、室町時代は能や狂言をはじめ、「わび、さび、生成《きな》り」を中心にして個性的な茶道、華道などを生み出し、日本独自の美意識を育てる文化を残した。武家の住宅様式である書院造《しょいんづくり》を完成させたのもこの時代だ。

市川脚本は、それらの個性的な美意識や目くるめく室町文化を散りばめた作劇術を思う存分に展開した。従来の一月開始ではなく、四月から九カ月間という変則的な放送形式も影響して視聴率は低迷したが、市川さんはそれまでの大河ドラマとは一線を画す独自の作品を書き上げた。

その極意は、時代背景を深く読み込んで、たくましい想像力による根を張り巡らし、常識を破り続ける強い意志と、それを支える手練《てだ》れの技にある。

中世ヨーロッパでガリレオの地動説が否定されたように、人々が〈常識〉という言葉で異端を排除する恐ろしさを忘れるわけにはいかない。視聴者側にも、それを読み解くリテラシーが育っていくことが望ましい。

作品の作り手と受け手の間には当然、様々な葛藤や反発などの化学反応が起きる。その一方で、発見や解釈、拡大、普遍化へと広がるダイナミズムも生じ、両者の間に動的な緊張関係が生まれる。その瞬間こそ、実はドラマという表現手法が最も輝く時だろう。批評の交錯があって初めて、ドラマは生きた表現となる。

1984年の大河ドラマ『山河燃ゆ』のシナリオハンティングのため渡米した市川、
（手前左から）演出チーフの村上佑二、山本壮太プロデューサー

あえて難しい主題に挑んだ『山河燃ゆ』

話は『花の乱』の十年前に遡る。私は一九八四年の大河ドラマ『山河燃ゆ』でも演出チーフを務め、市川さんとともに大河ドラマで初の現代劇に挑んだ。時代劇路線を踏襲してきた大河ドラマを現代劇に変えることには、大きなリスクがあった。それだけに、山崎豊子さんの原作を基にして脚本を担当した市川さんには想像を絶する苦労があった。

一九四一年、日米開戦を受けてアメリカ政府は、スパイ行為を防ぐためと称して大統領令を発し、西部の日系人移民十二万人を強制収容所に追いやった。「ジャップはしょせんジャップだ」という流言が後押しした。

ドラマの主人公一家・天羽家も洗濯屋の生業を失い、西部の砂漠マンザナール仮設収容所に強制収容される。当時の日系移民一世には日本文化の価値観や心情が根強く保たれていたが、アメリカで生まれ、アメリカ文化の教育を受けた二世たちは、民主主義を基本とするアメリカン意識を当然のこととして成長していた。日系二世の天羽賢治（松本幸四郎、現・白鸚）は米国籍を持つアメリカンであり、強制収容という不当な扱いを受ける理由がないことを自ら実証するために、米国陸軍に志願し、情報将校としてアジアの戦場に赴くことになる。

兄弟が争う悲劇は、日本文化の継承を信念とする実弟の忠（西田敏行）が、父母の祖国日本に行って兵役を志願し、フィリピンの激戦地に進駐したことから起こる。それまで穏やかに暮らしていた兄弟は、戦場で対決するという運命の皮肉に直面する。生死を分ける戦場で、兄の撃った銃弾が弟に重傷を負わせてしまう。その体験が戦後、東京裁判の通訳官となった賢治に重くのしかかる。心に深い傷を負った兄弟の距離はなかなか埋まらない。国と国のエゴイズムが悲惨な戦争を引き起こしたことへの怒りと、引き裂かれた兄弟の悲しい運命が、賢治を二重に苦しめ、自死の道に追いやることになる。『山河燃ゆ』は戦争の愚かさとともに、おびただしい人々を殺戮《さつりく》し、修復できない傷を拡大し続ける戦争の悲惨さを描いたドラマだった。東京裁判に立ち会った賢治は最後に「自らに有罪を宣告する」という独白をする。日本の大本営があった講堂で、賢治は頭を拳銃で撃ち抜いた。

反響は、日本以上にアメリカで巻き起こった。この大河ドラマは日米両国の関係に好ましくないという理由から、アメリカでは放送されなかった。しかし、日系移民が多いロサンゼルスの日系人集会所では、ひそかに持ち込まれた録画テープによって毎週上映会があり、日系一世、二世たちが真剣に見入ったという。

この上映会をきっかけにして米国内で議論が沸き起こり、日系一世に対して戦時補償の道が開けた。

太平洋戦争中、日系人が強制収容された米マンザナールの収容所跡を訪れた市川

日系人フレッド・コレマツさんの実話も、補償の実現を後押しした。彼は太平洋戦争中、収容を拒否して数年間逃走した末に逮捕される。最高裁まで上告して無罪を訴えたが、敗訴に終わり、有罪は覆らない。再審でようやく無罪となったのは一九八三年。『山河燃ゆ』放送の前年であり、終戦から三十八年もの長い時間が経過していた。

もともと移民国家のアメリカで、この裁判は人権問題として大きな注目を浴びた。アメリカでは敵国ドイツ、イタリア系の移民に対しては強制収容などの措置はとられず、有色人種の日系移民との間には明らかな不平等があったのである。

日系移民一世への補償実現には、このドラマが世論に対して一定の影響力を及ぼしたという報がロサンゼルスから届いた。それにしても、原作者である山崎豊子さんの着眼と調査、取材力、表現力には脱帽する思いだった。

この大河ドラマでは、ＮＨＫ報道局外国放送受信部からドラマ部に異動した後、脚本家・作家として独立した香取俊介さんが脚本の執筆に参加し、市川さんとタッグを組んで難しいテーマに取り組んでくれた。

『山河燃ゆ』のもっと前に遡ると、一九七八年放送の『黄金の日日』は市川さんが初めて書いた大河ドラマだった。主人公は武士ではなく、商人の呂宋助左衛門である。海外交易をする商人の目線から戦国時代を描き、極めて上質な大河ドラマだった。城山三郎さんが原作の小説を書くのと並行して、市川さんが脚本を執筆したことは特筆しておきたい。『黄金の日日』はオリジナル作品と言っていいドラマだった。

こうして市川さんの大河ドラマをたどると、どれひとつとして容易な道を歩んではいない。手間のかかる困難な主題にあえて挑戦した作品ばかりである。

そして、市川ドラマは決して高視聴率を誇った訳でもない。むしろ、その反対だった。名作といわれる『傷だらけの天使』や『淋しいのはお前だけじゃない』にしても、低視聴率にあえぎ、番組の存続が危ぶまれる声もあったと聞く。だが、その作品の評判は時間の経過とともにじわじわと高まっていった。

作家の丸谷才一さんが激賞したように、批評家や文化人が市川ドラマを取り上げる機会が格段に増え、評価するようになった。その現象は、ドラマの受け手が脚本家の感性や構想力に追いつくのに時間を要したことを意味する。市川森一という脚本家・作家が天才であったことの証しだろう。

芥川龍之介はこうも書いている。「天才とはわずかにわれわれと一歩を隔てたもののことである」。しかし、その一歩の距離はとてつもないほど遠い。

構想で終わった長崎の原爆劇

二〇一一年十二月、市川さんの訃報が突然舞い込んだ。秋の叙勲で旭日小綬章を受けた直後で、七十歳だった。まだ才能のキャパシティーが尽きることはないのに……。しかも、井上ひさしさんが急逝して一年八カ月後だった。市川さんは井上さんからのバトンを受け継ぐ可能性が高かったと思う。

急報を受け、かつてよく通った渋谷区広尾のご自宅を弔問し、市川さんにお会いした。品のいいお顔はまるで生きているようだった。私には大きな悔いが残った。市川さんとお付き合いした年月は長く、演出した本数も多かったが、大河ドラマや『風の隼人』など連続ドラマばかりだった。いつか単発やミニシリーズのドラマを作ろうと話し合っていたが、スケジュールの調整がつかず、ついに実現しなかった。

市川さんは旅立つにあたって、自選の『市川森一メメント・モリドラマ集』の刊行を企画し、別れの言葉として「去りゆく記」の掲載を指示した。

ふりかえれば虹。
思い浮かぶ顔はみんな笑顔。なんて素敵な人間たちと出会ってきたのだろう。
どの顔も、みんな私の人生の宝だ。（中略）
人生の本質的な明るさを見失わないように。
どんなに孤独で暗い闇路にも、光明は見出せる。それが、夢みる力だ。
私は弱い者ではない。（中略）
「この世には、誰一人、憎む人などいない。

そうだ、私には、だれもをも愛する力がある。
それだけでも、
死んで行く意味をみつけることができた。」

ここで、井上ひさしさんと市川さんの、あまり知られていない関係について触れておきたい。私事ながら、井上さんとは『國語元年《こくご》』（一九八五年・ＮＨＫ）で新しいテレビドラマを模索しようとした記憶がよみがえる。その井上さんの言葉に「たった一つの真実を伝えるために九十九の嘘をつく」というのがある。

お二人の共通点は、現実を前にして〈夢〉や〈希望〉を手繰り寄せながら、持ち前の想像力を全開にし、虚構の力を存分に発揮して〈現実〉を超える〈真実〉を掘り起こす天才だったことである。

以前、朝日新聞で「原爆劇、未完のリレー　井上ひさしさんから市川森一さんへ」という記事を読んで驚いたが、直ちに納得した。市川夫人の美保子さんが、市川さん愛用のｉＰａｄに残された原爆劇の構想のメモを発見した。そこには「タイトル『ナガサキ　天使が降りる場所』形式・朗読と浦上天主堂廃墟スライドによるフォトリーディング」とあった。また、「『戦争を終わらせるための決断』という欺瞞」と原爆投下を正当化した米国への怒りが記されていた。この記事では、メモの最後の「二〇一一／〇五 原爆の丘」は、浦上天主堂のある高台ではないかとされている。

確かに、長崎県出身の市川さんは原爆劇を書く意欲を持っていた。井上さんが『父と暮《くら》せば』でヒロシマを描いた後、ナガサキを書かずに亡くなったことを残念に思っていたという。その記事によると、井上さんの三女で「こまつ座」代表の井上麻矢さんに「長崎県人として僕に引き継がせて欲しい」

と電話をしていたという。そのタイトルは『母と暮せば』だったのではないか。

井上さんは講演で、最後に書く芝居は長崎を舞台にすると述べていた。タイトルはやはり、『母と暮せば』だと明かしている。

市川さんの『天使が降りる場所』で最初に降り立つのは、今も浦上天主堂に残されている「被爆マリア」が被爆する前の美しい姿だったろうと想像される。

井上さんの最後の戯曲は、官憲によって虐殺された作家小林多喜二を描いた『組曲虐殺』だった。その劇中で、多喜二は「あとにつづくものを　信じて走れ」と歌う。まるで市川さんにバトンタッチしたいという井上さんの遺言のようである。

劇中歌はこうも歌う。

「駆け去るかれの　うしろすがたを　とむらうひとの　涙のつぶを　本棚にかれが　いるかぎり　カタカタまわる　胸の映写機」

多喜二へのオマージュを込めながら、井上さんご自身のこと、市川さんのこと、作家が世に残すべきものを歌っているように思える。お二人は最後の最後に、戦争へのこだわりを書き残したかったのだろう。夢と悲しさの回路、長いトンネルをくぐり抜けて……。


市川森一さんの急逝は、不世出の作家・井上ひさしさんを失った翌年だった。

市川さんのような脚本家・作家もまた、そう簡単には現れないだろう。

もう一度引用してみよう。「どんなに記憶が薄れようとも悲しみだけは忘れてはいけない。それさえ忘れなければ、人は夢を見続けることができる」。市川ドラマが残した鮮烈なメッセージである。

いま、テレビドラマは転換期を迎えている。その進むべき方向を見極めるためには、みずみずしい想像力を研ぎすますことが欠かせない。井上さんの言葉を借りれば、「たった一つの真実を伝えるために九十九の嘘をつく」ことである。

フィクションというドラマの特権をフルに使って、〈現実〉を様々に解体し、組み直し、それを超える感動や共感を創造することによって〈真実〉をあぶり出す錬金術師、その新しい担い手がいま求められている。

出よ、天才。「われわれと一歩を隔てた距離」を保って……。

■村上佑二プロフィール

一九三七年、東京都生まれ。一九六〇年、早稲田大学を卒業し、NHKに入局。ドラマ部に異動した六五年以降、ドラマの演出一筋に歩む。主な演出作品は大河ドラマ『国盗り物語』『花神』『山河燃ゆ』『花の乱』のほか、『男子の本懐』（八一年、芸術祭優秀賞）、『タクシー・サンバ』（八一年、プラハ国際テレビ祭カメラワーク賞）、日仏共同制作の『ビゴーを知っていますか』（八二年、国際エミー賞優秀賞）、『國語元年』（八五年、テレビ大賞優秀番組賞）『虹のある部屋』（八八年、ギャラクシー賞優秀賞）、日独共同制作の『冬の旅』（九一年）、日独米などが共同制作した『ザ・ラストUボート』（九三年）、『清左衛門残日録』（九三年、橋田賞）など。舞台の演出作品に『千恵子飛ぶ』『北条時宗』『大伴家持』がある。セビリア万博の回転劇場の企画・構成、上海万博「日本産業館」のメイン大型映像『宴』の構成・総合演出なども手がけた。

『花の乱』をともに生き、ともに闘った

女優　三田佳子《みたよしこ》

新進脚本家との出会い

私にとって市川森一さんは、優れた脚本家として尊敬する方であると同時に、テレビドラマの世界でともに闘う同志、ともに切磋琢磨《せっさたくま》しあう同世代の仲間でもありました。

市川さんと私は同い年。一九四一（昭和十六）年生まれの巳年《みどし》です。私は今も女優として演じ続けているし、市川さんもお元気で脚本を書き続けていらして何の不思議もないのですが、思い返すたびに残念で仕方がありません。

考えてみますと、私の方が先に大病をしていますし、突然の訃報に接した時、「えっ、どうして先に逝っちゃうの、早すぎるわよ」と思い、深い喪失感に襲われました。市川さんご自身、まだおやりになりたいことが山ほどあったのではないでしょうか。

市川さんとの出会いは数十年前に遡ります。市川さんはテレビ界で、私は映画界で仕事をしていましたから、近いようでいて最初は接点がなかったんですね。

私は東映で映画女優として大事にされていたのですが、デビューしてまもなく東映にテレビ部門が

できた、みなさんより一足早くテレビに出たんです。当時は「五社協定」というものがあって、映画俳優がテレビに出にくい状況でした。映画界はテレビドラマを「電気紙芝居」などといって下に見る傾向が強かった時代です。そのため、私のテレビ進出は周囲から猛反対されました。

私自身は若かったこともあって、視線が前へ前へ向かうというか、テレビという新しい媒体に意義を見いだし、魅力を感じていました。テレビドラマは連続物が主流ですし、映画はいわば読み切り、全く別物と捉えていたんです。

秒単位でスピーディーに何本も撮り、半年や一年近く長編ドラマに出続けるのがテレビ。何カ月もかけて一本を撮り、巨匠の作品の中で育ててもらうのが映画。両輪でやれたらいいなと思っていたら、願いが叶って、そのとおりになりました。最近はテレビドラマより早く撮る映画もありますけれど。

我々の世代は十代半ばで、初めてテレビという媒体に接したんです。おそらく市川さんも十代の頃、私と同じようにテレビに接して「面白い！」と思われたに違いありません。市川さんは日大藝術学部映画学科で学ばれたのですが、実際に活躍されたのはテレビドラマの世界です。

私がテレビに出始めた一九六〇年前後から、テレビは一気にお茶の間に浸透していきました。テレビ番組の作り手たちは前例がないので、まったく手探りの状態で実験的な試みなどを重ねながら、テレビドラマというジャンルを確立していったのですね。

新しいジャンルなので、既成の枠にとらわれない面白い人材、多彩な人材がテレビというニューメディアに集まってきました。ですから、風通しは良く、自由な空気と活気がありました。

私が市川さんと初めて出会ったのは、日本テレビの『祭りのあとに』（一九七三年放送）という青春ドラマだったと記憶しています。脚本は市川さん、私が主演で、相手役は歌手の橋幸夫さんでした。

恋人役ではなく、私の弟役でした。橋さんは私たちより二歳下。同世代といっていいですね。

単発ドラマでしたから、市川さんと親しく接する機会はなかったのですが、こんなことがありました。リハーサルか収録かが終わり、「お疲れさまでした。ありがとうございました」などと挨拶《あいさつ》を交わした後、市川さんと一緒に帰る方向に歩き出したんです。

同世代の気軽さから、ふと思いついて、「どちらまで行かれるんですか。私は車ですから、よろしければお送りします」とお声をかけました。「えっ、いいんですか」と市川さん。「どうぞ」と応じて、どこかまでお送りしたんです。車といっても、私が運転するわけではなく、運転手がいました。二人は後部座席に並んで座ったのですが、市川さんはかなり緊張していらっしゃいましたね。

同い年であっても、市川さんは新進の脚本家。私は高校を卒業してすぐ映画界に入って、女優としてそれなりのキャリアを積んでいたので、立場的には私の方が芸能界では先輩格でした。あの頃は市川さんもシャイな青年でいらしたから、女優と同席してどう対応したらいいか迷っておられたのかもしれません。

話の糸口を探っていらしたのか、市川さんは「三田さんって、もっとおっかない人かと思っていました」とおっしゃったんです。そんなふうに思われていたのかと、私は笑ってしまいました。私もまだ若かりし頃で、それほど怖くはなかったと思うんですけれど。

同世代の仲間がわが家に集う

それから数年後、夫の高橋康夫がＮＨＫの大河ドラマ『黄金の日日』（一九七八年）で、市川さんとご一緒することになって、私より先に親しくなったんです。市川さんが脚本を担当され、高橋はＮＨ

Kの演出陣の一人でした。

舞台は安土桃山時代、貿易で巨万の富を築いた堺の豪商・呂宋助左衛門の物語です。ストーリーを脚本家、作家、NHKで練り、脚本は市川さんの書き下ろし、小説は経済小説の人気作家、城山三郎さんが担当され、同時進行で書かれたと伺っています。

助左衛門を演じたのは六代目市川染五郎（現・二代目松本白鸚）さん。お父様の八代目松本幸四郎（初代松本白鸚）さん、ご長男の藤間照薫《てるまさ》（現・十代目松本幸四郎）さんと親子三代で出演されたことも話題になりました。

状況劇場を率いる劇作家兼役者の唐十郎さん、その看板役者の根津甚八さんや李礼仙（現・麗仙）さんも出演されていて、キャスティングもすごく斬新でしたね。根津さんの石川五右衛門役は圧巻で、今も記憶によみがえります。

フィリピンのルソン島で大河ドラマとして初の海外ロケを行うなど、スケールが大きい作品でしたね。時代も織田信長や豊臣秀吉が活躍する変革期です。市川森一さんならではの人物造形も素晴らしく、わくわくするような面白さでした。私は視聴者の一人として毎回楽しませていただきました。

大河ドラマは一年間の長丁場ですから、一緒にドラマを作るうちスタッフも出演者も自然に仲良くなっていくんですね。市川さんと高橋は脚本家と演出家という関係ですから、なおさらです。高橋も昭和十六年生まれで、市川さんと同い年でした。

そんな偶然も幸いして、いつしか市川さんや唐さんがわが家に遊びに来られるようになりました。状況劇場のお芝居を観客として観に行って、唐さんを存じ上げていましたが、仕事ではNHKの『幻のセールスマン』（一九七四年）がご縁です。唐さんが初めて書かれたテレビドラマの脚本で、演出は高橋康夫、渥美清さんと私が共演した作品でした。その後、日本テレビの『外科医 有森冴子』（一九九〇～九二年）を書かれた脚本家の井沢満さんもわが家に見えるようになりました。みんなほぼ同世代で、まだ若くて血気盛ん、よく集まっては侃々諤々、ドラマの話などで盛り上がりましたね。

長男の森宮隆《もりみやりゅう》が成長して俳優・声優になってからは、市川さんのお書きになるドラマに「この役、隆ちゃんにどうかな」とお声をかけていただきました。特に『幽婚』（一九九八年・中部日本放送）は、出番が少ないけれどとても面白い役で、隆も「勉強になって、ありがたかった」と喜んでいました。それに隆は日大藝術学部映画学科で学んだので、市川さんの後輩です。そういうこともあって、いろいろと親身になってくださったように思います。

日野富子としての過酷な一年

私が女優として市川さんと最も長い時間を共有したのは、NHKの大河ドラマ『花の乱』（一九九四年）です。ドラマの舞台は室町時代、室町幕府の八代将軍・足利義政の正室である日野富子の生涯と応仁の乱の前後が描かれています。特に原作はなく、史実を下敷きにしてフィクションを交じえた市川さんのオリジナル脚本です。富子と異父姉妹の「とりかえばや」のような奇想天外な逸話などもあり、視聴者をドラマに引き込む仕掛けも巧みに配されていました。

私は主人公の日野富子を演じました。天下の悪妻、悪女と言われた女性で、歴史上、芳しくないレッテルを貼られていますが、大変な女性です。将軍でありながら政治以外のことに興味を持ちすぎる夫の代わりを務め、女だてらに幕政を支えたのです。富子が息子を立派な後継者に育てようと奔走する姿は感動ものでした。

富子像を掘り下げれば掘り下げるほど、悪女とは違ったところが際立ってきました。私なりに解釈をすると、富子は時代の一歩先を行く近代的な女性だったのではないかと思いました。

演じるにあたって、京都の華開院《けかいいん》にある富子のお墓にお参りいたしました。悪女と言われても、歴史に名を残した女性です。さぞかし立派なお墓が建っているだろうと想像していたら、忘れ去られたような、小さな小さなお墓です。少し傾いていて、昔の栄華いまいずこという印象でした。

あの日野富子がこんなにも淋しいお墓に眠っている……。正直申し上げて、私は愕然としました。

その時、思いがけないことが起こりました。到着した時は雨が降っていたのに、手を合わせたとたん、パアーッと陽が差し始めたんです。それも富子のお墓に向かって光が差し込み、嘘のように燦然《さんぜん》と輝いたんです。「私に光を当てるために来てくれたのね」と富子さんに歓迎されているようで、不思議な感動に包まれました。

お墓はいま、どうなっているのでしょうか。少しはきれいになっていると嬉しいのですが。

実は『花の乱』のオファーがあった時、私は気軽にオーケーとは言えませんでした。大河ドラマの主役は橋田壽賀子さん脚本の『いのち』（一九八六年）で経験し、出ずっぱりと長台詞の過酷さを味わっていたからです。どうしようかと迷っているうちに、夫の高橋までＮＨＫ側に立って、「子供たちの面倒は僕が見るから、引き受けたらどう?」などと調子のいいことを言うんです。それを信じたわけではないですよ。最終的にお引き受けしたのは、市川さんが脚本を担当されるということもあったと思います。

おかげで、久しぶりの家族旅行計画は頓挫。家庭生活はすべて放棄することになり、一年間『花の乱』と格闘することになりました。

京都の華開院にある日野富子の墓を訪れた三田（1994年）

大河ドラマでは、戦国時代と重なる室町末期は何度も取り上げられていますが、室町時代を真正面から描いた作品は、『花の乱』以外にありません。一般的になじみの薄い時代なのか、視聴率はあまり伸びなかったのですが、一方で玄人受けするドラマといわれ、放送が終わってから再放送を望む声がＮＨＫに数多く届いたと聞いています。

最近、応仁の乱を書いた本がベストセラーになっているようですね。下剋上の時代に突入する発端となった大乱ですし、とても興味深い時代であったことは間違いありません。

私が言うと手前味噌《みそ》になりますが、『花の乱』は本当にレベルが高い作品だったと思います。市川さんがお書きになるストーリーや台詞はもちろん、演出も素晴らしいんです。映像や音楽が美しく、格調がありました。まるで壮大な歴史書のような室町絵巻がドラマとして再現されたと思うほどです。

物語の世界へ誘《いざな》うオープニングテーマの作曲は三枝成彰さん。これも素敵でした。キャスティングがまた魅力的です。足利義政役は十二代目市川團十郎さん。義政の少年時代はご子息の七代目市川新之助（現・十一代目市川海老蔵）さん、富子の少女時代は松たか子さんが演じています。二十数年前ですから、お二人ともまだ十代で初々しかったですね。

富子の異父妹・森侍者役は檀ふみさん、義政の母で富子の大叔母・日野重子役は京マチ子さん、富子の兄・日野勝光役は草刈正雄さん、応仁の乱の西軍総大将・山名宗全役は萬屋錦之介さん、東軍総大将・細川勝元役は野村萬斎さんという多彩な俳優たちの競演でした。見たくなる顔ぶれでしょう。

作品の素晴らしさとは別に、私にとっては想像を絶する過酷な一年でした。一つは難しい台詞です。富子は女性でも政治の中枢にいた人ですから、軟らかい庶民言葉ではないんです。政治用語も含めた硬い台詞をやっと覚えたと思ったら、今度は脚本に「祈禱《きとう》」などと書いてあります。昔は心願成就や病気平癒など、何でも神仏に祈ったんです。

脚本ではたった一行ですが、祈禱する私の方はもう大変。呪文のような、お経のような言葉を唱えながら、パッと印《いん》を結んだりして、一心不乱に祈りを捧《ささ》げるんですよ。専門家に教えていただきましたが、一晩で覚えなくては間に合いません。

あの時は誰かが乗り移ったかのように、なぜかすぐ覚えることができたのです。ひょっとして富子さんが助けてくれたのかもしれませんね。

一話分のほとんどが富子と義政の二人だけに近い回もありました。最終回でしたが、それまでの人生をすべて語らせるような長台詞が延々と続くんです。市川さんは涼しい顔で、「これはね、三田さんと團十郎さんのアリアですよ」なんて、さらりとおっしゃったけれど、演じる側は四苦八苦ですよ。

あれほど膨大な台詞を短い時間にどうやって覚えたんだろうと、今でも不思議に思うほどです。市川さんは全編を通じて、俳優たちを信じ、このように「挑発的」というか「無茶ぶり」をされました。それがとても印象的で、作品のすごみにつながりましたね。

さらに厳しさを増幅させたのは、主役を演じながら、ナレーターも務めたことです。富子のモノローグなどではなく、「語り・三田佳子」という純然たるナレーションでした。富子を演じた後、パッと駆けていって、映像を見ながらナレーションを吹き込むんですよ。

大河ドラマで主演俳優がナレーターを兼ねるなんて、前代未聞でしょう。どうして、そんなことになったのか、市川さんのせいにはできませんけれど、いまも謎のままです。随分たってから、もし主役だけ、あるいはナレーターだけお引き受けしていたら、もっと上手にやれたのになあと思ったりもしました。

市川と交わした膨大なＦＡＸ

撮影が始まる前だったか、『花の乱』のスタッフのみなさんがわが家に集まったことがあります。脚本の市川さん、チーフプロデューサーの木田幸紀さん、演出チーフの村上佑二さん、演出セカンドの黛りんたろうさんたちが見えていました。みんなで、ああだ、こうだとディスカッションをして、最後には庭に出たりしながら、「いい作品を作って残そうね」などと、朝まで夢中になって語り合ったんです。あの頃は若かったとは言いませんが、かろうじて、私もそういうことが出来るぎりぎりの年齢でした。熱を持ちすぎて、昼も夜もなくなってしまうんですね。市川さんは朝八時頃帰られたと記憶しています。

その時だったか別の時だったかあいまいですが、私、木田プロデューサーの頬をたたいてしまったんです。私がこんなに大変な思いをしているのに、あんまりのほほんとしたお顔に見えたからです。もちろん、冗談半分ですよ。実際は違うと重々わかっていますけれどね。そうしたら、「僕もたたいてください」「僕も、僕も」と、みなさんから頬を差し出されて困りました。そんなことも、いまでは懐かしい思い出です。

それから、もうひとつ思い出したことがあります。当時、市川さんと毎日のようにFAXを交わしていたんです。あまりにも台詞が難しかったので、「どうでしたか、これで良かったですか」などとお尋ねしたり、逆に感想やアドバイスをいただいたりしました。

あのFAX、引っ越しをした時に紛失したと思っていたのですが、最近、なんと奇跡的に出てきたのです。市川さんには私が天国に行った時、事後報告させていただくとして、お断りもなしにFAXの一部をご披露させていただきます。

市川森一さま

唯今、帰りました。ボロボロです。でも、このFAXで元気が出ました。有がとうございます。今日は最終収録の最初の日で、昨日も寝つけず、どうしようかと気持がジタバタしておりましたら、楽屋にほんとうに可愛らしい愛情のこもった、ランの鉢植が届いていました。（市川森一より）の札が私をじっと見つめているようで、急にやる気が出たりして、人間やっぱり精神面の方が勝ちますね。

ほんとうに、憎いほどのタイミングでした。あー、あと二日です。（略）

一九九四年十月二十五日　三田佳子

三田佳子様

お疲れ様でした！と何十回も何百回でも言いたい気持ちです。昨夜の尼僧のお姿を見て、私には三田佳子を、確かに、日野富子の霊が支えているように見えました。これからも、富子は三田さんの守護霊になってくれるのではないでしょうか。十一月の五日には、京都の富子の墓にお礼に行ってくるつもりですが、三田さんの分もお参りして来ます。

本当に素晴らしい三田富子でした。

今夜の晴れやかな三田さんとお会いするのを楽しみにしています。長い間、つたない脚本と真剣に向き合って下さってありがとうございました。

一九九四年十月二十八日　市川森一

市川森一さま

とうとう撮影終了致しました。ヤッタ！、ヤッタ！、やりました！

佃の私の部屋に市川森一よりと名札のある愛らしいランの花があります。ここまで持ち帰って、「花の乱」の作者の思いを、富子のことを懐かしんでいます。

私にとってスゴイ仕事でした。有がとうございました。

（こなた私を追いつめて泣かせようとなさったのか。いいえ、私は泣きませぬ。意地でも泣きは致しませぬ。）なんて心の中でつぶやいたりして……。

今日、もう少し寝たら打ち上げですネ。きっとボーッとして、何か、しっかりできない私かもしれませんが、新たな気持ちでお目にかかりたいと思います。思いっきり楽しんで、さわいで酔ってみたいなァー。

村上さん始めスタッフも皆、そんな感じでいます。

支離滅裂でゴメンナサイ。とりあえず、おやすみなさい。

一九九四年十月二十八日　三田佳子

三田佳子様

京都から、いま（十一時）帰ってきたところです。華開院の富子のお墓にもお礼のお参りをしてきました。（三田さんの分も）。小雨に濡れる富子の墓石に、長らく拝借していた富子の霊魂を返してきました。どこかよいところで、みなさんとご一緒に食事でも如何《いかが》でしょうか。康夫さんと相談しておきます。それにしても楽しい打ち上げでした。三田さんへのキッスの写真は、あちこちでひやかされております。

一九九四年十一月六日　市川森一

その後、お会いするたびに、市川さんは「三田さんと交わしたFAXは一冊の本になるよなア。あれはなんとか形にしなくちゃ」とおっしゃっていましたね。一年間ですから、かなりの量になります。市川さんはとても几帳面《きちょうめん》な方なので、全部残しておられると思います。

作家魂と俳優魂の真剣勝負

ところで、私はあの怒濤《どとう》の一年からしばらくして癌《がん》になったんです。お医者さまから「医学的に見て、この大きさからすると……二年前ですね。その頃、何かありましたか」と言われました。二年前といえば、そうです、ちょうど『花の乱』の頃です。朝七時頃まで台詞を覚えて、午後三時には撮影に入るような、睡眠不足が続く生活を送っていました。まさに命を削る日々でしたね。もっとも、仕事ではその都度、命を削ってきましたから、前後の積み重ねもあったかもしれません。

手術や術後の療養を経て復帰した時、市川さんは「そうか、僕が三田さんをもう少しで殺すところだったんだね。でも、元気になって良かった、良かった！」と喜んでくださいました。そして、「復帰第一作は僕が書く」とおっしゃって、ＮＨＫの『鏡は眠らない』（一九九七年放送）という五回連続のドラマに出演することになったんです。

舞台は昭和の高度成長期ですが、なぜか天正遣欧少年使節が持ち帰った「天正の鏡」に魅せられて、人生を狂わせていく人間たちの物語でした。鏡のこちら側と向こう側を行ったり来たりするような、時空を超えたシュールな世界なんです。私の役は風呂屋の子連れ男の後妻という設定でした。鏡のせいで殺人を犯してしまった義理の娘の身代わりになって、罪を背負う女性なんです。仲代達矢さんが昔の恋人役でしたね。私も病後でしたが、仲代さんも奥さんを亡くされた直後で沈んでいらっしゃいました。

ところが、市川脚本はまたしても過酷だったんです。長崎ロケを敢行し、私に鏡を背負って山を登らせるんですよ。それも背中からはみ出すほど大きい鏡で重いし、山頂まで山道を一歩一歩進んでいくんです。登りきった先に海が見える、そういうシーンを撮りたかったようです。

オートクチュールデザイナー鈴木紀男（右）のパーティーで顔を合わせた市川と三田

おそらく、十字架を背負ってゴルゴタの丘を登るキリストのイメージでしょう。私の役は元娼婦で、「マグダラのマリア」を象徴していたと思います。市川さんはクリスチャンでいらしたから、キリスト教やキリシタンのことをテーマやモチーフに取り上げられることが多かったんですね。『黄金の日日』にもキリシタンが出てきます。

テーマはわかりますが、私は命にかかわるようなステージの癌だったんですよ。お腹を切って間もないというのに、何のいたわりもない脚本で、まるで容赦なし、やれという感じです。演出の篤りんたろうさんが気の毒がって、「三田さん、僕が背負います。僕におぶさってください」と言ってくださったけど、まさか、そんなことはできないでしょう。「少し引っ張ってくだされば、自分で歩きますから」と根性で登りました。

台詞がまた文学的で難しいんです。しかも、元娼婦とはいえ回想で娼婦時代のシーンもあって、客との絡みも演じなくちゃいけません。やっと生きているくらいの人間にやらせるんですから非情でしょう。市川さんは「元気になって良かった」と言いながら、その舌の根も乾かぬ間にこんな脚本を書き、鏡を背負って山を登らせました。それが脚本家なんです。

あちらも真剣勝負で思いの丈を書かれるわけですから、やると言った以上、こちらもできなかったら恥ずかしい。作家魂と俳優魂のぶつかり合いでしたね。あの時は本当に死ぬんじゃないかと思った私が元気で、市川さんはもういらっしゃらない……。やはり、命を削って書いていらっしゃったんだと思います。

脚本アーカイブズ活動に協力

仲間で集まっては語り合った時、市川さんはよく「同世代のグループを作って、みんなで一緒に何かやろうよ」とおっしゃっていました。脚本一筋というより、人をまとめて何か新しいことを始めたり、先頭で旗を振って形にしていくのがお好きな方でしたね。残念ながら、「同世代の会」はお互いに忙しくて実現しませんでした。

その後、市川さんは理事長を務めていた日本放送作家協会の脚本家や構成作家の方々とともに、日本脚本アーカイブズ（現・日本脚本アーカイブズ推進コンソーシアム）を立ち上げられたんです。草創期からのテレビドラマの脚本を集めて保管し、誰でも読んだり活用したりできるようにしていく活動だそうで、私も微力ながら協力したんですよ。

ある日、夫の高橋康夫から「佳子さん、ドラマの脚本をいっぱい持ってるでしょう」と聞かれたん

日本脚本アーカイブズ準備室に約800冊の脚本を寄贈した三田と（2009年）

です。持っていますとも。テレビドラマの脚本だけでも数百冊はありました。映画、舞台を含めると、さらに膨大な数になります。六十年近い年月、さまざまな役を演じ続けてきた証しとして、私にとっては貴重な宝物です。

なかなか捨てられずにいたのですが、引っ越しの時など、「邪魔だな、どうするの？」と周りから邪険に言われて、デビューしたての頃の映画の脚本を泣く泣く捨てたこともありました。一九五〇年代後半頃のもので、いま考えると貴重なものを捨ててしまったかもしれません。しかも、そのまま捨ててはいけないと思って、ビリビリに破いたんですよ。

そんな後悔もあって、日本脚本アーカイブズから高橋経由で、ドラマの脚本を寄贈してもらえないかというお話が来た時、私の脚本を八百冊以上（一部、映画シナリオも含む）お渡ししたんです。探し出せたのがそれくらいで、まだどこかに眠っています。「俳優に容赦なし」の市川脚本も入っていますが、ドラマの脚本だけではありません。アポロ十一号が月面着陸した時に、若き日の中曽根康弘さん（元首相）と私が総合司会を担当した生放送番組の台本なども入っているんですよ。

ほかの方々が提供された脚本と一緒に、いまは国立国会図書館などに収蔵されていて、一部はデジタル化され、国会図書館にいけば誰でも読めるようになっているそうです。

市川さんは本当に喜んでくださいました。私としても捨てずにすみ、命の次に大事な脚本の行き先があって良かったと喜んでいます。一脚本家と一女優という関係だけではなく、ドラマとはまた別の文化的、社会的に意味のあることで、少しでも触れ合うことができたのは幸運でした。やはり、同い年のよしみでしょうか。

市川さんとは仕事上のお付き合いを超えて、若い頃は仲間で集まってご飯を食べたり飲みに行ったり、歌ったり踊りに行ったりしたものです。陽気で明るくて、キャッキャッとよく笑う方で、場を盛り上げるのがお上手でした。商売道具の手や指がとても特徴的で、もっちりふっくらして可愛いかったことも印象に残っています。

ある日、市川さんのご自宅にお邪魔した時、別の一面を垣間見たこともありました。ちょうど脚本を書いていらした時だったのですが、書斎に入ってきた奥さまが何かおっしゃったら、市川さんが強い口調で「うるさい、わかってる！」と怒ったように言われたんです。

奥さまにいつも優しく接しておられる姿しか見たことがなかったので、とても意外で驚きました。でも、よくよく考えてみれば、当然と言えば当然ですね。執筆中は産みの苦しみで、つねに一語一語絞り出すように言葉を紡ぎだしていらしたわけですから。しかも過酷なことを容赦なく、俳優に演じさせる脚本家なのだものと思い至りました。

市川さんはいま頃、天国で俳優泣かせの脚本をお書きになっているかもしれません。あとで楽しく読ませていただきますから、たくさん書きためておいてくださいね。ただ、演じるのはちょっと考えさせていただきたいと、いまは申し上げておきましょう。

来たるべき日のために、もう少し心身を鍛えてから真剣勝負に挑みたいと思います。

（談、構成・香取俊介）

■三田佳子プロフィール

一九四一年、大阪府生まれ。一九六〇年、女子美術大学附属高校卒業と同時に東映に入社。在籍中は、日本映画全盛期を代表するスター女優の一人として六十本以上の作品に出演した。六七年に独立し、三田佳子事務所を設立。映画『別れぬ理由』（八七年）と『遠き落日』（九二年）で日本アカデミー賞最優秀主演女優賞を二度受賞、舞台の『雪国』と『夢千代日記』はそれぞれ文化庁芸術祭賞を受賞した。このほか毎日映画コンクール・田中絹代賞やブルーリボン主演女優賞、山路ふみ子賞、橋田賞特別賞など受賞多数。NHK大河ドラマには八六年の『いのち』と九四年の『花の乱』に主演し、『NHK紅白歌合戦』では八九年と翌年、二年続けて紅組の司会を務めた。その一方、朗読の枠を超えた音楽家との共演、自ら「役者唄」と呼ぶ音楽活動、唐十郎や宮藤官九郎の先鋭的な舞台やミュージカルにも挑戦している。二〇一四年に旭日小綬章を受ける。

第三章　脚本家の視点から

見上げるような安土城

脚本家
池端俊策《いけはたしゅんさく》

脚本家の個性が出る単発ドラマ

十年ぐらい前になりますが、テレビ東京の『開運！なんでも鑑定団』を観ていると、ゲストで市川森一さんが出演されたのでびっくりしたことがあります。その時に市川さんが出品されたお宝が伊東静雄の詩集（初版本）でした。それがどういう詩集だったか記憶していませんし、いくらの値がついたかも忘れましたが、市川さんが詩の世界に思い入れがあるのだということを再認識させられたことだけは覚えています。そして、市川さんの『夢の鳥』という単発ドラマの脚本を初めて読んだ時の感動を瞬時に思い出していました。一九八三年にＴＢＳ系の『東芝日曜劇場』で放送されたこの作品は、ほとんど中原中也の詩への思いで書かれたような少々鬱屈《うっくつ》感のある、しかし情感溢《あふ》れる見事なものでした。

迷子の九官鳥を預かった若い警官が、その鳥の持ち主を捜す話で、九官鳥は或る詩の一節を諳《そら》んじていて、それが手掛かりになるという設定でした。

「アア、ツカレタ、ムネノ　ウチヲ　サクライロノオンナガ　トオル　オンナガ　トオル」

「アア、ツカレタ」というフレーズを繰り返す九官鳥がとても切ないのです。ドラマでは、警官がこの鳥の飼い主だという水商売の若い女に出会い、鳥が諳んじているのは三年間生活の面倒を見た自称詩人の男の作った詩の一節で、男はすでに癌で死んだということ、女は男の作る詩が大好きで、男の創作ノートを遺品として大切に持っていることなどを聞きます。警官は、その女の純情さに魅力を感じ、自分もその創作ノートを借りて、走り書きされた数々の素晴らしい詩に感動するのですが、警官の上司が文学に詳しく、ノートを見て「これは中原中也の詩だよ」と言うのです。警官も女も中原中也を知らず、創作ノートが中也を丸写しにしたものだなどと気づきようがなかったわけです。女は何も知らないまま無邪気に詩人の思い出を語り、故郷の北海道へ去って行きます。その彼女に愛情を感じている警官は、事実を語らず、切なく船出を見送り、彼女の夢を壊さなかったという物語でした。

市川さんはよく「単発ドラマはいいね」とおっしゃっていました。「脚本家の個性がはっきり出るからね」と。

この『夢の鳥』はまさに市川さんの世界を凝縮した作品で、画面に一度も登場しない偽者の詩人が若い女に美しい詩という夢を与えて死んでしまう設定しかり、警察官という、現実のみを相手に生きている人物が、中也の『在りし日の歌』に心を動かされる設定しかり。夢と現実を両手に持って微妙なバランスを取りながら生きていく人物達を優しくみつめる作風は、市川さん独特のものです。

立ち消えになった「それっきり会」

僕が市川さんの名前を識《し》ったのはＮＨＫで夏目漱石原作の『新・坊っちゃん』を書かれた時ですから、『夢の鳥』より十年近く前だったと思います。とても新鮮な印象があり、常識の枠を超えるセンスのよい脚本だと放送を見て刺激を受けた記憶があります。その数年後のＮＨＫ大河ドラマ『黄金の日日』は僕の中に市川さんの名がはっきり刻み込まれた決定的な傑作だったと思います。当時、映画脚本をめざして勉強していた僕が、これからはテレビドラマだと確信したのは、向田邦子さん、早坂暁さん達と並んで市川さんの作品があったからで、いわば僕の人生を決定づけた脚本家の一人が市川さんでした。

一九八〇年代半ば頃でしょうか、放送評論家の佐怒賀三夫さんを囲む会があり、駆け出しの脚本家だった僕をＴＢＳの堀川とんこうさんが誘ってくださって参会したことがあります。演出家の和田勉、深町幸男、今野勉、鶴橋康夫、村上佑二、プロデューサーでは遠藤利男、大山勝美といった当時の放送界のトップランナー各氏が集まって、テレビドラマがこの先どうあるべきかを議論する場でした。僕などは恐れ多くて片隅でただ拝聴するだけでしたが、脚本家を代表するように市川さんも参会されていて、滔々《とうとう》と自説を述べられている姿を見て、ほとんど呆然《ぼうぜん》としていた記憶があります。それが市川さんとの初対面でした。恐ろしい程の距離を感じたものです。

それから何度かお会いする機会があり、少しずつ会話が成立するようになって、いろいろ市川さんの作品について話を伺おうとしました。市川さんはご自身の話をされるのは苦手のようで、他の脚本家の仕事を盛んに話題にされ、たいてい若い脚本家を称賛して終わるといった調子でした。或る時、民放の番組で早坂暁さんと市川さんと僕とが雑談をして、短いドラマを作るという回がありました。その時は三人とも子供がいないという話になり、「それっきり会」を作るかという冗談半分、本気半分で盛り上がりました。しかし、市川さんも早坂さんもお忙しく、お会いする度に掛け声だけあったのですが、立ち消えてしまい、言葉どおりそれっきりになったのが残念でした。

市川が『東芝日曜劇場』で書いた単発ドラマの脚本（放送ライブラリーの「市川森一・上映展示会　夢の軌跡」で）

そんなわけで、市川さんとはいろいろな場所でお会いしたのですが、顔色を変えてドラマ論を交わすこともなく、互いの生き方を話し合うこともないままでした。僕にとっての市川さんは、堀を巡らした、見上げるような安土城であり、美しい橋はかかっているのですが、最後まで渡って行けない存在だったような気がします。

脚本アーカイブズ活動を継承

二年前、不意に山田太一さんから電話をいただき、「市川さんが提唱されてスタートした脚本アーカイブズ活動を、市川さんが亡くなられた後自分が継いでやってきたのだけれど、そろそろ誰かにバトンタッチしたいので、どうですか、やってくれませんか」というお話をされました。市川さんは生前、「むかしの良いドラマが映像として残っていないので、せめて脚本だけでも収集して残しておきたい」とおっしゃっていて、お会いするたびに「アーカイブズ活動をやるから協力してよ」と言われていたのです。

「やるしかないな」というのが正直な気持ちでした。市川さんは一番近くにいらして、一番遠くにいらした方でしたが、やはり何か縁があるのだと思いました。脚本家として大きな影響を与えて下さった大先輩に敬礼をし、その遺志をわずかでも継いでゆけたらと思っています。

■池端俊策プロフィール

一九四六年、広島県生まれ。明治大学卒業後、竜の子プロダクションなどを経て今村昌平監督の助手となり、『復讐するは我にあり』『楢山節考』の脚本に携わる。『羽田浦地図』（NHK）と『私を深く埋めて』（TBS）、『危険な年ごろ』（読売テレビ）で一九八四年度の芸術選奨新人賞、向田邦子賞を受賞。TBSではビートたけし主演の『昭和四十六年 大久保清の犯罪』『イエスの方舟』『忠臣蔵』『あの戦争は何だったのか 日米開戦と東条英機』などの話題作を作り、NHKでは九一年の大河ドラマ『太平記』、『聖徳太子』『大化改新』『大仏開眼』の古代史三部作などを手がける。二〇〇九年、芸術選奨文部科学大臣賞と紫綬褒章を受ける。二〇二〇年には、明智光秀を主人公とする大河ドラマ『麒麟《きりん》がくる』の脚本を担当することが決まっている。著書に『池端俊策ベスト・シナリオセレクション』などがある。向田邦子賞選考委員。日本脚本アーカイブズ推進コンソーシアム代表理事。

あくまでもミーハーな一ファンとして

脚本家　三谷幸喜《みたにこうき》

インタビューに際して

三谷幸喜さんは劇作家、演出家、映画監督、俳優としても活躍しているように、演劇、テレビ、映画、活字などのさまざまな分野でマルチな才能を発揮している。

五十歳を迎えた二〇一一年には自ら「三谷幸喜大感謝祭」と銘打って、四作の新作劇とともに映画、テレビドラマを一作ずつ発表した。舞台公演は『ろくでなし啄木』『国民の映画』『ベッジ・パードン』『90ミニッツ』で、これらによって紀伊國屋演劇賞や菊田一夫演劇賞大賞の個人賞に輝いた。脚本・監督を務める映画では、五作目の『ステキな金縛り』を作った。テレビドラマでは、WOWOWの『short cut』で脚本だけではなく演出も担った。これは全編を「完全ワンシーン・ワンカット」で撮るという斬新な手法に挑み、日本民間放送連盟賞のテレビドラマ部門最優秀に選ばれた。その後も、旺盛な創作意欲と活動はまったく衰えない。

二〇一八年は五月までに、四作の舞台を手がけている。『ショーガールvol.2』と『江戸は燃えているか』、『酒と涙とジギルとハイド』の再演、そして『虹のかけら〜もうひとりのジュディ』である。テレビドラマでは、NHKの正月時代劇『風雲児たち～蘭学革命（れぼりゅうし）篇～』とフジテレビのスペシャルドラマ『黒井戸殺し』が放送された。映画監督としてはこの夏、政界を舞台にした中井貴一主演のコメディー『記憶にございません！』（二〇一九年公開予定）の撮影に取り組んだ。

多忙を極める三谷さんへのインタビューは六月下旬、東京・砧の東宝スタジオで新作映画の衣装合わせの合間を縫って行われた。その場には、市川森一論集刊行委員会委員でもある市川森一夫人の市川美保子さんも同席した。

胸が高鳴った『新・坊っちゃん』

――今日は三谷さんから市川森一さんへの思いを語っていただこうと。

三谷　あくまでもミーハーなファンのひとりとしてのコメントしか出せないんですけど、それでよろしければ。

――市川先生の追悼番組で三谷さんは、「市川さんのドラマを見て育ったと言ってもいい。僕の体の八五％は市川森一でできている」と言われ、先生のお名前を意識したのは『新・坊っちゃん』（一九七五年）からとおっしゃっていましたが、その頃のお話を。

三谷　僕が十四歳のときですね。ホントは『傷だらけの天使』（一九七四～七五年）も大好きなんですけど、リアルタイムで観ていないんです。あれは十三歳だとちょっと早い。

漱石の『坊っちゃん』はもともと愛読書でした。それが『新・坊っちゃん』として始まるというので、オンエア前から楽しみにしてました。印象としては、なんだかとんでもなく勢いのあるドラマが

『黄金の日日』の舞台化を記念して、フィリピンでの日比親善植樹祭に招かれた市川染五郎（左、現・松本白鸚）と市川森一（1978年）

始まったと、第一回から胸が高鳴りました。なによりキャスティングがよかった。特に、山嵐が強烈に印象に残った。初めて見る俳優さんでした。西田敏行さんなんですけどね。坊っちゃん役の柴俊夫さんと西田さんとのやり取りなんか最高だったし、河原崎長一郎さんの赤シャツも、僕のイメージにぴったりだった。そして俳優さんたちがみんな楽しそうです。それが作品の勢いになっている。

子供のくせにそんな分析までしていました。

回を重ねるにつれて、この楽しさというか勢いというか、その独特の雰囲気の源が、どうやら脚本にあるらしいということが見えてきた。当時は市川森一さんの名前は知らなかったけれど、脚本の面白さを初めて知ったのが、この作品。それから意識して市川先生のドラマを見るようになりました。

次がＮＨＫの大河ドラマ『黄金の日日』（一九七八年）になりますね。いろんな所で言ってますけど、僕、当時から大河ドラマ好きで、毎年観ていたんですが、特にこの年の『黄金の日日』は、松本幸四郎（当時・市川染五郎、現・松本白鸚）さんが演じた主人公の助左（呂宋助左衛門）と共に、一年間を生きたという印象が、すごくありまして。とにかくはまりまくった。今までの大河ドラマとはまったく違い、歴史をなぞるだけではなくて、さあ来週は一体どうなるんだろうみたいな、連続ドラマとしての魅力。あの作品をリアルタイムで一年通して観ることが出来たことは、本当に何にも代えがたい幸せです。

その次が『港町純情シネマ』（一九八〇年）。これでさらに、打ちのめされた。そして『ダウンタウン物語』（一九八一年）。そもそも僕の中でテレビドラマのイメージは、『木下恵介アワー』から始まって、倉本聰さんの『前略おふくろ様』もそうだけど、ある種のリアリズムというか、現実的な世界を描くものだというイメージが強かったんですけど、市川さんの作品にはファンタジーというか、現実とはちょっと離れた世界観があった。そういったものがテレビドラマになるんだというのが、まず衝撃でした。そして趣向の面白さ。物語の合間にいろんな名作映画がパロディーとして挿入されていく『港町純情シネマ』の雰囲気は、これまでのドラマではあり得なかった。

僕のバイブルとなった三作品

三谷　『ダウンタウン物語』は『港町純情シネマ』の世界観をもっと広げて、全編がまるで一九五〇年代とか六〇年代のハリウッド映画のテイスト。フランク・キャプラ監督やビリー・ワイルダー監督の映画みたいな。なにしろ貧乏な牧師と薄幸な歌い手の純愛ですから。こんなドラマ、観たことない。桃井かおりさんがマリリン・モンローやシャーリー・マクレーンに重なりました。で、その次が『淋しいのはお前だけじゃない』（一九八二年）。

――その頃は大学生ですか？

三谷　大学生です。僕の中で、『港町純情シネマ』と『ダウンタウン物語』と『淋しいのはお前だけじゃない』は三つ揃って僕のバイブルというか原点です。

――当時は脚本家を目指していらしたのですか？

三谷　市川先生は日大藝術学部映画学科出身ですが、僕は演劇学科。たぶん自分は演劇の道に進むんだろうと、漠然と思っていました。学生時代から放送作家として、テレビの仕事はしていました。クイズ番組とか情報番組の構成が主な仕事でしたが、自分に向いているとは思えず、あくまでもこれは仮の姿、僕の本業は演劇なんだという認識でした。『淋しいのはお前だけじゃない』の舞台になった下北沢のザ・スズナリもよく知っていたから、余計にはまったのかもしれません。

大河ドラマ『山河燃ゆ』（一九八四年）が始まった時は、第一回が東京裁判の話で、僕の記憶だと、そこから回想になるんですよね。えっ、これ一年間全部回想でやるのか、また、すごいこと考えたな、市川先生は、と感動したのを覚えています。先生のそういったチャレンジ精神も大好きでした。

あとは『親戚たち』（一九八五年）。このドラマでは役所広司さんの魅力を知りました。僕も両親が九州の人間で、『親戚たち』は長崎・諫早のお話じゃないですか。だから余計に親近感が湧いて。特に役所さんのはじけたキャラクターが、僕の親戚にも沢山いる、まさに「ザ・九州人」といった感じで、本当に三谷家の話を観ているような気分になりました。

このあたりから、僕自身がテレビドラマの仕事をやるようになり、だんだん忙しくなって、テレビを観なくなっちゃいまして。だから僕が市川先生の作品を夢中で観ていたのは、『親戚たち』まで。あ、でも単発の「モモ子シリーズ」だけは必ず観てました。

どれもベストのキャスティング

三谷　初めて自分が連続ドラマをやらせていただいた『振り返れば奴《やつ》がいる』（一九九三年）は僕の企画ではなくて、もともと進行していた企画。遅れて僕が脚本家として入ったものなんですが、それ以降の作品はすべて企画やキャスティングから参加しています。例えば『王様のレストラン』（一九九五年）をやるとき、自分の中にあったのは、『淋しいのはお前だけじゃない』のようなドラマが作りたいっていう。だからあれは、『淋しい〜』で描かれた大衆演劇の世界を、フレンチレストランに置き換えただけなんです。

市川先生のようなドラマを書きたい、市川先生のようなキャスティングをしたい。その思いは今もずっとありまして。市川先生がどれくらいキャスティングに関わっていらっしゃったか分かんないんですけど、とにかく市川先生のドラマに出られた俳優さんは、みんな大好きです。だから、脚本家になったときから、西田さんも役所さんも松本幸四郎さんも、いつか僕のドラマに出てもらいたいと思ってました。あと小野武彦さん。『淋しい〜』の小野さん、最高じゃないですか。で、『王様のレストラン』のときに、当時は刑事役のイメージが強かった小野さんに全然違う感じの役で出て頂きました。『合い言葉は勇気』では、もう絶対、役所広司さんに出てほしくて。そもそもあのドラマの役所さんは『親戚たち』の雲太郎《くもたろう》そのものなんです。それで役名も仁太郎にしました。

大河ドラマをやらせてもらうときも、『黄金の日日』みたいな大河ドラマがやりたい、それが僕のテーマでした。特に『真田丸』（二〇一六年）のときは、それこそ『黄金の日日』と時代が一緒。となればこれは絶対、呂宋助左衛門を出したい。で、幸四郎さんにお願いして、同じ役で出て頂いたんです。もうミーハーもここに極まれりといった感じですよね。それくらい市川先生のドラマが大好き。スタッフの方もちゃんとわかってて、衣装も、当時のものは無かったんですけど、なるべく似たのを揃《そろ》えてくださった。嬉しかったです。

（市川夫人に向かって）市川先生が『黄金の日日』を書かれたのはお幾つですか？

市川　三十六歳から三十七歳にかけてでした。

三谷　僕が一本目の大河ドラマ『新選組！』を書いたのは四十三歳のときです。僕だって若いほうだと思うんですよ、でも僕よりもっと若いときに、あんなにすごいホン（脚本）を書かれたと思うと、もうなんというか、具合が悪くなる。ホントに一生追いつかない目標です。市川先生はキャスティングにはどれくらいこだわっていたんでしょうか？

市川　わりと言ってたほうではないかと思います。

三谷　だと思いました。だってどれを見たって、ベストキャストですから。『ダウンタウン物語』で言えば桃井かおりさんは当然素晴らしいんだけど、川谷拓三さんが最高。「ピラニア軍団」出身の方が牧師をやる意外性も含めて、ナイスキャスティングです。

市川　あのときは、市川が恩師の牧師さんに諫早から来ていただいて、監修をしていただきました。本人もとても楽しんでいましたね、好きな作品だと。

三谷　僕、総じて市川先生と好きな役者さんが被《かぶ》るんです。もちろん僕が市川先生の影響を受けてるというのはあるんですけど。今も映画を撮っているんですが、出演している佐藤浩市さんや中井貴一さんの芝居を見ていると、きっと市川先生も、この人たちのこと好きなんじゃないかなって勝手なことを想像しています。そしたら、『ダウンタウン物語』に佐藤さんが出ていたんですね、まだ新人だったけど。それを知ってびっくりしました。

ファンだから、何でも知っている

――市川先生のドラマは登場する人物たちの印象が強いですね。

三谷　それにはキャスティングがかかわってると思うんですけど、俳優さんと役柄の一体感みたいなもの、やっぱり他のドラマにはないものをすごく感じるんですよね。市川先生がその俳優さんのことが大好きだから、この人に、こんなことをやらせたら絶対面白いという確信のもとに書いてらっしゃるからだと、僕は想像するんです。だって僕がそうだから。『港町～』と『淋しいのは～』の主人公を演じたのが西田敏行さん。僕は市川作品に登場する西田さんが大好きなんです。なんというか、ただの善人ではなく、人間のダメな部分をちゃんと持っているから。あの当時、西田さんは『池中玄太80キロ』シリーズもやっていて、あれも面白いけど、西田さん本当の良さはあれじゃないんだ、こっちなんだよと、みんなに言ってた記憶があります。

市川　視聴率は『池中玄太』のほうがかなり良かったんです。

三谷　それが口惜しくて。

市川　ありがとうございます。一緒に口惜しがっていただいて（笑）。

三谷　なんでみんな分かんないんだと思っていました。

市川が『淋しいのはお前だけじゃない』で第１回向田邦子賞を受けた授賞式に駆けつけた（左から）泉ピン子、萬田久子、竹下景子（1983年）

市川　『淋しいのはお前だけじゃない』の梅沢富美男さんは演出家の高橋一郎さんのご推薦だったと聞いています。市川はそれまで全然知らなくて、それでお芝居を観に行って、イメージが湧いたみたいです。

三谷　ただ当時は梅沢さん、映像の世界では新人ですからね。めっちゃ硬かったですよ（笑）。

市川　（女形は）奇麗なんですけどね。テレビに初めて出られたんです。ずっと大衆演劇で。

三谷　あと、橋爪功さん。市川作品における橋爪さんも面白くて。いつも変わった役なんですよ、出番は少ないけど。ずっと意識不明の役だったり。何かの作品で殺し屋の役もやってらっしゃいましたよね。普通、橋爪さんに殺し屋の役は振りません。斬新だった。

テレビ東京で1990年に放送された『燃えよ剣』では、松平容保役を演じた

市川　「モモ子シリーズ」には第二作から出てくださって。

三谷　思い出した。『野望の国』（一九八九〜九〇年）も視聴率が取れなくて、残念な結果になったんですよね。民放で大河ドラマをやるって大々的に始まったのに。面白かったのにな。

市川　プロデューサーとは家で侃々諤々、楽しそうに打ち合わせをしていましたけど。

——そういえば、その頃、市川先生は時代劇に出演されましたね。

三谷　幕末の会津藩主・松平容保《かたもり》役ですね。もうなんでも知っています。

市川　長坂秀佳《しゅうけい》さんが脚本を書いて、是非と言われて嬉しそうに（笑）。

三谷　正月の時代劇だったですね。テレビ東京の『燃えよ剣』でしたか。

市川　本当によく覚えていらっしゃいますね。

三谷　ファンですからね。

ファンタジーとして成立するドラマを

——市川先生の作品に作劇の上で影響されたようなことはありますか。

三谷　そうですね、やっぱり自分が作るものも、現実をそのまま描くんじゃなくて、現実から十センチくらい浮かんだというか、その辺のアンリアルな世界を描くみたいなところでやってますね。それはホントに市川先生の影響というか真似《まね》でしかなくて。言い方を換えると、映像におけるファンタジーとはなにか。特にテレビドラマに関していうと、作る側もそうだし、受け取る側もそうなんですが、そういうものが受け入れられにくい土壌がいつの間にかできてしまった。それに対して、先生は生涯チャレンジしていらっしゃったし、僕もそうありたい。もったいないんです、なんだか勝手に作り手側がテレビドラマの可能性を狭めてしまっているような気がして。その風潮は今も続いている。せめて僕ぐらいは市川先生のように、ファンタジーとして成立するテレビドラマを書き続けていきたい。先生は後半、幽霊とかそっちの世界に行かれて（笑）、僕はそこまではまだ行き着いていないんですけど、そのちょっと手前のあたりで。僕は言うほどドラマは書いてないんですが、時代劇もある種のファンタジーと考えれば、大河ドラマを二本やらせていただいたのも、その延長線上にあると思っているんです。

――ファンタジーということでは、『新・坊っちゃん』以前、子どもの頃ご覧になっていたテレビ番組のなかに、当時は気付かなかったけれども市川先生の作品があったかも知れませんね。

三谷　そうなんですね。今思えば、『ウルトラセブン』だってずっと観てましたし、『快獣ブースカ』も観てました。今も『セブン』を息子と一緒にＤＶＤで観るんですけど、やっぱりそこに市川先生の名前が出てくると、それを息子と二人で見ている幸せを感じます。息子も他のエピソードとは違う市川イズムがそこにあることを、何となく感覚で分かってるみたいで、食いつきが違う。それはとても嬉しいことです。

市川　お幾つなんですか？

三谷　四歳です。

市川　そんな小さいのに。将来は脚本家ですね。

三谷　先生の『ウルトラマンA（エース）』は当時観ていなくて、息子と初めて観ました。市川先生らしい世界観で、驚きました。

市川　『ウルトラマンA』は初めて企画から自分で考えて、作ったみたいです。

――子ども向けの作品の中に、市川先生の世界が描かれていたということでしょうか。

三谷　例えばそれはテーマとかそういうことだけじゃなくて、まず構成がしっかりしている。きちんと伏線を張ってるとか。僕は先生がどういうふうにホンを書かれていたか、存じあげないですけど、たぶん全体の構成を立てて、ちゃんと計算されたうえで、書いていらっしゃったのではないかと。僕はそういうふうにして書いているんですけど。人によっては、勢いで頭から書いていくとか、結末を考えないで書くとか。そういうやり方もあるんでしょうが、先生のシナリオは、もっと論理的というか、そういった感覚で書かれたものとは一線を画している感じがします。

市川　うちでは仕事の話はしなかったんですけど、市川のノートとかを見ますと、「ハコ書き」をきっちり書いて、人物表も残っていました。大河ドラマを書くときは、年表を買ってきて、びっしり書き込んでおりました。

市川先生と同じ史料を揃える

三谷　市川先生は大河ドラマを書くときに、『国史大辞典』をまず揃えられたと何かに書いてあったんで、僕もと思って、『新選組！』をやったときに、同じものを揃えたんです。でも、全然見てない（笑）。

市川　一九九四年の大河ドラマ『花の乱』のときには『大日本史料』を買い込みました。全部で三百冊以上あるんですが、本当に必要なのはその一割程度だったらしい。

三谷　そうなんですよ（笑）。

市川　では、今も『国史大辞典』をおうちに飾られている？

三谷　ええ。

市川　うちも『大日本史料』を絵の代わりにずっと飾ってありました。

――市川先生も三谷さんも歴史好きは共通していますね。史料調べも。

三谷　僕が歴史好きになったのは大河ドラマの影響ですから。史料も読みますけど、実際に書くときに、傍らに史料を置いて書くことはあまりないですね。全然進まなくなっちゃうんで、自分の身になるように目を通したら、あとはなるべく見ないで書く。

――市川先生もそんな感じでしたか。

市川　そうですね。ホントに史料はたくさん買ってきました。それから、よく現地にも行ってお話を聞いていました。

三谷　たしかに現地に行かないと。例えば、『新選組！』のときも、京都へ行って初めて、新選組の屯所のある場所と池田屋がどれくらいの距離だったんだろうかとか、行ってみないと分からないですからね。意外に近いな、とか。こんな狭い所にみんながいたら、坂本龍馬と新選組隊士がどこかで会っても不思議じゃないな。そうしたことがだんだん見えてくる。

あと、市川先生の『港町純情シネマ』も『淋しいのはお前だけじゃない』もそうですけど、パロディーというのとはちょっと違うんですけど、本歌取りというか、オマージュというか、そういったものも大好きで、『今夜、宇宙の片隅で』（一九九八年）っていう連続ドラマをやったときは、先生が『淋しい～』でいろんな大衆演劇の作品を毎回モチーフにされたように、アメリカの古い恋愛映画を一本選んで、そこから毎回、ドラマを作っていきました。まるっきり市川先生の手法をお借りしたかたちです。

――市川先生は少年時代、家の前が映画館で洋画をたくさんご覧になっていたと伺ってます。三谷さんも子どもの頃から洋画をたくさんご覧になっていたそうですね。

三谷　母が洋画好きで、ハリウッド全盛期の映画を映画館で観ていた世代です。僕の世代はもうテレビなんですが、八十二歳になる母の影響で僕は毎日のように、各局の洋画劇場で放送されたのを観ていました。

一度だけのペンネーム「三谷幸市」

三谷　市川先生のお名前ってシンメトリー（左右対称）じゃないですか。僕の名前もそうで、それが自慢なんです。

市川　市川も自慢していました。

三谷　鏡に映しても読める。それで思い出しました。初めてテレビドラマを書かせてもらったのが、フジテレビの『月曜ドラマランド』で放送された『超少女！　はるひワンダー愛（ラブ）』（一九八六年）という単発作品です。そのときは脚本家の水谷龍二さんと共作だったんですが、水谷さんから「お前、初めてテロップで名前が出るんだから、改名しろ、ペンネームがいい」と言われ、「じゃあ市川森一さんが好きなんで、『市』をいただいて、三谷幸市にします」。だからその作品だけ僕の名前、「三谷幸市」になってるんですよ。結局一本立ちしてから、本名に戻しました。

――市川先生と直接お目にかかったことは？

三谷　実はお話させていただいたのは一回しかなくて、緊張でちゃんと覚えてないんですけど、何かのパーティーのとき、ご挨拶させていただきました。

市川　帰って来て、三谷さんに日本放送作家協会に入ってくれと言ったんだよ、と聞いた覚えがあります。そのパーティーのときだったかも知れませんね。「はい」と言ってくれたんだよ、と。

三谷　そうでしたっけ。で、僕は入ったんでしょうか（笑）。

市川　はい、入ってくださったそうです。

三谷　市川先生はホンが出来るのが遅かったと聞いていますけど。

市川　ぎりぎりまで粘るほうでしたね。

三谷　それもちょっと影響を受けてる（笑）。

市川　最後まで粘って書いていましたね。

三谷　そうなんです。書けないんじゃなくて、もっと直したいから遅れるんです。昔は当然、パソコンじゃないですから手書きで、それをＦＡＸされるわけですね。

市川　ええ（笑）。それから原稿担当の方が家で待っていらして、持って帰られたりしていましたね。

三谷　プレッシャー、すごかったでしょうね。

市川　わりとプレッシャーには強いほうで、本人はそれほど。周りのほうは胃が痛くなったり眠れなくなったりしていましたけど。

三谷　それは分かりませんよ。僕も「書けないんだから、しょうがないじゃん」なんて、楽にしてるふうに装いますけど、内心「ヤバイな」と（笑）。

市川　そうだったかも知れません。

三谷　でも、ホントに申し訳ないと思ってるんです。これで自分は納得いくものが書けたとしても、じゃあ役者さんはどうなるんだと。実は「みんな、ごめんね」と言いたいところだけど、それをぐっと堪《こら》えて「何が悪いの？」みたいな感じを常に貫いてます。

市川　『新・坊っちゃん』の頃は遅れて、本当に大変だったみたいで、NHKの担当者が「台本書く方、他に入れましょうか」と言ったら、西田敏行さんたちが猛反対して、「自分達はぎりぎりになってもセリフ覚えますから、市川さんに書いてもらってください」と談判してくださった。ありがたかったですね。

三谷　脚本家としては、涙が出るほど嬉しいエピソードですね。

向田邦子賞辞退は若気の至り

三谷　いちど、向田邦子賞の候補に挙げていただいたとき、第一回目で市川先生が受賞された賞を僕ごときがもらっていいのか、っていう思いがありまして、辞退しちゃったんですよ。いずれ自信がついたらその時は喜んで頂きますと。でもそれ以来、まったく音沙汰なくて。これが僕の一生の後悔。あのとき、もらっときゃ良かった（笑）。

市川　あのときは、向田賞選考委員だった市川もその話をしておりました。「自分はものすごく三谷さんを推したのに、辞退したんだよね」って言っておりました。

三谷　えーっ、本当ですか。でも、そのときは、もらっちゃいけないと思ったんですよ。だって向田邦子も市川森一も僕からしたら神様みたいな人で、そこに僕の名前が並ぶなんて絶対に許されることではないから。

市川　そういう思いは分からなかったのかも。

三谷　お怒りでした？

市川　そんな感じじゃなく、残念がっておりました。

三谷　若気の至りです。もったいないことをしました。それとは別に申し訳ないと思ったことがあります。市川先生は日本アカデミー賞授賞式のテレビ中継でコメンテーターをされていて、僕が何度かノミネートされたとき、必ず僕の作品を推してくださるんですけど、毎回外れてて（笑）。最優秀賞など取れるわけなくても、市川先生はいつも半ば冗談のように推してくださって。

市川　三谷さんのファンだったんですよ。

三谷　それはとても嬉しいことですけど、本当は市川先生とちゃんとお会いして、いろんなお話をしたかったです。それが残念でなりません。

市川　市川もお話ししたかったと思います。

三谷　いっぱい伺いたいことがあったんですけど。

市川　本当に嬉しいですね。市川をめざしてこんな立派な脚本家の方が生まれて。

三谷　いや、とんでもない。市川先生に僕がいちばん感謝してるのは『ザ・マジックアワー』っていう映画を作ったときに、市川先生の映画評というか、コメントが「キネマ旬報」に載ったんです。そもそも僕の映画ってあんまり褒められないっていうか、そういう対象じゃないんです。映画評なんてほとんどないし。でも、市川先生はとても素敵な言葉をくださった。「これは自分が書いたんじゃないかと錯覚するような脚本だ」って。こんなに嬉しい言葉はないですよ。ちょっと信じられない。今までやってきて良かったというか、市川ファンとしてはこの瞬間、頂点を極めました。あの言葉は、僕の宝物です。

もう一度、大河ドラマを書きたい

市川　テレビドラマでオリジナル脚本が少なくなっているんで、市川はずっと憂いておりましたけれど、是非また三谷さんに書いていただいて。

三谷　市川先生は一九八〇年代前半、テレビドラマの中にファンタジーを持ちこまれた。それから三十年以上たっているんだけれど、あんまり変わってないというか、現状はそんなに大きく何かが動いたという気もしない。それがちょっと口惜しいですね。テレビドラマってもっといろんな可能性があるはずなのに、あんまり、みんな冒険してないっていうか、それがすごくもったいない気がします。

市川　刑事ものとかサスペンスばかりだと嘆いておりました。

――連続ドラマのご予定はないのですか。

三谷　連ドラやりたいんですけど、今は映画と舞台がメインになっていまして。だいぶ離れてしまいました、連続ドラマから。

――当分は映画と舞台ですか。

三谷　ええ。舞台出身の人間なので、バックボーンは舞台。でも、テレビも大好きです。やっぱりテレビドラマの良さは、連続性にあると思っています。最近、テレビの見方が変わってきて、好きなときにいつでも観られるようになってきてる。それも悪くはないんですけど、毎週その時間に、ひとつのドラマを日本中の人が同時に観ている。そしてみんなで一週間待つ。その楽しさはやっぱり連ドラでしか味わえないですから。でも、今、どんどんワン・クールが短くなってるでしょう。やるなら昔みたいに十三回はやりたい。そう思うと、大河ドラマって最強の連ドラなわけで。一年間放送されますから、大変だけどやりがいのある仕事です。なにしろ市川先生は三本書かれていますからね、こうなったら僕ももう一本はやりたいなと。

（二〇一八年六月二十九日、聞き手・辻萬里）

■三谷幸喜プロフィール

一九六一年、東京生まれ。日本大学藝術学部演劇科在学中の八三年に劇団東京サンシャインボーイズを結成、作・演出で『彦馬がゆく』『12人の優しい日本人』『ショウ・マスト・ゴー・オン』などを上演。劇団活動と並行して放送作家としても活動し、八〇年代後半、深夜枠のドラマ『やっぱり猫が好き』等で注目される。九〇年代より脚本を手掛けた連続ドラマ『振り返れば奴がいる』『警部補・古畑任三郎』『王様のレストラン』（いずれもフジテレビ）などで人気脚本家としての地位を確立した。劇団が「三十年の充電期間」に入った九四年以降、劇作家・演出家としてプロデュース公演で『君となら』『笑の大学』『オケピ！』『国民の映画』『ベッジ・パードン』『子供の事情』など多くの舞台を手がける。九七年公開の『ラヂオの時間』で映画監督としてデビューし、『みんなのいえ』『THE 有頂天ホテル』『ザ・マジックアワー』『清須会議』『ギャラクシー街道』など七作を撮った。

蝶の夢——遺作から受けとったもの

脚本家　井上由美子《いのうえゆみこ》

「いい夢見たな」を最後の台詞に

「最後に、自分の書いたもので一番気に入っている台詞を言ってください。（中略）私が言うしかない。『いい夢見たな』っていう台詞です。これはね、『いい夢見たな』って台詞を一番最初に、ワンクールドラマのスタートの時に思い浮かべました。そして『いい夢見たな』と最後につぶやける、これを最後の台詞になるようなドラマを書こうという風に思いました。台詞で全部のドラマを構成するというのは初めての体験でしたので、私にとっては印象の深い台詞です」

二〇〇二年五月、東京・草月ホールでおこなわれた向田邦子賞二十周年記念トークショー「脚本家ほど素敵な商売はない！」で語られた市川森一さんの言葉である。当日は山田太一さん、早坂暁さん、池端俊策さんらが登壇し、市川さんは司会を務められた。

脚本家はいわゆる顔出しを苦手とする方が少なくないが、市川さんは日本アカデミー賞授賞式のテレビ中継のナビゲーターをはじめ、コメンテーターとしてワイドショーなどにも多く出演された。軽やかな口調ながらシニカルな視点のコメントは視聴者に親しまれ、それまでの気難しい脚本家のイメージを変えたのではないかと思う。

このトークショーでも、錚々《そうそう》たる同業者を相手に、ドラマへの愛情がこもった進行でテレビドラマの面白さ、深さをわかりやすく伝えてくれた。とくに、「闘う作家になれ」という早坂さんの言葉に対し、「闘う相手はプロデューサーやディレクターではなく、むしろ視聴者に対して闘いを挑め。問題意識を持って訴えかけるべきだ」と解釈した鋭さは、強く記憶に残っている。

冒頭の言葉は、トークショーを締めくくった言葉である。ご承知の通り、「いい夢見たな」は『淋しいのはお前だけじゃない』（ＴＢＳ・一九八二年）の中の台詞であり、この作品で市川さんは第一回向田邦子賞を受賞された。しかし、「いい夢見たな」は、同作だけでなく、他の市川作品にも通じるモチーフだったのではないだろうか。

夢を持ち続け、誇り高く生きる

市川ドラマがどんな「いい夢」を与え続けてくれたのか。亡くなる前の月に放送された市川さんの遺作『蝶々さん〜最後の武士の娘〜』から、受けとりたい。

『蝶々さん』は市川さんの同名小説を自らドラマ化した作品で、前後編として二〇一一年十一月十九日、二十六日、ＮＨＫの『土曜ドラマスペシャル』で放送された。

プッチーニのオペラ『蝶々夫人』を題材にした物語だが、市川さんのシナリオは、武士の娘として生まれた伊東蝶の激動の人生を追いつつ、その悲劇性よりも主人公の「夢」を印象的につづっている。アメリカに渡り、親友と再会する夢、アメリカに帰国した米国軍人の恋人と再会する夢、息子を立派に育てる夢。最終的に蝶の夢はどれも叶わず、蝶は自害する結末を迎えるが、夢を失って惰性で生きるのではなく、最後まで夢を持って生き続けた主人公の姿が誇り高く描かれ、テレビドラマとして非常に立体的だと感じた。

後編の「遠いアメリカ」に蝶の生き方を印象づける台詞がある。

「Let her keep on waiting. As long as she is waiting, she still has a pride.」（待ち続けさせてやれ。待っている分には、誇りは保てる）

陰ながら蝶を愛し続けた伊作が、約二年ぶりに蝶に会いにきた米国軍人の恋人フランクリンを止める。蝶はフランクリンの子供を産んでいたが、彼に妻がいることを知った伊作は、会いたいという夢を持ち続けることが蝶を支えているのを知っていたのだ。

そして、愛する人に会えなかった蝶は、軍艦のいなくなった海を見てこうつぶやく。

「あの艦《ふね》は、まぼろしやったとよ。うちの一念が強すぎて、ありもせんものを港に浮かべてしもうた。いくら待っても現れん筈《はず》たい」

精いっぱいの強がりを吐いた蝶は、自らの夢がもはや幻だと自覚していたのだろうか。やがて蝶は、アメリカ人の妻にフランクリンとの間に生まれた息子ジョーを引き渡す。また、再会を願い続けた友人ユリの訃報にも接し、自死を選ぶ。しかし、白装束に身を包んだ蝶が最後の笛を吹くシーンでは、それが絶望の調べには聴こえない。四十年後、来日したジョーは東京の歌舞伎座で、母の生涯を描いたオペラ『蝶々夫人』を観劇する。ここで蝶の夢は時を経て受け継がれていることが観る者の胸に迫る。

このドラマはアメリカ国際フィルム・ビデオ祭で受賞した。市川さんが受賞の報を聞くことは出来なかった。星を象《かたど》ったトロフィーを、佐野元彦プロデューサーが仏前に届けたと聞き、制作時の思い出を伺った。

長崎へのシナリオハンティングは三泊四日。行く先々で地元の人々に声をかけられた市川さんは、「どうもどうも」とどこでも気さくに輪に入っていき、スタッフには土地のおいしいものをふるまった。旅館や食堂では、テレビのワイドショーを熱心に観ていた。ワイドショーをよくご覧になっていたという話は、筆者も酒席でご本人から伺ったことがある。聖なるものを感じさせる市川作品と俗なるワイドショーは正反対の存在に思えるが、「大学を出てまもなく脚本家デビューしたので、脚本家以外のことは何ひとつやったことがない。サラリーマンの経験すらない」と、冒頭で紹介したトークショーでも語っておられた。ごった煮のようなワイドショーを通して、選ばなかった人生に想いを馳《は》せていた面はあるのだろうか。

『蝶々さん』の上下巻は講談社から刊行された

シナハンの最終日、市川さんは「この坂を蝶々さんが上ったんじゃないかな」と言いながら長崎の坂道を上った。その際、足に障がいのある佐野さんの手をしっかり引いてくれたという。その様子が目に浮かび、蝶が最後の夢である息子ジョーの手を引いて歩く姿と重なった。

「一本一本が遺作のつもりで」

テレビドラマは手をかえ品をかえ、

夢を描いてきた。今も、大きな夢、ささやかな夢に向かう人物を描き続けている。だが、市川作品の多くは夢をかなえられない主人公を描いている。恋愛は成就せず、仕事は成功せず、家庭でも幸福は得られない。蝶々さんのように……。

市川さんは、挫折し、絶望する主人公に、「夢は叶うから尊いのではなく、夢を持つこと自体が美しいのだ」と声をかける。それは癒やしというわかりやすいなぐさめではなく、どんな厳しい人生でも立ち向かうに値するという勇気を与えてくれると感じた。

二〇一一年十一月十一日。渋谷のＮＨＫで『蝶々さん』前編の記者試写会が開かれた。市川さんは主演の宮﨑あおいさんや、『淋しいのはお前だけじゃない』をはじめ市川作品には欠かせない俳優の西田敏行さんとともに出席した。

「この年になると、一本一本が遺作のようなつもりで……。作品によっては、これが遺作じゃ嫌だなと思うものもありますが、今日（完成した作品を）拝見し、こういう作品が生涯の遺作になれば幸運だなと思ったりしました」

佐野プロデューサーには、いつものように明るい声で「後編を楽しみにしている」と語った。そのわずか一カ月後の十二月十日に永眠されるとは、『蝶々さん』にかかわった誰も想像していなかったという。

それから七年たつ。今は、市川さんがワイドショーを楽しんでくれる世の中になっているだろうか。どこからか、残された我々を叱咤《しった》する声が聞こえてくる気がする。

「もっといい夢見せてよ」

■井上由美子プロフィール

一九六一年生まれ。兵庫県神戸市出身。立命館大学文学部卒。テレビ東京勤務を経て、九一年に脚本家としてデビューした。ＮＨＫの朝の連続テレビ小説『ひまわり』（九六年）や大河ドラマ『北条時宗』（二〇〇一年）を手がける一方、民放では木村拓哉主演の『ギフト』『ＧＯＯＤ　ＬＵＣＫ!!』『エンジン』や『白い巨塔』（いずれもフジテレビ）、『14才の母』（日本テレビ）、『緊急取調室』（テレビ朝日）などをヒットさせた。ＮＨＫの『この指とまれ!!』と『照柿』で一九九五年度の芸術選奨新人賞を受賞。ＮＨＫの『マチベン』などで二〇〇六年度の芸術選奨文部科学大臣賞と向田邦子賞を受ける。文化庁芸術作品賞、放送文化基金賞、ギャラクシー賞、日本民間放送連盟賞など受賞作は多く、ＷＯＷＯＷの『パンドラ』シリーズは東京ドラマアウォードのグランプリなどに輝いた。フジテレビの『昼顔～午前3時の恋人たち』は映画化もされた。向田邦子賞選考委員。

テレビを文化と位置づけ、その向上に貢献

脚本家・作家
香取俊介《かとりしゅんすけ》

脚本アーカイブズ構想を国会で提言

著名な脚本家で、後進の育成・指導およびテレビ文化の向上のために、市川森一さんほど身をもって関係諸機関に意欲的に働きかけ、貢献をした人は他にいないのではないか。半世紀にわたってテレビ業界にかかわってきた者として、そう断言しても間違いではないと思う。

市川さんの文化活動でもっとも重要なものは「脚本アーカイブズ」である。

国立国会図書館のホームページに「国立国会図書館デジタルコレクション」というコーナーがあり、そこに「脚本」という項目がある。クリックすると、すでにデジタル化されたラジオドラマやテレビドラマの脚本、およびバラエティー番組など構成台本の書誌情報のリストが出てくる。

国会図書館には現在二万七千冊のテレビ・ラジオ番組の脚本・台本が収蔵されており、そのうち三千冊がデジタル化され、一般公開されている。館内での閲覧に限っているので、詳しいことをお知りになりたい方は国会図書館に足を運んでいただくとして、今や脚本アーカイブズは国の文化事業を担う柱の一本となっている。

その種をまいたのは、他ならぬ市川さんである。

国の文化事業としての位置づけを得るまでの道は決して平坦ではなく紆余《うよ》曲折があり、一時は「日本放送作家協会のような団体がかかわるのは無理」という声もあがった。しかし、提唱者である市川さんをはじめ脚本アーカイブズの委員らは、必ずこの運動は将来の日本文化のためになるとの思いのもと、粘り強い活動を続けた。

その概略について、国会図書館への移管まで日本脚本アーカイブズ特別委員会の二代目委員長をつとめた者として、順を追ってご紹介しよう。

二〇〇三（平成十五）年はテレビ放送がはじまって五十周年。それを機会に三月二十五日、衆議院の総務委員会で三人の放送関係者が参考人としてよばれ、放送の現状について報告をした。

評論家の田原総一朗氏と上智大学の音好宏《よしひろ》・助教授（当時）、そして日本放送作家協会理事長の市川森一さんである。ここで市川さんは総務委員会所属の衆院議員を前に、テレビドラマの現状について熱く語り、良きドラマを作るために脚本がいかに大事であるかを力説すると共に、昨今作られるドラマに偏りが見られ、人間について深く掘り下げる作品が減っていると指摘。テレビを文化として位置づけるなら、ドラマ作家軽視の傾向を止めなければいけないという意味のことを語った。

そこから導きだされたのが、脚本アーカイブズ設立の構想である。

当時、アーカイブという言葉がまだ一般化されておらず、私自身もふくめアーカイブの意味や意義について理解している人は少なかった。脚本アーカイブズの活動の一端をになった日本放送作家協会員のなかにも、テレビは一度放送したら消えてなくなる、つまり一過性のものであり、それがまさにテレビであるとして、この活動を冷ややかに見ていた人も多かった。

その点では、市川さんは当時千人あまりいた協会員のなかで、もっとも先見性に富んでいたといってよい。

総務委員会で市川さんは、二〇〇二年度に作られたドラマはシリーズ（連続ドラマ等）が百六十本、単発ドラマは四百八十本とし、数の上では隆盛を誇っているようだが、問題は内容であると述べた。そして驚くべきことに、単発のうち大半がサスペンスドラマで、愛とか真実というような人間性を追求するのではなくて、だれが犯人かというような《謎解きドラマ》が主流になってしまったと慨嘆し、これは大いに問題であると強調した。

さらに市川さんは、不況による制作費節減の影響をうけ比較的高い脚本料の《実力ある脚本家》への注文が減り、《使い勝手のいい》ギャラの安い脚本家が起用されていると指摘した。

一方、《人間を描けている》というレベルの高い脚本家はかえって邪魔であり、恋愛ドラマとサスペンスを器用に書けるライターが重用されるというのが悲しいかな現状であると慨嘆。「社会はもっと価値観の多様な中にあり、百花繚乱《りょうらん》いろいろなジャンルのドラマがあるのが最も健全な状況ではないかと思うのです」と述べた。そして、経費削減を迫られる制作現場では、有能なライターがほとんど仕事を失っているとして、こう結論づけた。

「もし、テレビドラマも映画、演劇同様の文化・芸術としてお認めいただけますなら、具体案を私どもは提示しているんです。この場を借りてお願いをさせていただきます。私ども放送作家は、シナリオ、放送台本の資料館が欲しいんです。つまり、シナリオライブラリーというようなものがぜひ欲しいんです。これは欧米にもございます」

市川さんの熱弁を今、あらためて思い返すと、脚本への熱い思いに胸を打たれる。総務委員会では超党派の議員が賛意をしめしたのもうなずける。

日本放送作家協会に特別委が発足

市川さんの国会での提言をうけ、日本放送作家協会では二〇〇五年、日本脚本アーカイブズ特別委員会を発足させた。国会で超党派の議員が賛成したことでもあり、「脚本アーカイブズ会館」の設立は軌道にのったと解釈した会員も多かったようだ。しかし、事はそう簡単に進まなかった。

日本放送作家協会は、財源を協会員から集める一万二千円の年会費に九割以上頼る、経済的には極めて弱小の文化団体である。最終的には何十億円かかるかわからない脚本アーカイブズの事業を担う体力、財力があるのかという反対意見も根強く、月に一回開かれていた理事会はしばしば紛糾した。

同じ時期、日本放送作家協会は国民文化祭への協力をはじめ、後述する「東アジアドラマ作家会議」（その後、「東アジア放送作家カンファレンス」等名称が若干変わった）の開催にも深くかかわっていた。

批判が集中するなか、市川さんは脚本アーカイブズが東アジアドラマ作家会議と共に放送作家にとって重要な柱となるとの信念のもと、反対意見の理事たちを粘り強く説得した。私自身、市川さんの熱意にほだされて日本放送作家協会の常務理事になると共に、南川泰三常務理事の後を継いで日本脚本アーカイブズ特別委員会の委員長をひきうけ、市川プランを実施にうつすための《現場責任者》となった。

以後、この文化事業と深いつきあいをすることになる。幸い、脚本アーカイブズ設立構想については、NHKや日本民間放送連盟（民放連）などがいち早く賛意をしめしてくれた。

とはいっても、実現には億単位の資金が必要であり、また一時的なイベント等とちがって五十年後、百年後を見据えたものにしていく必要がある。最終的な運営の母体は公的機関、具体的には国会図書館に担っていただくのが最善である——という結論に達するのに時間はそうかからなかった。

まずは国会図書館に接触した。しかし、この段階では「脚本・台本は書籍ではないし、著作権上の権利も明確ではない」として、丁重に断られてしまった。

「日本放送作家協会では手にあまるので無理」という意見が強くなり、脚本アーカイブズ特別委員会の動きは一時停滞した。著作権を管理し、資金力が豊かな日本脚本家連盟と提携する案も出たが、連盟の理事会では否定的意見が相次いだと聞いている。

悲観論も流れる沈滞ムードのなか、市川さんは月に一度開かれる理事会で熱弁をふるい、特別委員会の委員らに活をいれる一方、自ら行動を起こした。その結果、東京都足立区役所との提携の可能性が生まれた。

我々が目をつけたのは、次の一点だった。生放送時代はもちろん、録画機器が普及しても、しばらくの間テレビ番組は一度放送されたら消えていくもので、誰も保存ということを考えていなかった。ただ消えた番組の内容を知る手段はある。

番組制作の基盤となる脚本・台本である。該当するのは一九八〇年代以前の脚本・台本で、この時期のものを中心に収集と保存、管理をしていけば活路が開ける。

折から、テレビ番組の作り手の世代交代がすすみ、テレビ放送初期にドラマやバラエティー番組を担った放送作家は高齢化し、亡くなられる方も増えていた。脚本・台本は、脚本家や構成作家にとっては様々な思い出のつまった作品であるが、家族や遺族のなかには「使い古した紙の束」と見る人もいて、本人が亡くなると邪魔であるとして廃棄されることも多かった。

足立区の施設に準備室オープン

ここまで、「脚本・台本」と記してきたが、業界用語としてはドラマの台本を「脚本」、ドキュメンタリーやバラエティー番組など構成作家が主に担当する台本を「台本」といい、映画は「シナリオ」、舞台は「戯曲」または「脚本」と呼ぶのが一般的である。テレビ番組の現場では総称して「台本」と呼ぶこともある。

脚本・台本を収集するだけなら、それほど難しくないと思っていたところ、実際の作業を始めながら、アーカイブについての専門家を講師に招いて研究会を重ねるうち、あらためてこの事業の難しさを知ることになった。数百、数千、数万冊が集まってくると、置き場所を確保しなければならない。脚本・台本は書籍のように長期の保存を想定していないし、初期のものはガリ版刷りが多く、時間がたつと変色し、文字がかすれて読めなくなる。虫食いの脚本・台本もあり、長期保存に耐えられる状態ではない。

ただ積んでおけばよいものではなく、アーカイブとして機能させるためには、集めた脚本・台本を分類し、書誌情報を作成する必要があった。一方、「図書」ではないとすると、どのように分類をしたらよいのか、委員の誰もが手探り状態で、対処の仕方に異論、反論があり、「全体会議」と称する会合では、しばしば怒号も飛び交った。

反対論が渦巻くなか、市川さんをはじめ特別委員会の粘り強い努力が実って、二〇〇五年度から三カ年計画の第一段階として、文化庁の「芸術団体人材育成支援事業」枠の支援をうけられることになった。

その一方、同年十月、足立区政策経営部と《協働》で同区千住の生涯学習センター・学びピア21内

東京・北千住の「学びピア21」に設置された日本脚本アーカイブズ準備室で収集・保管した脚本・放送台本

に、日本脚本アーカイブズ準備室をオープンさせた。これには日本放送作家協会の有志二十人ほどがボランティアで参加した。

活動を始めてみて、思ってもみなかった壁にぶつかった。前述したが、そもそも脚本・台本は「書籍」なのか、「番組制作のための単なる資料」なのかも明確ではなく、法律の専門家の間でも見解が分かれた。しかも、アーカイブという事業の性質から長期間の活動が必須で、動き出したら途中でやめることはできない。

何度か記者発表をしたので、呼びかけに応じて、続々と脚本・台本が集まってきていた。挫折した場合、一万冊を超える脚本・台本をどうするのか。五十年後に果たして日本放送作家協会が存続しているのか、最終的に誰が責任をとるのか、といった意見も相次いだ。

まず問題となったのは、脚本・台本が「書籍」でないとすると、どのように位置づけたらよいのかということだった。本や新聞、雑誌は部数も多く、多くの人に読まれることを前提にして発行される。市町村の図書館等でも、国会図書館の基準にしたがって書籍や雑誌を購入し、一般公開している。ところが、脚本・台本はひとつの作品について百部前後しか印刷されない。長期保存を想定していないので傷みも激しく、図書館のようにそのまま閲覧させたり貸したりしたら、たちまち劣化して資料的価値を失ってしまう。

やはりデジタル化が必須という声が強まったが、それには膨大な経費がかかる。市川さんともども、経費を出してくれそうな団体や企業に声をかけ足を運んだが、かんばしい答えはかえってこなかった。

国会図書館と文化庁の協定で一歩前進

以上のような経緯から、この事業は「国の文化事業」とするのが最良の策であり、脚本アーカイブズ特別委員会の活動は、事業が軌道にのるまでの準備作業であると、市川さんやほかの委員と相談し、方向転換をはかった。

脚本アーカイブズ事業を国の文化事業とするには、億単位の税金の投入が必要である。そのためには脚本アーカイブズの意義やメリット等を、多くの国民に知っていただくことが大事であるという文化庁のアドバイスもあって、脚本展や脚本セミナー、シンポジウム等を積極的に開催し、脚本アーカイブズの意義を訴え続けた。

国民の生活意識に大きな影響をあたえたテレビ番組が、放送開始から二、三十年ほどはほとんど残っていない。皮肉なことに、だからこそ番組内容を知る手がかりとなる脚本・台本の文化的価値があがったといえる。

2011年６月、市川は脚本アーカイブズ事業をめぐって国立国会図書館の長尾真館長を訪問した（右）

この運動には東京大学大学院情報学環の吉見俊哉《しゅんや》教授が注目してくださり、吉見教授の橋渡しで国会図書館の長尾真《まこと》館長につないでいただいた。長尾館長は京都大学の元総長で、アーカイブのデジタル化に以前から興味をもたれていた。

国会図書館の館長が積極的な姿勢を見せてくださったことで、足踏み状態であった脚本アーカイブズ運動は前に進み始めた。

その間も、ひきつづき廃棄を免れた脚本・台本の収集作業を継続した。収集した脚本・台本は、協働作業の相手である足立区役所の協力のもと、書誌情報をつくり足立区立中央図書館に保管してもらった。

保管といっても、単に段ボールにいれて積んでおけばいいというものではない。劣化をふせぐため、一冊ごとに書誌情報を記録したあと中性紙にいれた。脚本・台本の中には手書きのほか、ガリ版刷りのものも少なからずあり、酸化したり虫食いにあったり、ホチキスが錆《さ》びたりして、判読困難な脚本・台本もあった。

デジタル化はひとまず脇に置いて、劣化して文字が読めなくなる貴重な脚本・台本を、これ以上劣化させないための修理等をほどこすことが重要だった。新聞記者も脚本アーカイブズ運動に興味をしめし、ほぼ全紙が文化欄等で紹介してくれたのではないか。

そんななか、脚本アーカイブズの存在を知った脚本家や俳優、演出家たちから続々と脚本・台本が送られてきた。なかでも二〇〇九年二月、女優の三田佳子さんから八百冊を超えるドラマ脚本、映画シナリオが寄贈された。三田さんからの寄贈はマスコミでも注目をあび、三田さんも参加された寄贈式には多くのメディアが集まり、ニュースとしてとりあげてくれた。

文化庁も脚本アーカイブズ運動の意義を認め、海外での脚本アーカイブズの現状調査に研究・調査費を計上してくれた。おかげで、アメリカやイギリス、フランス、中国、韓国などに委員を派遣し、実情を調査することが出来た。残念ながら、先進国の脚本アーカイブズ運動で日本は下位に位置していることを認めざるを得なかった。

韓国で行われた東アジア放送作家カンファレンスの席で、市川さんが脚本アーカイブズのことを話したところ、韓国放送作家協会はただちに政府に働きかけた。韓国政府は時間をおかず、「放送台本デジタル図書館」設立のため十億ウォン（約一億四千万円）を支出した。おかげで、韓国では日本に先駆け放送台本のアーカイブズを設立してしまった。

「あれはショックだった」と市川さんは語っていた。

二〇一一年五月十八日、国会図書館と文化庁の間で「我が国の貴重な資料の次世代への確実な継承」に関する協定が結ばれた。

協定のなかに当面の具体的な連携・協力分野として、「テレビ・ラジオ番組の脚本・台本」の項目が入った。国が正式の文化事業として脚本アーカイブズを位置づけ、国会図書館の事業として公式に認定したということである。

市川さんと共に何度か文部科学省や文化庁、さらに与党の政調会長のところなどに足を運び、脚本アーカイブズの意義と必要性を訴えたことが、無駄ではなかった。市川さんを囲み、脚本アーカイブズ特別委員会のメンバーと共に美酒を飲んだことを懐かしく思い出す。

市川作品をデジタル化して公開

残念ながら、協定締結の二〇一一年度にまとめた「日本脚本アーカイブズ調査・研究報告書」は図らずも市川さんの追悼特集になってしまった。この報告書の巻頭言のなかで、市川さんは脚本アーカイブズへの思いを次のように書いている。

テレビ文化は、恐ろしいほど多くの人々の「思い出」に根ざしている。過去のテレビドラマ、あるいはその時代のバラエティ番組等は、その人が生きた時代の証言者である。テレビ時代においては、一本のドラマがその人の青春を甦らせる呼び水にもなる。現代人はテレビと共に人生を歩んできた。その意味において、脚本アーカイブズ活動は、多くの人々の人生をより豊かなものにする「思い出」の発掘作業であるともいえる。時代と個人との絆の役割も果たしていく脚本アーカイブズ運動のさらなるご支援を乞う次第である。

国会図書館と文化庁による協定に従い、日本放送作家協会主導の脚本アーカイブズは一定の役割を終えた。以後はＮＨＫや民放連、日本放送作家協会等の関連団体で設立された「日本脚本アーカイブズ推進コンソーシアム」に移行し、現在も活動を続けている。

脚本アーカイブズ運動について、コンソーシアムの主要メンバーである東京大学大学院情報学環の吉見教授はこう強調する。

「脚本をアーカイブ化することは、番組が制作され、視聴された歴史をアーカイブ化し、異なる文脈で再利用可能なものとしていくことである。だから保存のフェイズでは、その脚本が番組の制作過程のどこでどのように用いられたのかを明らかにしておくことが必要となる。（中略）脚本のデータと映像が結びつけられていくならば、脚本やシナリオのアーカイブは、単に図書館の文献データベースのようなものではなく、わたしたちの放送文化、映像文化そのものの、最も完璧な集合的記憶となるであろう」（二〇一一年度「日本脚本アーカイブズ調査・研究報告書」）

吉見教授はそう述べたあと、市川さんの脚本をアーカイブ化していき、これを「市川森一アーカイブ」と名付けようと提案された。これをうけ、国立情報学研究所の協力を得て、「デジタル脚本アーカイブズ　市川森一の世界」が作成され、市川さんの一周忌にあたる二〇一二年十二月十日、インターネット上で一般公開することが出来た。

このアーカイブズは市川さんを第一弾とし、第二弾は藤本義一さん、第三弾は永六輔さんと続き、今後も放送番組に貢献した脚本家、構成作家のアーカイブズの構築を予定している。

「よく未来を知るには過去を知ることである」と言われるが、先人たちの創意や努力の集積である脚本アーカイブズは、これから新しく映画やテレビ等の映像産業にかかわる若い人たちにも大いに役立つばかりでなく、新しい創作のための良き土壌となるに違いない。

東アジアドラマ作家会議を開始

市川さんの文化活動の功績は国内にとどまらない。

二〇〇六年、日本放送作家協会は市川理事長の発案で東アジアドラマ作家会議を韓国放送作家協会などと共に立ち上げた。第一回は韓国・釜山で開かれた。折から『冬のソナタ』などの韓流ブームがおき、ドラマの海外展開がいわれるようになるが、市川さんはいち早く「海外展開がこれからのドラマ作りの柱になる」と見通していたようで、韓国の制作会社などにも声をかけて実現した。

日本と韓国のほか、中国からは北京、上海、香港の代表が、台湾からも脚本家、プロデューサーらが参加し、「ドラマにおける国民性の違い」が討議された。

私はすでに脚本アーカイブズ関連の活動で手いっぱいだったので、この国際会議のほうは側面から手助けをしただけであったが、いよいよテレビドラマも海外を視野に入れて制作する時代を迎えたかと思った。

二回目は上海、二〇〇八年の三回目は長崎県佐世保市のハウステンボスで開催された。このときは日本放送作家協会が中心となって切り回し、「恋するアジア」をテーマに関連作品を上映すると共に、東アジア各国の参加者が活発に討議した。

市川さんはマンネリになることを回避するため、毎回新機軸を打ち出した。二〇〇九年にソウルで

第１回東アジアドラマ作家会議に参加した市川（左から４人目）ら日韓中などの各国・地域の代表（2006年６月、韓国・釜山で）

行われた会議では、タイやベトナムなど新しい参加国が増えたこともあって、「東」をとり「アジア放送作家カンファレンス」と名称を改めた。

ここで市川さんが提案した新しい試みの成果が披露された。ボーダレス化時代にふさわしく、日韓共同でドラマをつくるというプロジェクトである。といっても、いわゆる「合作ドラマ」ではない。日本の脚本家が脚本を書き、俳優、演出家らのスタッフは全員韓国人という異色の組み合わせであり、これを「テレシネマ」と名付けた。脚本を担当する日本側からは、中園ミホさんや大石静さん、岡田恵和さん、尾崎将也さん、横田理恵さんら、脂の乗り切った脚本家七人が参加した。完成した作品は、日韓両国の映画館で公開され、テレビでも放送された。

言葉の違いや文化・習慣の違いがあるう

え、初めての試みということもあって、国内で制作するのとは違った難しさがあり、関係者はかなりご苦労されたと聞いている。

何事も初めての試みには想定外の事態が起こるものである。テレシネマは一回だけで終わってしまったが、時代を先取りしたこの試みはその根っこが残っており、いずれ芽をふく可能性があるし、そうあって欲しい。

市川さんが亡くなった後も、このカンファレンスは毎年、主に韓国で開催されている。名称も「アジアドラマカンファレンス」と変わり、日本放送作家協会は「協力」という形で参加しているが、ドラマを愛し、ドラマに殉じた趣のある市川さんの精神は伝わっているはずである。

故郷・長崎での文化活動にも尽力

長崎県出身の市川さんは愛郷心が人一倍強く、故郷を舞台にした多くの作品を手がけている。一方で、故郷から一人でも多くのクリエーターが育って欲しいとの思いも強く、さまざまな文化活動を仕掛けてきた。

その柱のひとつは、市川さんが名誉館長をつとめていた故郷・諫早市の市立諫早図書館での「シナリオ講座」である。市川さんは二〇〇一年、日本放送作家協会の文化事業として提案し、理事会の承認をへて、協会員を講師として諫早に派遣した。第一回はベテラン放送作家の毛利恒之さん、続いて『新・坊っちゃん』で市川さんを脚本家として起用した元NHKプロデューサーで、脚本家に転身した竹内日出男さん、さらに高谷《たかや》信之さんらが講師として赴いた。

受講者の年齢は問わないが、高校生ら若い人の参加も多く、みんな目を輝かして講義を聞き、嬉々《きき》としてラジオドラマ作りに励んだということだ。

時にはNHKでラジオドラマの制作を担当している職員や音響担当の専門家らも諌早に足を運び、ラジオドラマ作りを指導した。

短い作品ながら完成したラジオドラマは、図書館内のホールで市民に公開された。参加した若い人を大いに刺激したはずで、ここから一人でもプロの脚本家、演出家等が出てくることを期待したいものだ。この講座は市川さんが亡くなってから、日本放送作家協会の事業ではなくなったが、現在も高谷信之さんを中心に継続されている。

もう一つは「長崎座」という劇団である。市川さんには地元の長崎で俳優を育てたいという夢があり、それがこの劇団の創設に結びついた。東京から演出家の青井陽治さんをお呼びして、参加者に演劇の基礎をたたきこむことから始め、大いに期待されたが、これも市川さんが他界されたため活動を停止した。

このほか市川さんは、脚本アーカイブズ運動の関係で「日本子守唄《こもりうた》協会」のイベントとコラボをしたり、壱岐の市民劇団「一支国座《いきこく》」の上演活動に協力したり、国民文化祭に放送作家協会を協力させたりと、忙しい時間をさいて主に地方の文化活動に目をむけ、深いかかわりをもってきた。なぜ、それほどまで長崎のために尽力するのか、いつであったか市川さんに聞いたことがある。

「僕を育んでくれた故郷に、なんらかのお返しをするのは人として当たり前ですよ」という答えが返ってきた。

市川さんの葬儀の二カ月後、最後になった自選シナリオ集『市川森一メメント・モリドラマ集』（映人社）が参列者たちに届けられた。後日、私は北海道新聞より書評を頼まれ、掲載されている単発ドラマの脚本をじっくり読んでみた。あらためて実感したのはト書きと台詞のうまさである。情景が鮮やかに浮かび、小説とはまた別の味わいがあって、これはこれで立派な文学作品であると思い、そう記した。

同時に感じたことだが、市川さんは短編の才に富んでいた人である。「どこか川端康成の短編の世界に通じるものがありますね」と、いつであったか市川さんの単発ドラマが放送された直後、電話で申し上げたことがある。文学作品としても遜色がないという意味をこめて。

文学の世界では長編向きと短編向きの作家がいて、ほとんどはどちらかに軸足を置いている。長い間、ＴＢＳには一時間の単発ドラマ枠の『東芝日曜劇場』があった。家庭劇が中心であり、ゴールデンタイムで常に高視聴率をとり続け、ファンも多かった。市川さんは『幽婚』や『風の盆から』などの脚本で数々の賞を受けてきたが、受賞作の多くは『東芝日曜劇場』で放送された作品である。『日曜劇場』が連続ドラマ枠に変更されたとき、市川さんは「あそこから有望な新人脚本家が育って、それがドラマの黄金期を作ったのに……」と残念がっていた。

『風の隼人』から始まった濃密な時間

最後になるが、この場をお借りして市川さんと私の関係について、若干触れさせていただく。市川さんと初めてテレビドラマの仕事をすることになったのは、直木三十五の『南国太平記』を原作とするＮＨＫの連続時代劇『風の隼人』（一九七九～八〇年）からである。市川さんの脚本担当、つまり執筆催促役であったデスクが病気で倒れたため、急きょ私が市川脚本の担当となった。

当時、NHKドラマ部にいた私は純文学作品を文芸誌等に散発的に発表しており、市川さんは年齢の近い私に対して「同じ物書き」という意識をもってくださったのか、最初にあったときから意気投合。いろいろなことを率直に話し合った。

『風の隼人』は幕末の薩摩藩のお家騒動を描くドラマで、主演の勝野洋さんが藩の下級武士・仙波小太郎を、西田敏行さんが島津家のお庭番、益満休之助を演じた。

二人して世継ぎをめぐる薩摩藩のお家騒動に巻き込まれていく、骨太の時代劇である。小太郎の二人の妹役は夏目雅子さんと名取裕子さん。夏目さんはお母さんにつきそわれてスタジオにきていたし、名取さんはまだ青山学院大学の学生で初々しかった。

市川さんともども二人の有望な新人女優とお茶を飲み、談笑する。そんな息抜きの時間はあったが、脚本の遅れはなかなか取り戻せない。「市川番」としての責任感からしばらく家に帰らず、市川さんの「見張り役」としてホテルに泊まりつづけた。

『風の隼人』にかかわった一年近くと、一九八三年から翌年の秋頃まで大河ドラマ『山河燃ゆ』で共同作業をした時期は、市川さんと一緒にいる時間が平均して一日十時間を超えることが多かったのではないか。

三十代と若かったので、苦しくも楽しい時間をすごせたと思うが、一方で市川流のドラマ作法を学ぶことが出来た。さらに組織に守られないフリーランサーとしての気構え、生き方、問題が起きた時の対処の仕方等々を、市川さんの立ち居振る舞いから多く学んだという気がする。

私が「市川番」になったとき、市川さんは文京区の護国寺近くのマンションに住んでいらした。当時は「カンヅメ」という言葉に象徴されるように、作家や脚本家がホテルや宿に寝泊まりして執筆することが珍しくなかった。

私の記憶では、市川さんは週替わりで自宅と渋谷の東武ホテルで執筆していたのではないか。奥様の美保子さんはテレビ朝日の『モーニングショー』の司会をされていて、朝早くテレビ朝日にいってしまい、夜は早く眠るので、夫婦ですれちがいが続く状態だった。

私は一年後に退職して文筆に専念しようと思っており、途中で市川さんに打ち明けたところ、「それは思い切ったことを。脚本も書くといい」とのアドバイス。脚本が遅れに遅れていたこともあり、次回の構想について私もかかわった。それが図らずも私自身の「シナリオ修業」になった。

構成について、これがベストと思って意見をだすと、市川さんは首をたてにふらず、しばし考えて、こちらが思ってもいなかった展開をしめす。なるほど、多くの視聴者を相手にする脚本と、少数の読み手が相手の純文学では相当違うなと思った。

市川さんから学ぶのはいいとして、翌週あるいは翌々週収録する脚本がないといった危ない状態が続いた。今だから明かせるが、市川さんとプロデューサーの波長があわず、お互いに会おうともしないので、ドラマ部にきて日の浅い私が、いわば二人の「通訳」のような役割を担っていた。そんな状態では、内容の充実を期す以前に、とにかく収録に間に合わせなければならない。脚本を待つスタッフはやきもきするし、「もう待てない。なんとか明日の朝まで」といわれ、市川宅で私はほとんど眠らずに待ち続けた。朝になって市川さんの書斎をノックし、「書けましたか」と聞くと、「いや、眠ってしまった」とまったく悪びれずにおっしゃる。何度も脱力したことを覚えている。フリーの物書きには、それほどのしたたかさと強靱《きょうじん》な精神力が必要なのかと思ったりした。

脚本が間に合わず、全二十八話の半分くらいまできたとき、苦し紛れにそれまで放送したものを入れた「総集編」に近い内容にして、しのいだと記憶している。連ドラの途中で総集編を作ることなど前代未聞といわれた。

市川さんと著名な時代考証家との関係も良好ではなく、最終的に時代考証家が降りることになった。時代考証家やプロデューサーとの《対決》の場で、市川さんは一歩もひかずに持論を展開、押したり引いたりして、最後には自説を通す。傍らにいて私は、市川さんの論理展開に感心すると同時に、普段は《軟派風》に見える市川さんの、剛直な一面を垣間見る思いがした。

市川さんと奥様の生活時間が違うので、市川さんは昼食も夕食も、私と一緒にとることが多かった。渋谷の公園通りの焼き肉屋のランチサービスと、その近くの店のスッポン料理を何度一緒に食べたかわからない。衣料品の買い物にもよく付き合った。市川さんはデパートで一着の服を選ぶのに、ずいぶんと時間をかける。何度も試着をし、別のデパートに行き、また元のデパートにもどったりして、一、二時間におよぶこともあった。「そんな時間があるなら、原稿を書くように」という言葉が喉元まででかかった。

が、間もなく、こう理解した。一着の服を買うのにもじっくり時間をかける、というより迷いに迷って選ぶ。同じように、ドラマの台詞をつむぎ出す際にも迷いに迷って、ぎりぎりまで煮詰めて「光る一行」をしぼりだす。遅筆だからこそ生まれる「市川流脚本術」と思ったりした。

二〇一七年、『風の隼人』の全話がＤＶＤボックスになって発売された。チーフ演出の村上佑二さんと渋谷の喫茶店で雑談したおり、村上さんはこう述懐された。

「今回『風の隼人』を全部見返したんだけど、これが面白いんだよな」

次週に収録する脚本がない事態に直面し、私としても、とにかく収録に間に合わせるという一心で、

日本放送作家協会の創立50周年記念イベントで記者会見をする（左から）香取俊介常務理事、市川理事長、三原治理事（2009年）

市川さんの肩をたたいたりして、無理矢理書いてもらった脚本である。放送時は「失敗作」という声が多かった。
それが四十年近くの歳月がたち、あらためて客観視すると、「実に面白くて、台詞もいいんだよなア」と村上佑二さんがおっしゃる。
市川ドラマの真髄は時空をこえてしっかりと生きていた、と嬉しかった。

私の人生航路に大きな影響をあたえた市川さんが、突然亡くなるとは想像もしていなかった。脚本アーカイブズ関連の会議に、当日になって市川さんから「腰が痛くて、申し訳ないけど欠席する」との電話があった。それが何回か続いたので心配していたところ、突然の入院。それからまもなくして突然の訃報に接した。
愕然としたことを昨日のことのように思い出す。市川さんから届いた最後のメールにはこう記されていた。

「脚本アーカイブズを頼む」

市川さんとの長年の縁で、青山葬儀所での告別式の実行委員長をつとめることになったが、市川さんゆかりの参列者の方々にあいさつをするなか、「もしも三十代の半ばに市川さんと出会わなかったら、脚本家にはなっていなかっただろうな。まさに運命の出会いであった」とあらためて思ったことだった。

■香取俊介プロフィール

一九四二年、東京生まれ。東京外国語大学ロシア語科卒。NHK報道局、ドラマ部などを経て八〇年に独立。テレビドラマの脚本にはNHKの『山河燃ゆ』（市川森一との共同執筆）や『私生活』『家族物語』、中部日本放送制作の『あ、単身赴任』『あ、専業主夫』、テレビ朝日の『さすらい刑事旅情編』や朝日放送の『静寂《しじま》の声』などがある。構成を担当したNHKラジオの『ユダヤ人を救った1500枚のビザ』で放送文化基金賞本賞を受賞。著書に『もうひとつの昭和　NHK外国放送受信部の人びと』（講談社）、『モダンガール』（筑摩書房）、『今村昌平伝説』（河出書房新社）、『北京の檻《おり》』（文藝春秋・共著）、『山手線平成綺譚《きたん》』（東京創元社）、『ロシアン・ダイヤモンド』（徳間書店）、『いつか見た人』（双葉社）、『渋沢栄一の経営教室Sクラス』（日本経済新聞出版・共著）など。日本放送作家協会理事。日本脚本アーカイブズ推進コンソーシアム監事。

第四章　故郷としての長崎

諫早のミッションスクール

前鎮西学院長　森《もり》　泰一郎《たいいちろう》

子供のころからの兄貴分

市川森一氏は長崎県諫早市で生まれた。ミッションスクールの鎮西学院中学校を経て県立諫早高校を卒業後、志望していた日本大学藝術学部に進学するまでの十八年間を諫早で過ごした。

私より三歳上の市川氏は鎮西学院中学校の先輩である。私が、中学時代の氏に演劇を指導した森幹雄の長男という関係もあって、氏は子供のころから私の兄貴分であった。また、氏の妹・由実子は高校時代の同級生であり、親友でもある。

日大在学中には、東京の諫早学生寮に住んでいた。遅れて上京した私は氏と同じ部屋で一年間暮らし、煙草や酒の飲み方も教わった。

氏が新進気鋭の脚本家として注目されていたころ、「諫早と鎮西学院を中心にロケをする作品を作りたい」というたっての希望から、ＴＢＳ系の『東芝日曜劇場』で『みどりもふかき』という単発ドラマが放送された。大学を卒業するとすぐ母校に戻った私は、ＲＫＢ毎日放送のロケに全面的に協力した。

こうしたかかわりから、市川氏と諫早のことをつづりたい。

氏のユニークな才能は諫早時代から芽を出しており、多くの友人や知人には知られた存在であった。そして、ユーモアのセンスがあり、明るい性格は周囲の人々に愛された。

諫早小学校時代から勉強はよくできたし、学芸会ではヒーローであった。お芝居も歌もうまく、目立つ子供だった。それぞれの学年の担任教師は氏をとてもかわいがった。氏はそのうちの何人かと、その後もずっと付き合い続けた。

父の一郎氏は同志社大学を出た趣味人であり、俳人として九州で名前が通っていた。一郎氏の実家は、諫早でも大きい呉服店であったが、一郎氏の代になってからはカメラ店を営んでいた。俳誌「矢車」を主宰し、毎月、句会を開いた。森一氏も少年のころから句会に顔を出し、俳句を作っていた。このことは、脚本家になる氏に何らかの影響を与えたのではないか。

一郎氏は戦後の諫早をリードした文化人で、諫早市の市議や教育委員も務めた。自分の子供の教育にも深い関心を寄せ、小学生の息子の活躍に目を細くしていた。

森一氏は最愛の母を小学五年生の時に失ったが、三歳下の妹・由実子が悲しまないように、いつも明るく振舞った。長崎のカトリック系の病院に入院していた母を見舞った帰りの夜汽車の中では、妹のために曇った窓ガラスに得意の漫画を描いて喜ばせたと聞いている。

父が新たにもらった妻は、小学校の教師をしていた。市川家では、継母とともに新しい生活が始まった。

鎮西学院中学で演劇に打ち込む

氏が小学校を卒業した後、父は市立諫早中学校ではなく、私学の鎮西学院中学校に入学させた。一クラス五十人足らずで、全校でも百五十人程度の極めて小さな中学校であったが、外国人宣教師による英会話や英語教育に力を入れており、近郊の小学校から俊才たちが集まった。

長崎市で原爆投下に遭遇した鎮西学院は戦後、諫早市にある三菱のゴルフ場を買い取って移転し、酪農に携わりながら学ぶというユニークな教育を実践していた。鎮西学院は高等学校も持っており、中学・高校の生徒たちは毎日欠かせない礼拝のほかに、茶摘みや乳牛の乳搾りといった農作業が課せられていた。

生徒たちが摘んだ茶は紅茶に加工され、アメリカの教会へ送られた。牛乳は市内で販売され、バターも市民に頒布された。これらの収入は奨学金の基金に充てられた。

近郊や離島から入学した生徒たちのために寮があった。朝食は自分たちが搾った牛乳とパン、昼は寮母さんが作ってくれたお弁当、夜は寮母さんによる洋食となっており、洋風の生活であった。

食事の前にはもちろん、神に感謝する祈禱が守られた。水曜日の夜は、宣教師たちによる祈禱会が寮で催された。

自分の思いとは別に、鎮西学院中学校へ入学させられた氏はそのうえ、寮に入れられた。一郎氏は太平洋戦争中、海軍の長崎航空機乗員養成所で英語の教官をしていたので、特に英語を習得させるため、息子を鎮西学院に進学させたのだろう。

森一氏はこの中学時代と寮生活を目いっぱい楽しんだ。寮の近くには教職員の住宅があった。学院長をはじめ、「主事」と呼ばれていた中学・高校の教頭たちはここに住んでいた。

氏が在学中、主事は私の父の森幹雄であった。森はその傍ら、中学生に演劇を教えていた。氏の小学校時代からの活躍を耳にしていたので、当然のように氏を演劇に誘った。氏も大喜びで参加し、や

鎮西学院中学校のクリスマス劇で上演された『イワンの馬鹿』。後列の左端が２年生の市川

がて夢中になった。

　中学時代からの親友であった山口哲生《てつお》たちとともに、年二回の文化祭とクリスマスの公演に打ち込んだ。公演は校内だけではなく、公民館や教会でも行われた。毎年暮れには、刑務所の慰問公演でその年の演劇活動を締めくくった。

　芝居の原作はエドモンド・デ・アミーチスの児童文学『クオレ 愛の学校』やトルストイの『靴屋のマルチン』など、キリスト教徒の作家によるものがほとんどだった。たいてい森が演出したが、ドイツの作家ワンデマン・ボンゼルスの児童文学『みつばちマーヤの冒険』は、中学三年生の氏が原作を選び、自ら脚本を書いて演出も担った。これは絶賛された。この原作はそれから二十年ほど後に、日本のテレビでアニメ化されている。氏の早熟さには目を見張らされるだろう。

この主役を演じたのは、氏の一年後輩の美少女であった。彼女の熱演もさることながら、氏の脚本・演出も見事であった。彼女は残念なことに、一九五七年に諫早地方を襲った大水害で亡くなった。

鎮西学院中学校では、ＹＭＣＡの活動も盛んだった。当時は養老院といった老人施設への慰問や結核療養所への見舞い活動も学期ごとに行われた。共学だったので、ＹＭＣＡには女子生徒も多く、それらの施設への行き帰りが男子と女子の交流の場だった。氏はいつもリーダー的な存在で、女子生徒たちの憧れの的だった。

氏に熱を上げる後輩の女子も少なくなかった。小さな学校なので、交際の噂《うわさ》を立てられた氏は困り果て、中学主事の森にたびたび相談した。夜遅くまで森の住宅で時間を過ごし、森から励まされて寮に帰る日もあった。森からは多くの文学作品を勧められた。氏の読書量はこの時期、飛躍的に伸びただろう。

山口とともにキリスト教の洗礼を受けたのは中学二年生の時だった。洗礼を与えたのは当時、鎮西学院の宗教主任をしていた宮崎明治《めいじ》牧師である。後に、日本を代表するキリスト教会のひとつ、神戸栄光教会の主任牧師となった。

キリスト教と牧師からの影響

鎮西学院中学校からは、過半数が県立諫早高校に進学した。鎮西学院中学出身の生徒らの成績は、常に上位にあった。

氏も多くの生徒たちと同じく諫早高校に入った。親友の山口哲生も同様であった。しかし、山口は一年生の時、「公立高校は肌に合わない」という理由で、鎮西学院高等学校に転校した。氏は非常に動揺し、悩んだが、日本基督《キリスト》教団諫早教会に赴任したばかりの林田秀彦牧師の助言もあって、諫早高校に留まった。林田牧師は鎮西学院出身で、氏が生涯にわたって尊敬した人物である。後に氏が書いた日本テレビ系の連続ドラマ『ダウンタウン物語』には牧師が登場するので、その監修役を務めた。

諫早高校は当時から進学校で、多くの生徒は国公立大学への進学を目指しており、私学の志望者は少数派だった。そんな空気の中、当初から日大藝術学部を志望していた氏は、トイレの横に「ホワイト・クラブ」というクラブをつくり、「ＷＣクラブ」との看板を掲げて、茶目っ気のある反骨精神を発揮した。

高校時代の氏の心を支えたのは諫早教会青年部であり、林田牧師であった。諫早教会の林田牧師宅には夜遅くまで入り浸った。そこには、鎮西学院高校に転校した山口哲生や後に詩人となる坂井信夫ら、文学志向の強い若者が集った。山口は後に英文学者の道を選んだ。氏はここで、諫早高校でのフラストレーションを発散したのだろう。

林田牧師は橘湾に面した開拓地での伝道にも力を入れ、多くの受洗者を出している。この伝道には、諫早教会青年部が全面的に協力した。氏も日曜日の午後に礼拝が終わると、しばしばこの開拓地へ援農に行った。

諫早高校での親しい友は、幼なじみの内田義勝であった。内田とは、学生時代を送った東京の諫早学生寮でも一緒に過ごした。内田は後に、諫早市役所の収入役となる。

氏が高校を終えて上京する際、諫早駅まで見送りに来た林田牧師は、「ディアスポラたれ！」という言葉を贈った。ディアスポラとは「使命を持って、散らされた者」という意味である。この言葉を胸に旅立った氏は生涯にわたって、自分をディアスポラと捉えていたように思われる。

市川（後列の左端）は諫早学生寮から日本大学藝術学部に通った

脚本家として名を成したころ、鎮西学院が運営する長崎ウエスレヤン短期大学（現在は四年制大学）の客員教授に就任し、自ら望んで「夢学」を講義した。氏が命名した「夢学」の講義では、自分の夢を中心に語り、学生たちの夢もともに論ずるというものであった。学生たちの人気を博し、多くの学生が受講した。氏は現実をそのままなぞることを排し、夢とロマンを前提に描くことを志向した。揮毫《きごう》を頼まれると、いつも「夢」という一字を大きく書いた。

前述したように、母校を中心にロケ撮影をした『みどりもふかき』は、短大の若手教員と女子学生の恋愛を扱った単発ドラマである。ハッピーエンドではないが、その女子学生は、短大を去る彼がいつか戻って来るように思うという複雑な結末であった。現実にはふられたのだが、彼女にはそう思えないという氏一流の描き方であった。ミッションスクールの母校では、この作品に対して賛否両論が起きた。

氏は中学時代に洗礼を受けたクリスチャンであったが、それをあまり明言しなかった。若いころに学んだキリスト教の教えは、氏の作品にどのように反映されているのだろうか。氏は竹下景子主演の「モモ子シリーズ」の中で、モモ子がおばあちゃんからもらい、けっして手放さない漬物石こそが神だというふうに描いている。

たくさんの作品を書きながら、どこかで神を意識していたのではないか。それは、キリスト教が規定する神の概念より広いものだろう。氏は晩年、自宅近くのキリスト教の教会に通っていたが、私に「牧師の話がまどろっこしくて、かなわないよ」とこぼしたことがある。

鎮西学院の理事に就任してからは、母校が心の広いキリスト教教育をするよう強調している。こうした姿勢は終生変わらなかった。

構想で終わった『風のクレド』

氏は、故郷である諫早への貢献も忘れなかった。フジテレビ系の連続ドラマ『親戚たち』は、諫早で長期ロケが行われ、諫早市民がこぞって応援した。放送が始まると、市民たちは狂喜した。このドラマによって市民は一体化したといえる。氏は「我らのシンちゃん」になったのである。

有名なオペラ『蝶々夫人』の原作となったのは、アメリカの作家ジョン・ルーサー・ロングの短編小説だが、一度も日本を訪れていないロングがなぜ、日本の芸者と米海軍士官の悲恋を書くことができたのか。ロングの姉が鎮西学院にゆかりのある人物だったと分かると、氏はテレビ朝日のスタッフとともに渡米してリポーターを務め、『蝶々夫人は実在した⁉』（一九九七年放送）というドキュメンタリーを作っている。

ずっと後に書き上げた小説『蝶々さん』を自ら脚本にした『蝶々さん～最後の武士の娘～』は二〇一一年十一月、ＮＨＫで放送された。これがテレビドラマの遺作になった。

この放送からまもなくして氏から電話があり、「もう長崎には帰れないだろう。諫早の家の庭に樹齢百年を超える梅の古木があるので、母校のキャンパスに移植してくれないか。それは『蝶々さんの梅』と名づけてほしい」と依頼された。

その梅の木は二〇一八年も、母校のキャンパスの一角でたくさんの花を咲かせ、実をつけた。前の年は、学生たちがこの梅の実でお菓子を作った。

実は、小説『蝶々さん』を書きながら、氏はもう一つのテーマを追いかけていた。それは諫早市民を驚かせる内容であった。

諫早市の本明川沿いに慶巌寺《けいがんじ》という浄土宗の寺がある。江戸前期、八橋検校《やつはしけんぎょう》が箏曲『六段』を作曲した寺として名高く、諫早市民もこれを誇りにしている。しかし、氏は『六段』が八橋検校の作品リストにはないという事実をつかみ、あえて異論をぶつけようとした。この箏曲の原型はキリシタンの間に伝わるグレゴリオ聖歌である、という音楽学者・皆川達夫氏の説を援用し、『風のクレド』というドラマを書こうとしていた。八橋検校は島原の乱で追われたキリシタンの少女をかくまい、彼女が歌うグレゴリオ聖歌を聞いて、『六段』を作ったという内容である。

「クレド」とは、キリスト教でいう信条のことである。氏の調査はかなり進んでおり、脚本を書き始める段階を迎えていた。この作品が完成していたならば、諫早市民だけでなく全国の視聴者の関心も集めたに違いないが、残念ながら氏が急逝したため、構想で終わってしまった。

晩年は、長崎を舞台にした作品が多いように思われる。「自分の原風景は鎮西学院中学校時代にある」と私に語った氏は、軸足をしっかり故郷に置いていたといえよう。

氏は昔から書きたいテーマをいくつも抱え、努力の人でもあった。まだ日大藝術学部の学生のころ、テレビ局でのアルバイトが終わって諫早学生寮に帰ると、深夜まで脚本を書いていた。書きためた原稿の量はダンボール箱で何個分もあったことが思い出される。

その当時、氏はアルバイトで稼いだおカネで私にドイツ語の辞書を買ってくれた。それは今も私の書斎にあり、大切にしている。

■森　泰一郎プロフィール

一九四四年、長崎県生まれ。六九年、明治学院大学大学院経済学研究科修了。二〇一二年、長崎ウエスレヤン短期大学が長崎ウエスレヤン大学に昇格する際、初代学長・現代社会学部教授に就任。一六年から一八年三月まで鎮西学院長を務める。同年四月から関西学院大学大学院神学研究科に在学中。専門は地域経済学。離島地域の開発を中心に長崎県内の地域計画を策定してきた。また、アジア地域、特に中国福建省の地域開発も手がけ、中国の国立華僑大学客員教授・上海大学商学院客員教授を兼ねる。フィリピン・バギオ大学から人文学名誉博士の称号を受ける。郵便局と地域開発のかかわりを研究し、郵政審議会委員や郵政研究所客員研究員を歴任した。著書は『諫早近代史』や『新・長崎市史』四巻、『長崎県の歴史』（いずれも共著）。監修では『エコノミックスのすすめ』『長崎県北有馬町史』などがある。論文は地域開発や中国関係など多数。市川森一顕彰委員会副委員長。

諫早をこよなく愛した「ふうけもん」

俳優
役所広司《やくしょこうじ》

民放初の主演作となった『親戚たち』

僕は市川森一さんと同じく長崎県諫早市出身です。十五歳離れた一番上の兄貴が、諫早小学校で市川さんの同級生だったんです。家も近かったので、市川さんはしょっちゅう、うちに遊びに来ていたそうです。商売をしていた親父《おやじ》もおふくろも、市川さんとは顔なじみでした。ホントかどうかは知らないけれど、市川さんは「広司君がお母さんのお腹にいたころから知っているんだぞ」と言っていましたね。脚本家としてのデビュー作の『快獣ブースカ』や執筆陣に加わっていた『ウルトラセブン』などについては、家族が話題にしていた覚えがあります。

《役所は一九八三年、NHKの大河ドラマ『徳川家康』で織田信長を演じ、脚光を浴びた。翌八四年の四月から一年間放送されたNHKの新大型時代劇の第一作『宮本武蔵』で、初の主役に抜擢された》

　上京後、日本テレビの『傷だらけの天使』はよく見ていました。ショーケン（萩原健一）さんと水谷豊さんの探偵コンビが登場するタイトルバックからして鮮烈だったし、面白かったですね。

　俳優として市川さんに会ったのは、ＮＨＫで『宮本武蔵』が放送されていた時期です。うちの兄貴から僕が俳優になったのを聞いていたらしく、ＮＨＫのスタッフに連れられてスタジオに来てくださったんです。その時は収録中だったので、軽く会釈する程度で、「電話をくれ」という伝言をもらいました。当時、ＮＨＫの近くにあった市川さんの仕事場を訪ねたら、「いつか一緒に仕事をしよう」と言われました。『宮本武蔵』の放送中に早くも、諫早を舞台にしたドラマ『親戚たち』の出演の話をいただきました。これが民放で初めての主演作になりました。

諫早で開かれた『親戚たち』の制作発表会。主演の役所広司は前列の左から４人目（1985年）

《連続ドラマ『親戚たち』は、フジテレビの『木曜劇場』で一九八五年七月から九月まで十三回放送された。役所が演じた主人公の楠木雲太郎は、地元の言葉で「ふうけもん」と呼ばれる若者だった。諫早は江戸時代、佐賀藩の支配下にあったため、諫早の方言は佐賀弁に近い。「ふうけもん」とは「変わり者、馬鹿者、風来坊」を意味する佐賀弁である》

信長の次は武蔵を演じ、時代劇が続いたので、現代劇をやりたいと思っていました。市川さんにしても、「イメージが固まっちゃうのはよくない」という〝親戚心〟から考えてくださったのかもしれません。僕にとっては保護者みたいな人でした。『親戚たち』の構想段階で市川さんから「こういう話にしたいんだけど」って、よく電話がかかってきました。企画の内容を紙に書くより、会話をとおして物語を膨らませていらしたんでしょう。市川さんは話上手で、諫早弁を交えてのやり取りは実に楽しかったですね。

雲太郎のキャラクターを聞いて、「ああ、こういう役もやってみたい」とすごくワクワクしました。郷里の言葉で芝居をするとは考えもしなかったんですが、一つの〝特技〟だし、市川さんとお会いしてすぐに仕事ができたのは幸運でしたね。

「ふうけもん」という方言は、諫早で育ったほとんどの子供が親から言われた経験があるんじゃないでしょうか。浮わついたことをしていると、「この、ふうけもんが！」って叱られました。ただし、この言葉にはちょっと愛情やユーモアも込めたニュアンスがあり、「フーテンの寅さん」に通じるでしょう。うちのおふくろは市川さんについても、親愛の情を込めて「ふうけもん」と呼んでいました。口が達者で、お調子者という一面もある市川さんはまさに「ふうけもん」ですね（笑）。いつもジョークを飛ばして、みんなを笑わせていましたよ。

《この物語は、東京で暮らす雲太郎が久しぶりに郷里の諫早に帰るところから始まる。楠木家の先祖が私財を投げうって干拓した広大な「楠木新開地」を新興スーパーの社長（根津甚八）に売り、一儲けしようとしたことから、親戚たちとの間で巻き起こる騒動をコミカルに描いた。諫早出身の詩人・伊東静雄の作品や地元ゆかりの芥川賞作家・野呂邦暢の『鳥たちの河口』が劇中で引用され、諫早湾の干潟の景色や「のんのこ皿踊り」などの伝統行事もドラマに取り入れられた。中田喜子、田中好子、手塚理美、佐藤B作、篠田三郎、下元勉、馬渕晴子らが出演した》

『親戚たち』は諫早でのロケが多かったですね。「故郷に錦を飾る」というよりは、非常に照れくさかったですよ。俳優としてそれほどキャリアを積んでいたわけではないし、地元の友人や知人がロケの模様を見に来ますからね。疎遠になっていた親類からも「うちは親戚だよ」と声をかけられ、〝親戚たち〟が急に増えました（笑）。ロケでは、共演者たちの諫早弁が気になってしょうがなかったですね。方言指導の方がついていても、微妙に違うんです。ディレクターの河村雄太郎さんは「あまりネイティブだと、全国の視聴者にはわかりにくいから」と話していました。

僕も市川さんも諫早の街中に住んでいたので、諫早湾の干潟はそれほど身近ではありませんでした。撮影で行き、渡り鳥の多さには驚かされましたよ。市川さんは「あの干潟もいずれなくなるだろう。今のうちに映像に残しておこう」と考えられたんではないでしょうか。その後、潮受け堤防の水門が締め切られ、干拓されてしまいました。

いつだったか、長崎の民放テレビ局のスタッフが僕に断りもなく、諫早の家に来て、おふくろにインタビューしたことがありました。おふくろから「困った、困った。どうしよう」と電話があり、東京のスタジオで市川さんとそのVTRを見たんです。おふくろは「諫早大水害」のことを話していました。

《一九五七（昭和三十二）年七月下旬、諫早地方を襲った集中豪雨は一日で五百八十八ミリを記録した。市の中心部を流れる本明川などの河川が氾濫し、死者・行方不明者は五百人を超えた。本明川に架かる眼鏡橋について、市民の間では「流れをせき止め、洪水が拡大した」と解体を求める声も出たが、翌年、国の重要文化財に指定された。六一年には現在の諫早公園内に移築・保存され、諫早を代表する観光スポットになっている》

うちも屋根裏部屋まで水に浸かったため、おふくろは二歳に満たない僕を抱いて盥《たらい》に乗り、「一緒に流れていこうね……」と幼い僕に話したそうです。もちろん、僕はまったく覚えていません。初めて聞く話だったので、感極まりましたね。市川さんはおふくろの顔を見て、懐かしがっていました。

異色の単発ドラマに相次ぎ出演

一九九〇年代に入ると、市川さんとは単発ドラマの仕事が続きました。いずれも市川さんならではの作品で、印象深いですね。

ＴＢＳ系の『東芝日曜劇場』で放送された『サハリンの薔薇』（九一年）は、市川さんとコンビを組んでいた北海道放送の長沼修さんが演出しました。僕の役は、末期がんに苦しむ恋人を見るに見かねて安楽死させた医師でした。重い罪の意識と悲しみから逃れるようにして、札幌の大学時代に演劇仲間だったロシア人医師に会うため、ユジノサハリンスク市を訪れます。そこで、アマチュア劇団に所属する愛らしいロシアの娘さんと知り合うんです。

市川さんはチェーホフの戯曲『ワーニャ伯父さん』などを巧みに取り入れ、その引用で二人の会話を成立させました。「これは俺の作品じゃなくて、チェーホフの作品だよ」と笑っていましたね。撮っ

『サハリンの薔薇』のサハリン・ロケに参加した役所広司（右から２人目）らの出演者たち。チェーホフ像の前で（1991年）

ている間はそこまでわからなかったけれど、できあがったドラマを見て、引用のせりふと字幕で見せる手法はとても効果的と思いました。

大胆で、実験的な作風なんです。出演の話が来るたびに、「今度は何を試してくるだろうか」と楽しみでした。市川さんのホン（脚本）は緻密《ちみつ》なようで、粗削りなところもあり、先が読めないいんです。演劇的でもあり、映像的でもあります。

その次は、幻想的な作風で知られたＮＨＫの三枝健起さんが演出した『冬の魔術師』（九二年放送）です。長崎を思わせる島を舞台にして、僕が演じる旅回りの奇術師と、妻子ある男と別の島から駆け落ちしてきた女性役の樋口可南子さんが恋に落ちるという物語でした。虚と実が入り交じったファンタジーというか、市川さんが青春時代に見たアングラ芝居の香りがしました。
そういえば、その当時はＮＨＫ・民放を問わず、作家性の強い脚本家、個性的な演出家による異色作や意欲作がいろいろありました。今はそういう作品がめっきり減りましたね。

《役所は『冬の魔術師』の後、市川のオリジナル脚本によるＮＨＫ大河ドラマ『花の乱』（九四年）に出演した。大河ドラマで初めて室町時代後期を取り上げ、八代将軍足利義政の妻で、「稀代の悪女」と呼ばれた日野富子（三田佳子）が主人公だった。役所は、山城国一揆を起こす伊吹三郎という架空の人物を演じた》

中部日本放送（ＣＢＣ）の山本恵三さんが演出した『幽婚』（九八年、ＴＢＳ系で放送）も面白かったなあ。徳島でロケをし、初共演した寺島しのぶさんは初々しかったですよ。土俗的な雰囲気を漂わせながらも、ユーモアがあり、美しいドラマでしたね。

《「幽婚」とは、若くして亡くなった人の霊を慰めるため、生者と婚礼を挙げる奇習を指す。八〇年代半ば、中国・福建省の大学に招かれた市川はこの話を聞き、企画を温めてきた。名古屋にいる霊柩車の運転手（役所）が、急死した美容師（寺島）の遺体を四国の山奥まで送り届ける。その山村には若い死者の霊を慰めるため、婚約者とかりそめの祝言を挙げさせるという奇妙な風習があった。その身代わりを演じさせられた運転手は、夢の中で死者と対話する……。この『幽婚』はモンテカルロ国際テレビ祭最優秀脚本賞や放送文化基金賞などを受賞した》

市川さんはホン読みに立ち会っても、それほど注文を出しませんでした。いつも笑顔を絶やさず、声を荒げる場面は見たことがありません。でも、「ここは大事な場面だ」というところでは、やはり厳しい顔をしていました。撮り終わった後に会って、「このホンでやってみて、どうだった？」と尋ねられると、怖かったですよ。僕がどこかで「まだ市川さんが書いた人物に届いていない」と思っていたからですかね。

市川さんのドラマを見て、影響を受けたという脚本家や映画監督を何人か知っています。映画『油断大敵』『聯合《れんごう》艦隊司令長官 山本五十六』でご一緒した成島出《なるしまいずる》監督もその一人です。成島さんは「クランクインの前は市川作品を書き写し、そのリズムを体に入れてから撮影に臨むんだ」と話していました。

故郷に対する思いを共有

市川さんにはよく食事をご馳走《ちそう》になり、一緒に飲みました。二人で会うと、ふざけて「何々しちゃった、ばってん」なんて言い合ったものです（笑）。「しちゃった」は東京ふうの言葉なんですね。東京人ぶっても諫早の言葉が交じってしまう、というギャグです。

僕の思い過ごしかもしれませんが、市川さんは東京の普通の言葉で脚本を書いていても、諫早の風土が隠し味になっていたような気がします。ちょっと泥臭くて、ユーモラスな味わいがあるんです。「俺にはわかる、わかるなあ」と勝手に思っていましたよ。同じ土地で育ち、子供のころの話はずいぶん聞かされましたからね。

諫早と長崎をこよなく愛し、行ったり来たりしていることは知っていました。地元のためにいろいろ貢献されたようですね。僕の仕事が映画ばかりになると、市川さんは「いつか一緒に映画を作ろうよ」と言ってくださいました。

《二〇一三年に公開された森崎東監督、岩松了主演の『ペコロスの母に会いに行く』は、キネマ旬報ベスト・テンで日本映画ベスト・ワンに輝いた。これを手がけた諫早出身の映画プロデューサー村岡克彦の製作総指揮で、『親戚たち』が映画化されることが発表された。監督は萩野欣士郎、脚本は市川の妹の市川愉実子が担当する。諫早でロケをし、二〇一九年の公開をめざしている》

『親戚たち』の映画化の話は聞いています。どんな映画になるか、楽しみです。市川さんの影響かどうかわかりませんが、僕も年を取って、生まれ育った故郷への思いが強くなり、何か故郷の役に立つことがあれば……と考えるようになりました。若いころは田舎に帰るのもおっくうだったけれど、今は、何か自分にできることはないかなあと思います。二〇〇九年に公開された主演作の『ガマの油』で初めて監督を務め、二作目として諫早を舞台にした映画を作ろうとしたんです。脚本ができて、現地でロケハンもしましたが、残念ながらおカネがかかりすぎるということで頓挫しました。創立八十年を迎えた長崎バスのCMでは監督と出演を依頼され、引き受けました。

市川さんが亡くなられた日のことは忘れられません。奥様の美保子さんから「会ってやってください」と電話があり、広尾のお宅に駆けつけました。あまりにも突然のことだけに、横になられていた市川さんが今にもふっと起き上がり、「なーんちゃって」と言いそうな感じがしました。長崎での葬儀に参列し、東京の告別式では弔辞を述べました。

あんなに早く亡くなられるとは思ってもみませんでした。仕事の時に会うだけではなく、いろんな話を聞かせていただきました。恩返しもできないままで、残念でなりません。

市川さんとの出会いは、俳優としての僕の財産です。

（二〇一八年二月十八日、聞き手・鈴木嘉一）

■役所広司プロフィール

一九五六年生まれ。日本を代表する俳優として、数多くのテレビドラマや映画で主演を務める。九五年、『ＫＡＭＩＫＡＺＥ　ＴＡＸＩ』で毎日映画コンクール男優主演賞を受賞。翌年の『Ｓｈａｌｌ　ｗｅ　ダンス？』『眠る男』『シャブ極道』では、国内の主演男優賞を独占した。また、『ＣＵＲＥ』『うなぎ』（いずれも九七年）、『ユリイカ』『赤い橋の下のぬるい水』（いずれも二〇〇一年）など、国際映画祭への出品作も多く、数々の賞を受けている。スペインのシッチェス・カタロニア国際映画祭（一四年）では、『渇き。』で日本人初の最優秀男優賞を受賞した。二〇〇九年、主演作『ガマの油』で初監督を務め、一二年に紫綬褒章を受ける。一七年にはＴＢＳの連続ドラマ『陸王』に主演した。映画の近作としては『関ヶ原』『三度目の殺人』『孤狼の血』などがある。一九年のＮＨＫ大河ドラマ『いだてん～東京オリムピック噺《ばなし》～』には、主人公金栗四三《かなくりしそう》の恩師・嘉納《かのう》治五郎役で出演する。二〇年には小泉堯史監督の『峠　最後のサムライ』が公開の予定。

市川先生と歩いた長崎

元長崎新聞記者
阿《あ》部《べ》成《しげ》人《と》

史実の空白を独自の視点で埋める

二〇〇八年六月の二日間、第三回「東アジア放送作家カンファレンス」が長崎県佐世保市のハウステンボスで開催された。市川森一先生が理事長を務められていた日本放送作家協会などが主催し、日本と韓国、中国など東アジアの脚本家たちが交流する国際会議だった。私はこの模様を現地の記者と取材し、長崎新聞紙上で紹介した。当時は韓流ドラマがブームを巻き起こしていた時期で、各国のドラマ事情をめぐる報告や討論からは大きな刺激を受けた。私は先生のはからいで、会場となったホテルに一泊させていただいた。

長崎新聞の連載小説『蝶々さん』が完結して間もないころだった。

新聞の連載小説は通常、毎日掲載されるが、市川先生が初めて新聞で手がけた連載小説『蝶々さん』は週一回、土曜日朝刊の一ページを割く「大型連載小説」として、二〇〇六年五月から二〇〇八年五月までちょうど百回にわたり連載された。担当者の私は毎週、先生から送られてくる原稿を読み込み、先生が依頼した長崎の歴史の専門家や郷土史研究家らによる校正原稿を点検した。この仕事を通じて、時代小説を書くうえでもっとも大切なことは「史実をとことん追求すること」と知った。さらに、「想像力こそが作家の命」ということも学んだ。

先生の時代小説は史実の空白部分、不明な部分の隙間を独自の視点で埋めており、蝶々さんが歴史上に実在した女性として揺るぎない存在感を持って、私に迫ってきた。

これに続いて、二〇一〇年一月から翌年四月まで長崎新聞に連載された歴史小説『幻日』の主人公・天草四郎もそうだ。歴史上、本当に実在した人物なのか、それとも伝説的に語り継がれている悲劇のヒーローなのか、先生はあいまいな虚実の隙間で豊かな想像力を発揮していた。史料を丹念に読み込むことで読者の納得が得られるような仮説を組み立て、見事に島原の乱をめぐる壮大な歴史劇を紡ぎ出した。

神の使者として使わされた四郎は海上を自由に移動できたと伝わっている。しかし、明らかに実在した人物として描く先生は、その神がかり的な行動のトリックを冷静な筆致で解き明かした。

武装蜂起したキリシタンの一揆勢は、今の長崎県南島原市にある原城跡に立てこもった。その沖合にはリソサムニュームという植物が海中の石灰分を固定しながら繁茂し、海中で「リソサムニューム礁」と呼ばれる白洲《しらす》を形成している。この白洲は世界でも珍しく、年に数回、最干潮時に浅瀬のように姿を現す。四郎は引き潮となる満月の夜、キリシタンたちの熱い視線を浴びながらこの白洲を歩いてみせるのだ。

この描写は二〇〇九年四月の引き潮の日、南島原市での取材が基になっている。私は同僚記者と二人で先生に同行した。私たちは市の教育委員会が用意してくれた渡し舟に乗り、原城跡沖のリソサムニュームが磯のように姿を現した地点に〝上陸〟した。色とりどりの貝殻片から成る浜辺のようだっ

講談社から刊行された『幻日』

た。切り立った崖の上には原城跡が見えた。私は興奮してリソサムニュームを拾い集め、先生の様子をカメラで撮影した。先生は周囲を見渡しながら、『幻日』の筋書きを話しておられたと記憶している。

その後、私たちは先生の勧めで原城温泉につかり、三人で裸のつき合いを体験した。

最近、先生の先見の明を思わせる歴史的事実がもうひとつ明らかになった。四郎は『幻日』で天正遣欧少年使節の一人、千々石《ちぢわ》ミゲルの子と設定されていた。ミゲルは帰国後、棄教したといわれてきたが、長崎県諫早市のミゲルの墓所とされるところからロザリオの一部などキリスト教信仰を裏付ける遺物が発掘された。

ミゲルが生涯にわたり信仰を貫いたと証明されれば、四郎が戦う裏付けにつながる。先生の見立ては間違っていなかった。

『幻日』の挿絵を担当した洋画家の柏本《かしわもと》龍太さんは「千々石ミゲル自体も謎めいている。四郎がその息子ではないかという設定は、すごく魅力的に感じた」と話していた。

女性観の源は早世した母親

市川先生と長崎市の市街地を歩いていた時、先生は「長崎は美人が多いですねえ」とつぶやいた。その場では特段の感想は湧かなかったが、後になって、先生の描く女性たちがいずれも「凛《りん》とした美しさ」を備えていることに思いが至り、先生の大切なモチーフのひとつに「女性の美しさ」があると気づいた。

版画家の小崎侃《こざきかん》さんが挿絵を担当した『蝶々さん』では、深堀《ふかほり》武士のかわいい娘が美しくて聡明な芸妓《げいこ》に成長する。深堀武士とは、赤穂事件に先がけた討ち入り事件で知られる佐賀藩深堀領の武士を指す。

『幻日』の天草四郎は言わずと知れた美少年とされる。二作とも上質な挿絵の印象もあるが、美男美女が生き生きと活躍している。先生との会話から、私なりに「長崎の女性が美しいのは、土地柄に加えて時代の磨きがかかっているからではないか」という感想を抱いた。

しかし、先生の女性観の源は、若くして亡くなった母親にあるようだ。脚本家・作家としての核心に触れるこの事実を知ったのは、長崎新聞の連載「ながさき人紀行」で先生を取り上げた時だった。

母親の津代《つよ》さんは当時、不治の病とされていた結核を患い、長崎市の病院に入院した。小学五年生の森一少年はある日、妹とともにその病院を訪れた。表向きは伝染を恐れて見舞いは許されないが、看護婦さんの厚意で三階か四階の病室まで連れて行かれ、カーテン越しに面会させてくれた。二人は病床の母親と言葉を交わし、病院を出た。母の部屋の窓を見上げると、リンゴを手にした母が「受け取れ」というしぐさをした。森一少年はそのリンゴを受け取れず地面に落としたが、脚本家になってから、そのエピソードを織り込んだ『夢の指環』という単発ドラマでは見事にキャッチさせた、とうかがった。

色が白く、美しい母はカーテンの向こう側にいた。亡き母を慕う少年の思いは、成人しても変わることなく、むしろ一層強くなったのかもしれない。

この取材では、長崎市の古い町である十人町《じゅうにんまち》の坂道も一緒に歩いた。左右を細い溝に挟まれた幅一メートルにも満たない石段では、「蝶々さんも、こんなに小さな石段を行き来したんでしょう」と感想を漏らした。張り出した台所から物音がする。先生は横合いから出てきた主婦に「やあ、こんにちは」と声をかける。まるで知り合いにあいさつするようだった。

諏訪神社を訪れた後、先生が名誉館長を務める長崎歴史文化博物館に着いた。研究員室の一角に先生の専用コーナーがある。長崎県をホームグラウンドとする先生のダッグアウトといえる。半日に及んだ取材から解放され、ひと息つかれた表情が思い浮かぶ。

私はこの取材をとおして、先生が生み出す物語は丹念な構想づくりと細部もおろそかにしない取材姿勢、きめ細やかな表現に支えられていると知った。

気さくで、サービス精神も旺盛

先生とは長崎市内だけでなく、生まれ故郷の諫早市でも何度かお会いした。

あれは七月の恒例行事、諫早の市街地を流れる本明川の「諫早万灯《まんとう》川祭り」の時だった。諫早公園の眼鏡橋界隈《かいわい》には露店が並んでいた。二人でその一つのテントに入り、法被を着込んだ露天商の組合長とひとしきり語り合った。先生が熊本生まれという組合長を「親分、親分」と呼ぶと、組合長は「客が減った。川が遠くなったからだよ」と嘆き節を繰り返した。先生は「河川改修で町が分割されたね

市川美保子が諫早公園の眼鏡橋の上で撮ったスナップショット（2011年４月）

ぇ」と相づちを打ち、「川がもう一度、両岸の町の人々を結ぶ役目を果たさないとね」と応じていた。

二人で城山を散策し、原生林が生い茂る遊歩道も歩いた。道すがら年配のハイカーから声をかけられると、先生は気さくに応対された。地元の人々に顔を知られ、親しまれる存在だった。

柏本龍太さんは「『先生、先生と呼ばなくていいよ』と言われたが、なんと呼んでいいかわからなくてね。実績のある脚本家であり、作家だから、最初はやはり緊張しました。でも、気さくな人なので、やがて気軽に話せるようになった」と振り返る。小﨑侃さんも「気さくな感じで、楽しく仕事ができた」と親近感を抱いていた。

先生の背広姿は見た覚えがない。改まった席では、紺のダブルのジャケット姿だった。

ある日、先生へのインタビューが長引いたため、私は長崎市のホテルで開かれる知人の還暦祝いのパーティーに遅れた。事情を話し、「先生にも出席していただき、お祝いの言葉をスピーチしてもらえませんか」と厚かましいお願いをした。先生は一瞬、「えっ」という表情を浮かべたが、すぐに「いいですよ。どなたの会ですか」と快諾された。連載小説『幻日』の話をしていただき、会場はこのサプライズに沸いた。サービス精神も旺盛な人だった。

私の父の葬儀があった二〇一〇年六月には、立派な生花を二基いただき、非常に恐縮したものだ。温かい気配りをされる方でもあった。

先生は長崎歴史文化博物館に構想段階から深くかかわっておられた。長崎県政策創造会議の委員たちと議論を重ね、長崎の歴史を生かした「諏訪の森構想」を練り上げた。この博物館では、先生が提唱された長崎奉行所の復元が日の目を見た。先生の膨大な作品の中には、遠山の金さんこと遠山景元の父で、長崎奉行を務めた遠山景晋の活躍を描いた小説『夢暦 長崎奉行』がある。

二〇一一年四月に連載小説『幻日』が完結した後、先生が名誉館長を務めていた諫早市立諫早図書館でお会いした。先生は資料を広げながら、「今度は諫早武士を書きたいと思ってね」と早くも次回作の構想を語った。「武士と農民たちが力を合わせ、埋め立てを実現した物語です。いいでしょう」と目を輝かせた。佐賀藩深堀領が舞台となる『蝶々さん』に続いて、江戸中期の佐賀藩士・山本常朝《じょうちょう》が口述した『葉隠《はがくれ》』の武士道精神を貫いた人々を描きたかったのか、あるいは、いまだに解決の糸口がつかめない諫早干拓事業の潮受け堤防をめぐる問題の原点を探ろうとされたのか……。今となっては確かめるすべもない。

先生の体調がすぐれない、という話を同僚の記者から聞いたのはいつだったたか。今にして思えば、電話の向こうの声がかすれて、よく聞き取れないこともあった。

その年の初夏、先生は長崎市の書店でサイン会に臨まれた。さらに十月の長崎くんちの際は、長崎文化放送のテレビ中継で解説もされた。その前日、先生は「喉の具合が悪い」と局の担当者に医者の紹介を依頼したという。私は長崎歴史文化博物館でお会いする機会をいただいた。声はかすれているが、苦しそうな気配はなく、私は浅はかにも楽観した。

しかし、それから二カ月ほどして先生の訃報に接した。先生は本当に昇天されたのか、あの世に旅立たれたのか、と思わずにはいられなかった。

市川森一先生とともに過ごした時間は短かった。夢か幻のような先生の像に輪郭を与えたくて、当時の手帳を繰ってみる。メモにもならない文字の羅列から、その時々の先生の笑顔や様子が脳裏に浮かんできた。どこからか「ああ、阿部さん」と、あの明るく、甲高い声が聞こえてきそうで、私はいまだにその死が実感できない。

■阿部成人プロフィール

一九五〇年、山口県生まれ。七三年、福岡県の北九州市立北九州大学（現・北九州市立大学）文学部国文学科を卒業し、福岡市に本社があった夕刊フクニチ新聞社に入社。文化部記者として「星野金山物語」や「紙の道」「石の遺産」などの連載を手がける。福岡県在住の詩人・椎窓猛《しいまどたけし》氏らの薫陶を受ける。九〇年、福岡市の広告プロダクションに移り、文化情報誌「月刊はかた」の編集を担当する。九二年、長崎新聞社に入社。文化部記者、生活文化部長、出版室長を務め、長崎歴史文化博物館の運営アドバイザリー会議委員を委嘱される。二〇一八年に同社を退社。福岡在住時に福岡市で発行する文芸同人誌「西域」に「船小屋温泉と長塚節」、京都芸術短期大学（現・京都造形芸術大学）の紀要に「都市と美術がフォール イン ラブ」を発表。

長崎の歴史文化の継承に燃やした情熱

編集者　堀《ほり》　憲昭《のりあき》

出棺は長崎検番総出の送り三味線

市川森一氏の棺《ひつぎ》をおさめた霊柩車が静々と斎場にむかって動きはじめようとしたときだった。長崎丸山の検番所属の芸子たちが、法輪会館の車寄せのコンクリートの床に正座して「送り三味線」のバチを一斉にたたき始めた。地方《じかた》といわれる三味線演奏の芸子衆《げいこし》たちは、三味を弾きながらあふれる涙を抑えきれない。泣きながらの送り三味線は初めて見た。

送り三味線は長崎の料亭で宴会をおえて客が帰ろうとするときに、芸子たちが玄関の間に勢ぞろいして感謝を示す長崎花柳界の伝統である。三味の囃子《はやし》にのせて大きな朱塗りの盃《さかずき》に酒が注がれると、客は座して盃を両手で高々とあげて、飲み干すのである。

市川氏は長崎独特のこの伝統文化をなんども経験したにちがいない。江戸時代、日本で唯一外国貿易を許された町の豊かさと誇りがしめされる長崎検番の送り三味線は、その文化を愛したこの人物にこそふさわしいお見送りであった。

二〇一一年十二月十七日にとりおこなわれた長崎市での葬儀では、長崎県知事の中村法道氏が弔辞を読んだ。そのなかに市川氏の長崎における業績は集約されている。

市川先生は、作家、脚本家として人々に感動や喜びと勇気を与える多くの名作を世にだされるとともに、日本放送作家協会理事長をはじめ、数多くの要職を歴任され、長年にわたり我が国の芸術文化の発展に格別のご尽力をいただきました。（中略）

県政に関しましても、政策創造会議「諏訪の森部会」の委員長として、歴史文化博物館や美術館の整備にお力添えをいただきますとともに、長崎歴史発見・発信プロジェクト推進会議座長、県立大学経営協議会委員、長崎県ブランド大使など、数多くの役職にご就任いただくなど、多大なるご支援を賜りました。また、長崎「旅」博覧会や「ながさき阿蘭陀年」の際には、プロデューサーとして常にチームの先頭に立って奔走いただくなど、イベント成功に向けてかけがえのないご指導、ご支援を賜ってまいりました。

県庁舎跡地の活用案についても、〝長か岬〟の歴史変遷を自ら多くの専門家の方々に声をかけ、独自のとりまとめをいただきました。四十五年ぶりの開催となる「長崎がんばらんば国体」（二〇一二年開催）についても、貴重なご指導、ご助言をお願いできるものと思っておりましただけに残念でなりません。

「長か岬」とは県庁が建つ場所の歴史的な愛称である。諏訪の森から県庁があった場所までの高台が中世には海に突き出る岬のようになっていたことに由来する。

葬儀のBGMには、市川氏が脚本を書いたNHK大河ドラマ『黄金の日日』『山河燃ゆ』『花の乱』

のテーマ音楽が流され、会場正面の画面には市川氏の生涯をふりかえる写真七十八点が映しだされた。

七十歳のあまりにも急な旅立ちだっただけに、長崎県民の悲しみは深いものがあった。

文化行政に対する強い不満

私は一九九五年九月、「長崎県人クラブ会報」のインタビュー記事を取材するため、東京・広尾のご自宅で初めて市川森一氏にお会いした。通されたリビングには歴史関係の書籍がズラリと書架に並び、その前の棚に日本刀一振りが飾られていた。

長崎の歴史と文化を保存、継承すべきだという市川氏の思いは並々ならぬものがあり、行政の取り組みに対しては失望感にも似た感情を持っていた。このとき、長崎の行政への不満を激しい言葉で聞いた。


明治、大正、昭和初期までの長崎文化の破壊は目に余るものがありますね。長崎文化を破壊することで長崎の行政官たちは大罪を犯しています。世界に誇る長崎独特の文化が、中島川《なかしまがわ》の川底から出島に至るまでことごとく破壊されました。幕末までの長崎の景観を保存していれば、アジアのベニスといって誇れたでしょう。

そういう外的な破壊と内的な文化財の破壊もひどい。素封家や文化人がもっていた美術品、文化財を長崎の行政官たちはひとつも自分たちの財産として管理しようとしないで、多くを神戸市立博物館に譲り渡してしまっている。いま、南蛮文化やキリスト教文化、オランダ文化を研究しようとおもえば神戸にいかなくてはならない。長崎の県立美術博物館にはそのお余りの、落ちこぼれしか残っていない。その無神経さといったら驚くばかりです。

そういって既存の「出島を復元する市民の会」（一九九五年当時）に対抗して、「長崎奉行所も復元を」という思いを当時の長崎県知事高田勇氏に伝えている。高田知事は市川氏の調査取材にも理解を示し、知事公舎に招いてその敷地が江戸時代の長崎奉行所立山《たてやま》役所跡だったことから、井戸跡や抜け穴などをいっしょに探したという。

先日は、昔の奉行所にあったという抜け穴をしらべるのに、高田知事に協力を得ました。立山役所跡の知事公舎にその抜け穴があると聞いたもので、お願いすると「どうぞ、どうぞ」となった。現在ではその跡は芝生になっていてわからなかったものの、奉行所時代の井戸などは確認できました。そんな調査に深夜まで知事公舎をお騒がせしても、気軽に協力が得られるのも地元出身だからですね。

この調査は、後の著書『夢暦 長崎奉行』の執筆にいかされたと語ってくれた。後日談になるが、『夢暦 長崎奉行』は、初版が光文社から発行されていたが、二〇〇五年に長崎歴史文化博物館がオープンするときにあわせて、私が編集を担当して長崎文献社から発行された。江戸時代の後期、遠山景晋という長崎奉行が在任したときに長崎で起こった事件をテーマにした歴史小説で、ここに描かれた長崎奉行所立山役所の詳細な記述は、「諏訪の森構想」という提言にいかされているとと考えてよい。

巻末の解説をお願いした藤田覚《さとる》・東京大学教授は、この小説を高く評価している。

「本書は、長崎奉行遠山景晋の自筆日記、およびオランダ商館長ドゥフの秘密日記にみえる史実にもとづき、さらに遠山金四郎に関する研究と十九世紀当初の日蘭関係の研究もふまえ、それに著者の愛着あふれる長崎の情緒豊かな風物を織り交ぜることにより、荒唐無稽な歴史小説が多いなか、無理なく史実を取り入れた興趣ゆたかな作品として異彩を放っている」

「諏訪の森構想」で歴史文化博物館を提案

市川氏の提案による「諏訪の森構想」の動きが始まったのは、金子原二郎《げんじろう》知事が誕生してからである。選挙運動中から「私は知事公舎には住みません」といって、立山地区（諏訪の森）にあった知事公舎や長崎県立美術博物館、ユースホステルなどの再開発を訴えて当選した金子知事は、市川氏ほか十八人の委員による長崎県政策創造会議「諏訪の森部会」を一九九八年に設置して、「長崎県有数の歴史と文化を誇る諏訪の森地区を、文化の香り高い魅力ある空間として整備し、活用していくための構想」の審議に入る。翌年の十二月に委員会の提言をうけた金子知事は、組織や予算措置などを調整して二〇〇〇年十一月に基本方針を公表して、実施にむけて動き始める。

二〇〇一年四月に知事直轄の政策調整局都市再整備推進課が設置され、二〇〇五年四月に「長崎県美術館」、十一月に「長崎歴史文化博物館」が完成するから、わずか四年のあいだに市川氏の提案が実現するのである。

この知事直轄事業を一貫して担当した藤泉《ふじいずみ》氏にお会いして詳しいいきさつを聞くことができた。藤氏は現在、バス会社の長崎自動車監査役をしているが、二〇〇一年から二〇〇五年までは長崎県政策調整局都市再整備推進課の課長としての働きをする。

「市川先生の提言にもとづく事業でしたので、美術館、博物館の経過報告はくわしくおこないました。何度も東京のご自宅をおたずねして、一時間から二時間、長いときは五時間もかかったこともあります。五時間のあいだに五回お茶が替わったことを覚えています（笑）。議論して先生のご意見をお聞きしてきました。あるとき先生は『ほんとうに藤さん、できるんだよね』と念押しされたこともありますす。黒川紀章建築都市設計事務所から設計図ができてきたときもお見せして、『ここはこうしたほうがいい』『運営はこうしたほうがいい』という具体的な話もいただき、その都度反映してきました」

その当時の詳細な事業経過の資料をいただいた。

そのなかには工程表と連動して、「基本構想専門家会議設置」「パブリックコメント実施」「基本構想公表」「設計者選定公募型プロポーザル募集」「展示設計指名型プロポーザル実施」……といった専門用語による工程表がびっしり日付順に並んでいる。文字面だけみても目まぐるしさが伝わってくるが、おびただしい数の関係者への対応をこなした担当者の行動パターンを想像するだけで、正直言って驚嘆するような工程表なのである。

藤氏はこの工程表の各段階で市川氏のもとを訪ね、細かい報告をしていたというのである。五時間でお茶が五回も替わるほどの、沸騰した議論が展開されたことが容易に想像できる。

復元された長崎奉行所立山役所

「諏訪の森構想」の最大の目玉は、歴史文化博物館のなかに長崎奉行所立山役所を復元するという市川氏の年来の「夢」を実現することであった。

長崎奉行所は、出島に近い外浦町《ほかうらまち》の西役所と諏訪神社に近い立山役所の二カ所があり、江戸時代の日本の外交、貿易の重要な交渉の舞台だった。ロシアやオランダなどの外交使節から国書を受け取り、返書を交付する儀式がおこなわれた。外国貿易の交易品見本は奉行所の大広間に展示され、輸入が妥当かどうか幕府の品定めの場所でもあった。国家財政を左右するほどの貿易の利益は長崎の町にも恩恵を与え、豊かな暮らしを町民にもたらした。箇所銀《かしょぎん》、竈銀《かまどぎん》という貿易利益の分配金が市民にふるまわれた。この金回りの一部は丸山遊郭につぎ込まれたり、諏訪神社の秋祭り「長崎くんち」の華やかな出し物に注ぎ込まれたりした。

明治政府は徳川幕府の施設をことごとく破却して新時代到来を宣言する。立山役所跡には英語伝習所、のちには県立の学校などが建てられ、原爆投下で廃墟となった跡には、県立美術博物館、県立図書館、知事公舎などが建てられた。この場所を江戸時代の姿に復元すべきというのが「諏訪の森構想」の柱であった。

市川氏が事業担当者に「ほんとうにできるんだよね」と念押しした背景には、あまりにも「夢のような構想」だったからかもしれない。しかし、長崎奉行所立山役所は文化・文政時代の図面をもとに緻密な復元が進められることになる。

「奉行所の復元は市川先生の気持ちがとくに入っていました。黒川紀章建築都市設計事務所に依頼した設計図をおもちすると、じっくりとご覧になってこまかくチェックされていました。江戸時代の図面は平面図だけで、立体図面がなく、資料探しには苦労しました。幕末に撮影された写真がみつかって、時代考証に役立ちました。NHK大河ドラマを担当してきた時代考証の大家にも相談して、綿密な考証にもとづいた取り組みをしました。笑い話なんですが、『お白洲』というのが実際に白かったのかどうかも調べました。結果は『実際のお白洲は白くない』という結論になり、白い色にこだわること

長崎歴史文化博物館に開設された「長崎奉行所・龍馬伝館」のオープニングイベントでテープカットをする市川（右から２人目）、その左隣は田上富久・長崎市長（2010年１月）

はないというので、ふつうの砂利を敷いて現在、寸劇で人気のあの場所を設計してもらいました」（藤氏談）

黒川紀章氏設計の長崎歴史文化博物館には、この復元した立山役所棟の横に博物館棟も建てられた。博物館棟は収蔵品の常設展、企画展などの行事をおこなう機能を備えている洋風の建物、奉行所棟は江戸時代の復元で、同じ敷地内にこの両棟が並ぶよう設計されているのである。

この博物館の特徴は旧県立美術博物館と県立図書館、旧長崎市立博物館に所蔵されていた歴史遺産の所蔵物約五万点を、長崎県と長崎市がいっしょになって一括管理する仕組みを構築したことであった。この施設の建設にともない、県立美術博物館は長崎港に面した「水辺の森公園」の一角にうつされることになった。隈《くま》研吾氏設計で運河をはさむ瀟洒《しょうしゃ》な建物になり、「長崎県美術館」という名称で人気をよぶことになる。

長崎歴史文化博物館では「文化の日」の二〇〇五年十一月三日、県内外の招待客を招いて落成披露のセレモニーがおこなわれた。

天気はあいにくの雨。長崎奉行所の正門は石段の上に真新しい木造の扉を閉じている。ここから長崎くんち名物の龍踊《じゃおどり》の龍が先頭でくぐりぬける趣向が用意されていたが、雨では館内で待機するしかない。ところが、プログラムがすすみ、いよいよ「開門」宣言の時刻が近づくと雨があがった。参会者は笑顔で正門下の広場に移動して、クライマックスの瞬間を見守る。

「かいもーん」。高らかな声は市川森一氏が発した。十人の龍衆《じゃしゅう》にかつがれた龍がシャギリの囃子に合わせて、階段を駆けあがり、開かれた正門をくぐり抜けた。万雷の拍手と笑顔が爆発した。

市川氏が夢に描いた奉行所が開門した瞬間であった。

市川氏は、長崎歴史文化博物館が完成すると名誉館長になって、ひきつづき長崎の歴史、文化の発信に関する旺盛な活動を展開する。長崎奉行所は、長崎奉行の執務現場などの間取りが江戸時代の資料にもとづき忠実に復元された。なかでも、長崎奉行が罪人に判決を言い渡すお白洲は、当時の事件の生々しさを見学者に想像させる再現ドラマの舞台としても人気スポットになっている。

長崎奉行は歴代百二十六人が任命され、江戸から長崎に赴任してきた。幕府の官僚としては中級クラスの役職のはずだが、九州では長崎警備を受けもつ佐賀、福岡の大名の上位に立つ。将軍の名代として九州諸藩のうえに君臨するのである。

市川氏は「奉行所トーク」というイベントでみずから講師を務めた。奉行の執務室にたって、大広間にあつまった客にむかって広報活動をはじめた。博物館がオープンした翌日の十一月四日に開催さ

長崎歴史文化博物館で長崎奉行所の模様を再現するドラマの出演者たちと市川（中央）、右端は大堀哲・初代館長

れた第一回目は、「長崎奉行」というテーマで藤田覚・東大教授をゲストに迎え、来館者の目線に立って専門家の話を聞き出す趣向でトークショーをおこなっている。以来、亡くなる二カ月前の二〇一一年十月まで、計三十回ほどの奉行所トークをこなしている。

長崎歴史文化博物館に残る「市川森一奉行所トーク」の一覧表でわかるのは、お白洲での判決記録「犯科帳」の解説がもっとも多く、ＮＨＫ大河ドラマ『龍馬伝』にまつわる話や、長崎の豪商で女傑といわれる大浦慶の生き方、キリシタン文化、医学伝習所に至るまで、広範囲にわたっている。

長崎の歴史と文化の魅力をひとりでも多くの人々に知ってほしい、という市川氏の情熱を感じさせるのがこのイベントなのであった。

『旅する長崎学』の仕掛け人

長崎での市川森一氏の業績としてぜひ書き残しておきたいのが、「長崎歴史発見・発信プロジェクト」のことである。

長崎歴史文化博物館が歴史文化の保存、研究、発信の拠点として実現にむけて確実な歩みがはじまったとき、市川氏の次の狙いは、全国に向けてどうやって長崎の歴史文化の正確な情報を発信するかであった。歴史文化情報の発信によって「長崎に行ってみたい」という人々をいかに増やすかという活動を長崎県に提案している。

そこで二〇〇六年四月、市川氏を座長とする知事直轄の「長崎歴史発見・発信プロジェクト」というチームが立ち上がった。知事の任命をうけた二十人ほどの構成員は多彩な顔ぶれで、歴史学者からジャーナリスト、長崎出身の経済人まで含まれていた。年に二回ほどのペースで開かれ、「長崎歴史発見・発信」についての知事への提言や意見をとりまとめ、十回で終了した。

このプロジェクトチームが監修するかたちで『旅する長崎学』というガイドブックが創刊され、テーマ別の冊子が六年間に二十一冊刊行されて、いまも増刷を重ねている。実は、私が勤務する長崎文献社はこの冊子の編集、販売を受託して、創刊から全巻を現在も市場に送り続けている。

『旅する長崎学』は「旅ながり」の略称で親しまれている。A５判のフルカラー、総ページは百ページに満たない薄手の冊子で、読者に気軽に買ってもらうために一冊が定価六百円に設定されている。各巻の編集費用は長崎県が負担し、一定の初版部数を納品したあとは、長崎文献社が市販分を刊行している。確実に版を重ね、二万部にとどく巻もある。簡単にシリーズを紹介すると、第一～六巻は「キリシタン文化」編、七～十巻が「近代化ものがたり」編、十一～十七巻が「海の道」編、十八～二十一巻が「歴史の道」編となっている。

シリーズのテーマは、長崎歴史文化博物館に資料や研究データなどが収蔵されているものがほとんどだが、世界文化遺産の登録に関連したテーマはヒットした。長崎県は当初、キリシタン関連遺産の教会群が世界文化遺産に登録されそうだと力を入れたが、近代化遺産編のテーマである「明治日本の産業革命遺産」が先に決まり、第二シリーズの冊子は世界文化遺産決定で増刷があいついだ。

『旅する長崎学』創刊号などを手にする市川

　市川氏はこの『旅する長崎学』の仕掛け人といってよい。創刊当時は「東京から発信しよう」ということで、市川氏みずからトークショーを東京で開き、歴史家の講演や宗教音楽を聴くイベントの司会をこなして、『旅する長崎学』を積極的にアピールした。「キリシタン文化」編の関連ではグレゴリオ聖歌と隠れキリシタンのオラショを流して比較し、専門家の話を独特の視点から聞き出して好評を博した。早稲田大学でも当時の長崎歴史文化博物館学芸員と対談している。東京都江戸東京博物館でも長崎をアピールする企画を積極的に推し進めた。

　長崎を訪れる人々を、私たちは「観光客」とは呼びません。長崎を旅する人々は、個々が「旅人」です。旅人は、それぞれが主人公のドラマの中を旅しています。長崎の秘めたる物語を求めて旅するあなたへの、これは、ドラマ資料であり、シナリオだと思ってください。長崎の史跡は、ポジティブ（見えるもの）とネガティブ（見えないもの）の二重構造になっていますが、「旅する長崎学」を旅のお供にしていただけば、見えないものが見えてきます。

市川氏は「見えないものが見えてくる」と題して、『旅する長崎学』にこんなコメントを寄せている。

長崎県庁移転跡地の活用も提言

長崎歴史文化博物館の運営が順調に推移して四年ほど経過した二〇〇九年のある日、私は名誉館長室に呼ばれ、市川氏から相談をうけた。江戸時代の長崎奉行所西役所跡に、明治六（一八七三）年から建っていた長崎県庁が、尾上町の長崎魚市場跡に新築移転することが決まっていた（二〇一八年四月に移転完了）。しかし、県庁が移転した跡地はどうすべきかが決まっていない。その跡地利用をめぐって県知事に提案したいというのである。

提案書には、歴史的な背景をきっちり論証する専門家に多面的な角度から執筆してもらい、掲載したいという。その専門家にはどんな研究者がいいだろうかというのが、私に課されたテーマだった。雑誌の編集を経験していた私にとっては、この課題は雑誌一冊を編集するのに似ていると感じた。市川氏からの注文には、「やりましょう」と即答した。

長崎奉行所西役所の歴史的な経過について、それぞれの角度から原稿を寄せていただけそうな研究者五人を市川氏に推薦した。

そして各氏に執筆を依頼して、約一年で提案書はまとまった。といっても、そのなかで跡地利用の青写真を描いているわけではなく、もともとこの地はどのような歴史的な場所だったかを違った角度から報告してもらう内容になった。

同時並行的に「県庁跡地利用検討委員会」が立ち上がり、市川氏も私もこの委員に委嘱された。約一年で諮問委員会の報告書ができた。市川氏が私的に依頼した専門家の提案書「『長か岬』の歴史的変遷レポート　提言書」は、片岡力《つとむ》氏が会長となってまとめられた最終報告書の末尾に添付された。

市川氏は長崎県庁の新築移転の前に急逝してしまったが、この提案書の序文で市川氏は編集の狙いを次のように書いている。

「過去は、未来である」。ワシントンの国立公文書館の門前に刻み込まれている劇作家シェークスピアの言葉ですが、確かに「長か岬」の場合もその過去の足跡が語りかけてくる示唆を蔑《ないがし》ろにした未来図などありえないでしょう。（中略）「長か岬」の行く末は、長崎の命運を左右するといっても過言ではありません。今後は、県庁跡地の整備構想をめぐってさまざまな議論が展開することが予想されます。それほどに、かの岬の構想は百年の大計を要する一大事業であります。愚考いたしますに、仮に将来、県庁が移転し、そこが更地になった場合、最初に取り組まなければならないのは、跡地の徹底的な発掘調査であろうかと思われます。当地はキリシタン時代から未《いま》だかつて、過去に遡って厳密な遺跡検証をおこなったという形跡がありません。長崎の歴史資産の発見、保存の見地からも、当地の発掘調査には多大な意義と期待がもたれるところであります。その結果、不明のことが多かった「長か岬」の幾重もの歴史の地層が浮き彫りとなり、長崎は、埋もれていた世界的資産をようやく手中に取りもどすことができるのであります。

願わくばそのことが、長崎の観光文化の発展に寄与する輝かしい未来図になることを望むものであります。この提言書が、行政機関のみなさまのみならず、「長か岬」に関心を寄せる多くの人々に、当地の歴史及び文化的価値の再認識を促し、折に触れてご思案、ご判断の一助になれば幸甚であります。

長崎歴史文化博物館名誉館長・作家　市川森一　　平成二十一年七月二日

市川森一氏の遺言ともいえる一文には、残された長崎人が熟読すべき含蓄がある。これをどういかしていくかが、これからの長崎人に問いかけられた課題ではなかろうか。

■堀憲昭プロフィール

一九四二年、長崎市生まれ。一九六六年に東京外国語大学を卒業し、講談社に入社。漫画雑誌「ぼくら」を経て、「週刊現代」編集部に異動後、十五年間にわたり報道記事の編集、連載を担当する。主な担当作家は渡辺淳一、森村誠一、宇能鴻一郎、花登筐《はなとこばこ》、立花隆、本田靖春。「ＰＥＮＴＨＯＵＳＥ」では遠藤周作の連載を担当。「Ｑｕａｒｋ」編集長、広報室、国際室、社長室を経て二〇〇三年に定年退職した。二〇〇三年、長崎文献社に入社、長崎の歴史文化関係の書籍出版に携わり、これまでに約三百点を編集する。現在は専務・編集長を兼ねる。市民サークル「長崎楽会」を主宰して二十年になる。エフエム長崎の『ナガサキ・トーク・アラウンド』にレギュラー出演し、テレビ長崎（ＫＴＮ）のウェブ『長崎ぶっくジャーナル』ではコメンテーターを務めている。

第五章　その素顔と人間性

刊行委員の座談会

「風船を持って飛び歩く少年のようだった」

出席者

市川《いちかわ》美保子《みほこ》（市川森一夫人、女優）

高橋《たかはし》康夫《やすお》（映像プロデューサー、市川森一脚本賞財団専務理事）

辻《つじ》　萬里《ばんり》（映人社代表、「ドラマ」編集長）

鈴木《すずき》嘉一《よしかず》（放送評論家）＝司会＝

ざっくばらんで親しみやすい

鈴木　市川森一論集刊行委員会の委員による座談会を始めます。六人の委員のうち森泰一郎代表と香取俊介さんは自ら筆を執られるので、この四人で進めたいと思います。市川森一論や作品論は各執筆者にゆだね、ここでは市川さんの素顔と人間性を中心にして、率直に語り合いましょう。まず、市川さんとの出会いから始めたいと思います。ＮＨＫで長年、ドラマを作ってきた高橋さんからお願いします。

高橋　すべては一九七八年の大河ドラマ『黄金の日日』から始まったという感じです。僕は演出陣のうち三番手のディレクターでした。市川さんは同い年と聞いて、一緒に作るのが楽しみで、わくわくしていました。知り合うと、明るくエネルギッシュな人で、予想どおりになりました。近藤晋チーフプロデューサーやほかのディレクターにもそうだったかもしれないけれど、壁や仕切りをまったく感じさせず、フランクでよく笑い、時々すねるところも含めて、親しみやすさがありましたね。本当に楽しくて、周りの人をこんなに楽しくさせる性格はどこから来ているのかと思いました。同時に、この脚本家には『黄金の日日』だけでは見えない世界が絶対にあるという予感もしましたね。

十年後の八八年、プロデューサーとして『もどり橋』という単発ドラマで組みました。市川さんの本領というか、僕らが気づいていなかった一面を見せてくれた素晴らしい作品でした。夢と現実、この世とあの世という異次元の世界とともに、思いがけない展開に僕らは魅了されました。「こういうものも書ける人なんだ」って驚いたわけです。

鈴木　京都を舞台にした『もどり橋』は、母親に去られ、父親（根津甚八）も亡くした少年が主人公です。担任の教師（樋口可南子）を好きになり、戻橋で父とそっくりの大人に変身し、先生と恋をするという不思議な物語でした。美しくもせつない少年の夢と、残酷な現実を突きつける結末も含め、私が好きな市川作品のひとつです。これはどのように企画されたんですか。

高橋　演出した三枝健起君とはＮＨＫ大阪放送局時代、「紅テント」の状況劇場を率いていた唐十郎さんの脚本で『安寿子《やすこ》の靴』を作って以来、三人で『匂いガラス』や『雨月の使者』という異色の単発ドラマを作ってきたんです。記憶はあいまいだけれど、唐さんとも親しかった市川さんが「よし、自分にも書かせろ」と言いだしたのか、「今度は市川さんにお願いしよう」となったのか、そのどちらかですね。

高橋康夫

千年の歴史がある古都であやかしの物語を作ろうと、市川さんも非常に集中して書かれ、僕らも凝りに凝りました。脚本は一条戻橋の伝説と「鶴の恩返し」の民話を下敷きにして、花街の女も取り込みました。意表を突く展開には興奮しましたね。それを三枝君が独特の映像美で撮ってくれた。市川さんとの二度目の仕事で「素晴らしい脚本家だな。僕の好みや感性と合うなあ」と惚《ほ》れ込んだんですよ。

鈴木　『もどり橋』には後でまた触れるとして、辻さんが初めて市川さんに会ったのは月刊誌「ドラマ」の取材ですか。

辻　私は「ドラマ」誌を担当する前、映画を対象とする「シナリオ」という月刊誌の編集者でした。その一九七四年十二月号には、市川先生がメインライターを務めた『傷だらけの天使』のうち深作欣二監督が演出した第三話「ヌードダンサーに愛の炎を」が掲載され、市川先生は「作者ノート」も書いています。当時の肩書はまだ「放送作家」でしたね。この時は別の編集者が担当しました。

　七九年六月に「ドラマ」誌が創刊される時、テレビで活躍している脚本家たちに「これまで見たテレビドラマの中で感銘を受けた作品」「自分が手がけたドラマで一番愛着のある作品」などを尋ねるアンケートを出しました。市川先生は「感銘を受けた作品」としてNHK大河ドラマ『国盗り物語』、倉本聰さんが脚本を書き、和田勉さんが演出したNHKの『文五捕物絵図』、山田太一さんが脚本を書かれたTBSの『それぞれの秋』を挙げられました。「愛着のある作品」としては『刑事くん』と『新・坊っちゃん』『黄金の日日』で、現在はNHKの連続時代劇『風の隼人』を執筆中と答えていました。

次の号には、ＴＢＳ系の『東芝日曜劇場』で放送された市川先生の『露玉の首飾り』（中部日本放送制作）の脚本を掲載しました。今でも印象深いのは、ご本人がこのタイトルを気に入らず、「もともとの題名の『更科姫人形《さらしなひめにんぎょう》』で載せてほしい。編集部が放送されたタイトルに固執するなら、その姿勢を問いたい」と強く主張されたことです。「創作ノート」によれば、初稿が大きな変更を余儀なくされたようです。市川先生との長いつき合いの中でこれほど強い言葉を吐かれたのはこの時だけですね。

鈴木　「放送のタイトルはこうでした」という注釈はつけたんですか。

鈴木嘉一

辻　もちろんです。脚本家がつけたタイトルが変えられることは時々あります。うちは「シナリオ」誌も含め、脚本家の意向を尊重する立場を取っています。もっとも、この脚本も収録した自選の『市川森一センチメンタルドラマ集』では、なぜか『露玉の首飾り』になっています（笑）。その年の十二月号には、日本テレビの刑事ドラマ『太陽にほえろ！』を特集し、メインライターの座談会とともに、何本か書いている脚本家のひとりとして市川先生にも談話を寄せてもらいました。

　市川先生に初めてインタビューをしたのは八〇年一月号の「仕事場訪問」シリーズで、音羽のマンションにお邪魔しました。「自宅に三日、ホテルに四日」という見出しがついていますね（笑）。私は「シナリオ」誌で映画系のシナリオライターと接してきましたが、概して強面《こわもて》というか、ホームドラマを書いている方でも敷居が高いという印象を受けました。こっちもまだ二十代で、若かったですしね。ところが、テレビドラマの脚本家にお目にかかると、テレビは家

辻萬里

庭に入り込むものだから か、全体に接し方が柔らかいんです。こちらも話しやすく、この印象はずっと変わらないですね。特に、市川先生は誰にも分け隔てなく、ざっくばらんで親しみやすいお人柄ですから、長くおつき合いさせていただくことになりました。

高橋 どこか気難しかったり、気取ったりする先生が多い中、そういう市川さんの明るさ、親しみやすさ、社交性は好きになっちゃうよね。

鈴木 その当時、市川さんは痩せていたんじゃないですか。

市川 『黄金の日日』の時にタバコをやめてから、少しずつ太り始めたんです。それまではものすごいヘビースモーカーでして、一晩で大きな灰皿が山盛りになるぐらい吸っていました。初めて大河ドラマを書くことになり、「足かけ二年、こういう生活をしていたら、体がもたない」って禁煙したんです。音羽の前に五年間住んでいた町田から引っ越す時、市川の書斎の壁はタバコのヤニで黄色くなっていたほどです。その後も時々、こっそり吸うことはありましたが、よくやめられたと思いますね。

辻さんが「自宅に三日、ホテルに四日」と言われたのは、私がテレビ朝日の『モーニングショー』の司会を始めるころでして、留守《るす》にすることが多かったんです。市川には構ってあげられないので（笑）、ホテルに入り、仕事をしていたんでしょう。

家計はすべて夫人任せ

鈴木 さて、ここらで美保子さんに市川さんとのなれ初めをお伺いします。

市川 兵庫県宝塚市に東宝系の宝塚撮影所があったんです。私は大阪育ちの女優なので、関西中心に仕事をしておりまして、読売テレビと宝塚映画制作の『マキちゃん日記』という三十分の連続ドラマに一年間出演しました。二十一、二歳でした。市川はその脚本を担当していて、宝塚温泉の旅館に泊まって書くこともありました。撮影所で紹介された時は「ずいぶん若い脚本家だな」とびっくりしました。関西の脚本家の方たちはたいてい年配でしたからね。「ニコニコしていて愛想が良く、あまり脚本家らしくない方だな」と思ったのが第一印象です。

市川美保子

　私はそれから、NHK名古屋放送局が制作する『中学生群像』（『中学生日記』の前身）で国語の先生を演じました。そのころの生徒役には、竹下景子さんや戸田恵子さんがいました。ある時、森本レオさんが一回だけゲスト出演するため、名古屋に来ました。市川は日大藝術学部時代から後輩のレオさんと親しかったので、京都で仕事をした帰りに名古屋に寄り、スタジオに顔を出したんです。「お久しぶりです」などとあいさつを交わしたら、市川が「あすは僕の誕生日です。これからレオと食事をするので、良かったら一緒に祝ってもらえませんか」と声をかけられました。私はお酒が飲めないし、そういう誘いにはあまり応じませんが、名古屋泊まりだったし、「お食事だけならいいか」っておつき合いしたんです。市川の話は面白く、「楽しい人だな」と思ったのが二番目の印象です。ですから、レオさんはその後、「俺は二人を結びつけた恩人だぞ」って威張っていましたね。

　その次はまた宝塚映画の仕事をしている時で、市川も別の作品のため宝塚に来ていました。たまたま阪急電車で宝塚から梅田まで乗り合わせた後、市川が梅田駅で新大阪駅に行く地下鉄の切符を買うのにモタモタしていたんです。確か百円ぐらいでした。私が見かねて切符を買ってあげたら、どうやら好印象を持ったらしいんです。ずっと後に、「百円の切符で釣られた」と言っていましたけれどね（爆笑）。

高橋　お二人のなれ初めの話はみんな、知らないんじゃないかな。あれこれ詮索するのは失礼だと思って。

市川　その後はしょっちゅう大阪市にある私の実家に東京から電話がかかってきて、長話をしました。やがて電話で「結婚しませんか。僕と結婚すれば、あなたはきっと幸せになれるから」と何度も言うようになりました。これも後の話ですが、市川は「部屋の家賃より電話代の方が高かったよ」と笑っていました。

鈴木　えっ、電話でプロポーズ？

市川　七歳上の市川はちょっと冗談めいた口調だったし、私も適当に受け流していましたから、まあ言葉遊びですね（爆笑）。

鈴木　若い女優さんに対して軽く、冗談のように迫っていく。市川さんはなかなかやるもんですね（笑）。

市川　私はやがて東京での仕事にも呼ばれるようになりました。市川は進藤英太郎さんが主演された『うちのおとうさん』（日本テレビ）という連続ドラマを書いていて、私が大阪から来た娘としてゲスト出演したんです。おそらくスタッフに「柴田美保子がいいよ」なんて言ったんじゃないですか。その時に、またごはんを食べたりしまして……。

鈴木　それは明らかに公私混同ですね（爆笑）。

市川　私が東京の事務所に移ってからは、二人でちょくちょく会いました。辻さんがおっしゃったように、誰にでも分け隔てなく接し、明るくて、話題も豊富ですから、いつしか「この人と一緒になれば、楽しく暮らせるだろうな」と思うようになりました。レストランで正式にプロポーズされ、その場でお受けしました。一九七二年に結婚した時、市川は三十一歳、私は二十四歳でした。

鈴木　結婚の前と後で、お互いに呼び方は変わりましたか。人の呼び方というのは二人の関係性がわかるから、取材の際はいつも注意を払うんです。

市川　私は「市川さん」で、結婚してからはずっと「森一さん」です。向こうは「柴田さん」から「美保子さん」、結婚したらいつの間にか「子」が取れて「美保」になりました。人前では照れくさいので、「あなた」と呼んだことはなく、「ねえ」とか「あのぉ」ですかね。市川から「君は『あなた』って呼ばないね」と言われたことがあります。本人がいないところでは、昔も今も「市川」です。市川はたぶん「家内」だったでしょう。

鈴木　市川さんはクリスチャンだから、挙式は教会でしょうね。

市川　長崎県諫早市の鎮西学院で市川がお世話になった恩師であり、牧師さんの林田秀彦先生がたまたま、東京の本郷中央教会に赴任していらしたんです。そこで婚約式と結婚式を挙げ、披露宴では教会の付属幼稚園を借りました。親戚や親しい人たちが小さな木の椅子に窮屈そうに座って、サンドイッチやお寿司、お菓子を食べるという、茶話会のように質素なものでした。数日後、別の会場で芸能人の皆さんが集まる派手な披露宴を開きました。市川が『刑事くん』シリーズ（ＴＢＳ）などで知り合ったジュリー（沢田研二）やショーケン（萩原健一）も来てくださいました。当時は私の方が名前が知られていたので、新聞や雑誌の記事では私の名前が先に出るので、市川は腐っていましたね（笑）。

新大久保で探した新居は、エレベーターのない五階建てマンションの五階でした。そのころはショーケンが時々遊びに来ましたね。そこに二年間住んだ後、町田市に一軒家を買いました。でも、小田急線は混むし、夜中のタクシー代が高いんですね。五年後に「また都心に戻ろうか」

ヨーロッパ旅行をする市川森一・美保子夫妻（1974年、イタリア・ベネチアで）

と、音羽のマンションに転居しました。

鈴木　音羽の後が広尾ガーデンヒルズですか。

市川　ええ、広尾にマンション群ができ始めた一九八五年に買いましたから、もう三十年以上たちますね。日本テレビの演出家だった石橋冠《かん》さん夫妻が最初にできたマンションに住んでいて、二人で遊びに行き、「ここ、いいね」と気に入りました。申し込んだら、倍率は十倍くらいと高かったですね。

鈴木　ぶしつけな質問をします。結婚された時、稼ぎはどちらが多かったんですか。

市川　同じぐらいでしょうか。でも、結婚してみて、市川には貯金が全然ないことがわかりました。婚約指輪として私の誕生石のエメラルドを贈ってくれました。エメラルドは高価なので、「やっぱりおカネがあるんだな」と思っていたら、親戚の宝石屋さんからローンで買っていたんです。結局、私がそのローンを返しましたけれどね（爆笑）。「これは大変だ」と思って、「私は浪花《なにわ》女ですから、家計の方は任せてもらえますか」と切り出すと、市川はとても苦手だったらしく、「頼むよ」とうなずきました。

　それからは一度も銀行に行かず、キャッシュカードでおカネを引き出したこともありません。暗証番号も覚えられず、そういう数字を記憶することはからきしダメだったようです。財布におカネがなくなったら、そのつど私から受け取っていました。クレジットカードは使っていましたね。家を買う時も、私が銀行に行ってローンの交渉に当たり、区役所の手続きなど何もかも独りでこなしました。

高橋　いやあ、実に興味深い話だな。うちは夫婦そろってダメなんですよ。美保子さんがしっかりしているから、何もかも任せちゃったんだろうね。

市川　楽な方へ、楽な方へと……(笑)。七つ違いですが、結婚するとだんだん差がなくなって、むしろ私が上になる。何しろ現金を持っていますからね(爆笑)。

過去はあまり語らなかった

鈴木　辻さんは市川さんからなれ初めの話、聞いたことがありますか。

辻　いいえ、脚本を書いていたドラマで知り合ったということぐらいですね。そういえば、市川先生は「あの時はああだった、こうだった」という昔の話はあまりしなかったんですよ。

市川　「無駄話は嫌いだ」って言っていましたからね。これは冗談ですけれど、民放の情報番組でコメンテーターをしていた時期、家で一緒にテレビを見ていて、「これ、どう思う?」と尋ねたら、「おカネにならないから話さない」って(笑)。うちでは仕事や政治のこと、世間の話題についてそれほど話さなかったですね。本人に直接言ったことがありますが、「私との生活や現実の世界にいるのは一〇%くらいで、あとの九〇%は仕事のこととか、頭の中の想像の世界にいるでしょ?」と聞いたら、「そうだね」と認めました。ですから、私も市川のことは一〇%程度しか知らないのかもしれません。

鈴木　「そうだね」と言ったのはいつごろですか。

市川　広尾に引っ越してからですので、三十年も前でしょうか。ただ、結婚してすぐに「ああ、この人は風船を持ってスキップしながら、自分の行きたいところを飛び歩く少年みたいだな」という印象を持ち、「私はその後をしっかり追いかけて行かなくちゃ」と思いました。それはずっと、市川が亡くなるまで続いていましたね。

鈴木　それって、すごい市川森一論じゃないですか。この本の各論考が吹っ飛んでしまいそうな……（爆笑）。

高橋　確かに、僕も昔の話はあまり聞いたことがないなあ。諫早のこともね。

辻　諫早で山火事を起こしたという話は聞きましたよ。

市川　学生時代に帰郷した折、タバコの火の不始末から火事になり、新聞にも名前が載りました。長崎と佐賀の県境にある多良岳《たらだけ》という山です。そこは今、コスモスがきれいな観光名所になっていて、市川は「あのコスモス畑は山火事のお陰だ」って変な自慢をしていました（笑）。こちらから聞かない限り、昔の話はしなかったですね。

高橋　そうか、だから奥様とのなれ初めの話もしなかったのか。

市川　先日、母校の鎮西学院が市川を追悼する「夢記」で諫早教会の牧師さんの話を聞き、「今でも知らないエピソードがあるんだな」と思いましたね。

　牧師さんの息子さんが五歳くらいの時、子供たちが諫早教会を訪れた市川の周りを囲んでいたそうです。息子さんから「あの人は偉い人なの」と聞かれ、牧師さんは「『ウルトラマン』を作った人だよ」と答えました。その子は『ウルトラマン』の大ファンで、市川から「ウルトラマンは強いだけじゃなくて、優しいんだよ」と言われました。市川はその子のことを覚えていたらしく、後に円谷プロからもらったウルトラマンのバッジをあげたら、宝物のように大切にしたそうです。市川が亡くなった時、牧師さんが長崎市でのお葬式に行こうとしたら、中学生になった息子さんが「僕も行く。『ありがとう』って言いたいから」と、そのバッジをつけて参列したそうです。牧師さんの話を聞いて、市川もさぞかし喜ぶだろうと思ったら……、つい泣けてしまって……。

私たちには子供がいなかったし、市川はそれほど子供が好きじゃないと思っていたんです。でも、たぶん子供が好きで、私に気を使って、子供の話はあまりしなかったんだろうと、その時に思い知らされましたね。

辻　「昔のことはあまり語らなかった」と言いましたが、市川先生は他人に対しても根掘り葉掘り聞かないというか、私のこともあまり尋ねないんですよ。ただし、私も子供がいないので、その事情について問われたことはあります。「いやあ、できないんですよ」と答えたら、「じゃあ、うちと一緒か。でも、自分の子供がいない方がどんな子にも優しくできるかもしれないよ」と言われたことが強く心に残っています。

鈴木　高橋さん、仕事以外でのおつき合いは？

高橋　ドラマの構想を練る時は「こういうの、いいんじゃないか」「こうしたらどうだろう」などと、二人とも夢遊病者のようにはっきりしない頭で手探りしながら語り合ったもんです。それ以外の個人的なつき合いは、すぐには思い出せないなあ。

市川　でも、市川はうちで「康夫ちゃん、康夫ちゃん」ってよく話していましたよ。市川が「ちゃん」づけで呼ぶのは珍しいんです。そういえば、NHKの大河ドラマ『山河燃ゆ』や『花の乱』を一緒に作った演出家の村上佑二さんも「佑ちゃん」でしたね。

高橋　そうですか、親しい人には「ちゃん」か。NHKドラマ部には「シンちゃん」と呼ぶ人もいたけれど、仕事上のパートナーとしてはあまりなれなれしくてもいけないので、僕は「市川さん」でした。歳は同じでも、優れた脚本家として尊敬していたから、「シンちゃん」なんて畏れ多くて呼べないよ（爆笑）。

市川　仕事の時は一生懸命おつき合いをしますが、公私ともにべったりという人はいなかったんじゃないでしょうか。

岩手県江刺市（現・奥州市）の「えさし藤原の郷」を訪れた（左から）読売新聞記者の鈴木嘉一、市川、放送評論家の佐怒賀三夫、NHKエンタープライズ常務の高橋康夫（1993年）

鈴木　二〇一六年に亡くなられた放送評論家の佐怒賀三夫さんを囲んで、ＮＨＫ・民放の個性的なプロデューサーや演出家、脚本家たちが放談する「佐怒賀会」という飲み会がありました。私は読売新聞記者として放送界を取材し始めた一九八〇年代後半に声をかけられ、市川さんや高橋さんともご一緒しました。また、私は「ＴＶ人の週間日誌」という連載コラムを担当していて、ドラマ関係で言えば市川さんや高橋さん、読売テレビの看板ディレクター鶴橋康夫さん、新進気鋭の脚本家だった野沢尚《ひさし》さんや井上由美子さんらに隔週で半年間ずつ書いてもらいました。その歴代執筆者たちの同窓会みたいな会が何回か開かれ、市川さんも高橋さんも毎回参加していた覚えがあります。市川さんはそういう会にはまめに顔を出していましたよ。

高橋　そうだったね。佐怒賀先生は第一回向田邦子賞の選考会で市川さんを強く推し、その才能を高く評価していました。

鈴木　冒頭で話題になった『もどり橋』については、市川さんが「三枝健起への挑戦状ですよ」と言っていたのを覚えています。高橋・三枝コンビが唐十郎さんと作った一連の異色作を見て刺激され、「自分なら違うものを書いてみせる」と意気込んだんじゃないですかね。

高橋　三枝君と一緒に状況劇場の公演を見に行き、芝居がはねたら唐さんたちとよく飲んだもんです。唐さんは寂しがり屋なので、それ以外でも呼ばれ、李礼仙（現・麗仙）さんや根津甚八さんたちと酒盛りをしました。大家族の中に巻き込まれたような感じでした。唐さんとテレビドラマを作る時は毎回、大げんかをしましたよ。大幅に書き直してもらったり、机をひっくり返しそうな場面があったりと、いつもスリリングな思いをしましたが、出来上がった作品は素晴らしい。市川さんとはフィーリングがぴたりと合ったのか、そういう苦労はほとんどなかったね。自分の中にも同じものがあるというか、市川さんに乗せられて、自問自答しているような気分になるんですね。

唐さんは「シンちゃん」って呼ぶ市川さんが大好きで、もちろん市川さんも唐さんが大好きでした。アングラ（アンダーグラウンド）演劇の旗手だった紅テントの芝居は、ドロドロとしたあやかしの世界で、「お客さん、どうだ」って突きつけるところがありました。市川さんの作品は一見、唐さんの世界とは違うようでいて、実は共通点があるという面白さを味わいました。

鈴木　市川さんは唐さんとどこで接点があったのか、作品歴を調べてみたら、唐さんは市川さんが脚本を書いた『仮面の墓場』という単発ドラマに主演しています。一九六九年に完成しましたが、問題作としてお蔵入りになり、四年後にようやくフジテレビで放送されました。円谷プロの制作で、監督は市川さんの子供向けドラマを多く手がけてきた山際永三さんです。

市川　思い出しました。恐らくそれが出会いです。以前から唐さんの芝居はよく見ていたようです。

高橋　そういえば、市川さんや唐さんたちが世田谷にあったわが家に遊びに来て、飲んだことがあったな。三田（佳子）も加わり、ワイワイガヤガヤ楽しかったですね。

自選のシナリオ集シリーズ

鈴木　辻さんの映人社は一九八三年刊行の『市川森一センチメンタルドラマ集』から始まって、『市川森一メランコリックドラマ集』（八六年）、『市川森一ノスタルジックドラマ集』（九三年）、そして『市川森一メメント・モリドラマ集』（二〇一二年）に至るまで、四冊の自選シナリオ集を出版してきました。一貫して編集を担当されたのが辻さんです。一九七〇年代後半から八〇年代にかけてテレビドラマの世界では、橋田壽賀子、向田邦子、早坂暁、山田太一、倉本聰さんらが一斉に活躍し、「脚本家の時代」が到来しました。市川さんはこの後に続く世代の旗手的な存在でした。彼らの脚本は次々に出版され、「シナリオ文学」というジャンルが確立されました。しかし、『市川森一ドラマ集』のような自選シナリオ集のシリーズはきわめて珍しいでしょう。このいきさつを話してください。

辻　映人社では木下恵介、依田義賢《よしたか》、水木洋子、笠原和夫さんら映画系のシナリオライターの作品集を出していました。中島丈博さんの映画・テレビの作品集はありましたが、テレビの脚本家は手つかずでした。山田さんや倉本さんの脚本はすでに、大和書房や理論社から出版されていました。「うちはうちのやり方で出そう。作品中心ではなく作家中心で」と、向田賞を受賞されて、これからの時代を担う市川先生に話を持ちかけたわけです。掲載するシナリオはお任せしたら、結果的には『東芝日曜劇場』で書かれた作品が多くなりました。『淋しいのはお前だけじゃない』をはじめとする連続ドラマが素晴らしいのはもちろんですが、私は短編の秀作も市川先生らしいと思っています。

鈴木　『東芝日曜劇場』は一九九〇年代前半まで、ＴＢＳ系列の北海道放送、中部日本放送、毎日放送、ＲＫＢ毎日放送の四局も制作に参加する一話完結形式のドラマ枠でした。市川さんは七〇年代半ばからＴＢＳ以外の各局と組んで、地方を舞台にしたいい作品を立て続けに作っていましたね。

辻　社長の松本孝二はもともと々シナリオライターでもあり、「シナリオに結末がないのはダメ」という考えから、「ドラマ」誌に連続ドラマの一、二回分だけ載せるのには反対でした。従って、掲載する脚本は『東芝日曜劇場』や日本テレビの『太陽にほえろ！』のように一話完結のドラマや単発ドラマがほとんどでした。当時は単発ドラマが数多く作られていましたからね。

鈴木　『市川森一ドラマ集』の四冊はいずれも函《はこ》入《い》りの上製本です。装丁で使われた絵にも一貫した特徴がありましたね。

市川の希望で高畠華宵の絵が装丁に使われた『市川森一センチメンタルドラマ集』

辻　装丁も毎回、市川先生のご希望どおりです。最初の『センチメンタルドラマ集』の時は、美人画で竹久夢二とともに人気を集めた画家・挿画家の高畠《たかばたけ》華宵《かしょう》の画集を示されました。その翌年に弥生美術館を開設する弁護士の鹿野琢見《かのたくみ》さんという挿画のコレクターが版権を持っていると知り、会いに行くと、「華宵も喜ぶでしょう」と快諾してくれました。二冊目は同じく人気挿画家だった蕗谷虹児《ふきやこうじ》の絵を選ばれました。三冊目は中原淳一の少女画で、デザイン事務所を開いていた息子さんから許諾を得ました。市川先生の指定で鹿野さんたちとも知り合いになり、個人的にも思い出深いですね。

　ところが、最後の『メメント・モリドラマ集』では絵の希望が出なかったんです。クリスマスが近かったので、マリア像をイメージし、銀座の書店に行ってマリア像のカードや『旅する長崎学』という冊子を二冊買って、市川先生にお見せしました。それは何と市川先生が企画して、長崎文献社から出されたものだったんですよ。

市川先生はそれをパラパラとめくって、長崎の生月島《いきつきしま》に伝わるマリア像の絵を指定されました。平戸市生月町博物館・島の館に所蔵されている「聖母子お掛け絵」のレプリカです。

市川　生月島を舞台にした『乳房　ＴＨＥ　ＢＲＥＡＳＴ』（二〇〇〇年、中部日本放送制作）を書く時、その絵のことを知ったと思います。

センチメンタル、メランコリック……

鈴木　四冊のシリーズは、タイトルの書体も凝っています。そもそも、題名からして異色ですよね。「センチメンタル」「メランコリック」「ノスタルジック」はきわめて情緒的な言葉です。特に、「センチメンタル」にはネガティブな響きもあります。山田太一さんは市川さんを追悼するシンポジウムで「一連のシナリオ集のタイトルには市川さんの反骨精神が表れている」と指摘されました。これは深読みですかね。

辻　タイトルもすべて、市川先生がつけたものです。鈴木さんがおっしゃるとおり、「センチメンタル」は「おセンチ」という印象を与えるし、「メランコリック」にはめそめそした感じもあります。でも、市川先生は必ずしも開き直りではなく、「それがどうした。何が悪い」と、みんなが持っている言葉のイメージを逆手に取られたんじゃないですか。

それぞれの本には、タイトルにふさわしい色彩の作品が並んでいます。「センチメンタル」という言葉はたぶん、『林で書いた詩』や『みどりもふかき』などのラインアップから浮かんだと思います。『メランコリックドラマ集』にはちょっと毛色が違う『受胎の森』や連続ドラマ『幻のぶどう園』も入っていますが、『ノスタルジックドラマ集』にはご自身の青春時代を回想するような『ゴールデンボーイズ』や『私が愛したウルトラセブン』が収録され、そのものズバリです。永島慎二さんの漫画を原作にして、自分の若き日を重ねたＮＨＫの銀河テレビ小説『黄色い涙』もそうだったように、市川先生はドラマの中ではわりと個人的な体験や過去のことを書かれていますね。

市川　タイトルに使った言葉はいずれも、本人が好きだったと思います。「これが自分の世界だ」と気に入ったんでしょう。何でもスパッと決める性格でしたから、迷ったり考え込んだりはしませんでした。一度だけ「ファンタスティックにしようか、どうしようか」と聞いたことがあり、これは別の出版社から出したシナリオ集の題名に使われました。

辻　確かに、ほとんど即決でした。「少し考えさせてほしい」と言われたことは一度もありませんね。

鈴木　企画や編集段階では何か注文を出したんですか。

辻　当時の松本社長も私も市川先生の作品が好きでしたから、注文は一切つけませんでした。個人的には、これらの本の編集を通じて市川先生と懇意になったんです。私が恵比寿に引っ越してからは広尾のお宅に近くなり、頻繁にお会いするようになりました。電話で「これから来ない？」と言われたら、三十分以内で伺えますしね。実は、身長も体形も腕の長さも市川先生とほとんど同じなので（笑）、「これ、良かったら着ない？」と服をたくさんいただきました。きょう着てきた上着はそのひとつです。ジャケットやネクタイなど、いずれもブランドものです。足のサイズまで同じでしたから、新品と思うような靴までいただきました（爆笑）。脚本家の中でこれほど深い関係は市川先生だけですね。

鈴木　辻さんのお立場でそこまで言っちゃって、何か差し支えがありませんか（笑）。

辻　構いませんよ。そんな個人的関係はさておき、「ドラマ」誌にはたびたび新作の脚本を掲載させていただき、インタビュー記事もおそらく「ドラマ」誌で最多になるんじゃないですか。「作者ノート」の執筆依頼に対しても、「忙しいから」と断られたことは一度もありません。

市川 おしゃれな人だったので、洋服やバッグ、靴など身の回りの物はたいてい自分で買っていました。結婚当初にネクタイをプレゼントしたら、趣味が合わないらしく、「このネクタイ、要らないから。もうネクタイは買わなくていいよ」とあっさり言われました。すべて自分で選び、その日に着ていく洋服が茶系だったら、バッグも靴も時計も茶系で統一し、財布の色にまでこだわっていました。私が買い物について行っても、ほとんど意見は求められず、私の出番は支払いをする時だけです（爆笑）。帽子もよく被っていました。頭のサイズが大きくて、ＬかＬＬでした。外出する前の夜は自分で服などを選び、吊り下げていましたね。

鈴木 銀行で現金も引き出せないのに、身なりにはそれほどこだわるとはちょっと不思議な気もします。

高橋 そういう人っているよね。神経を使うところが違うんだろうな。

辻 男の脚本家でおしゃれな人は、そんなにいないですよ。どっちかといえば、無頓着というか、あまりファッションを気にしない人が多いようです。

鈴木 辻さんは編集者として市川作品をどう見ていたんですか。

辻 小さな出版社ですから、編集者個人の思いがかなり出せるんです。多くの市川論には「聖と俗」という言葉が出てきますが、それは私の中にもありますね。ファンタスティックな夢見るところや、おどろおどろしいあやかしの世界を好む一方、世俗にまみれて闘わなければいけない現実もあります。先生のドラマには私の個人的体験とぴったり重なるシーンも多くて、あまりにもリアルなので驚かされました。「先生、あれはどのようにして取材されたんですか」と尋ねたら、「すべて想像だよ」と言われました。想像力がものすごく豊かなんですね。

現実をちゃんと見据えながら、空想の世界に入っていくんです。私は市川先生からさんざん「ロマンチスト」と評されましたけれど、出版という仕事にもロマンがあり、おカネのことや対外的な折衝という現実も無視するわけにはいきません。

鈴木　「ロマンチスト」という言い方はどんなニュアンスでしたか。

辻　若かったので、「ああしたい、こうしたい」と夢を語ったら、「辻さんは若いな、ロマンチストだな、アハハ」と喜んでいました。冷やかすという感じじゃありません。

鈴木　さきほどお話しした読売新聞の連載エッセーを市川さんにお願いした際、シナリオ集の出版について書かれた回があります。そこで辻さんのことを「シナリオとシナリオライターを愛する、無欲な、忍耐強い編集者」と紹介し、大いに感謝していました。

辻　あの文章を読んで、ありがたいような、照れくさいような思いをしました。あれで腹が据わったのは確かです。市川先生は「ドラマ」誌について「こういう雑誌が続いているのは奇跡だな」と笑っていましたが、二〇一九年には創刊四十周年を迎えます。

鈴木　市川さんは「ドラマ」誌をとても大切に思っていたんでしょうね。

新しもの好き、すぐ飛びつく

鈴木　話題を換えて、市川さんの仕事ぶりをお聞きします。年配の脚本家にはいまだに手書きの方も見受けられますが、市川さんはかなり早い段階でパソコンを使い始めました。一九九四年、大河ドラマ『花の乱』についてのインタビューで広尾のマンションにお邪魔した際、デスクトップのパソコンがあるのでびっくりしました。私がいた新聞社でも自宅でも、まだワープロの時代でした。市川さんは後にｉＰａｄも使っていましたよね。

市川　携帯電話やデジタルカメラなど、何でも新しもの好きだったんですね。最初はワープロで、パソコンにもすぐ飛びつきました。パソコンは私が先に使えるようになり、ある程度は教えましたが、ほとんど自力で使いこなしました。あちこち旅行が多かったものですから、ノートパソコンやｉＰａｄを持ち歩き、行く先々で書いていました。手書きよりは早く文字を打てるし、楽だったんでしょうね。

鈴木　それでも、いただいたはがきやお手紙は手書きでしたよ。メールもありましたけれどね。市川さんが初めて『東芝日曜劇場』で書かれた『林で書いた詩』の生原稿は、それを演出した北海道放送の長沼修さんが大切に保管していて、ずっと後になって市川さんにお返ししたら、感激されたそうですね。市川さんの一周忌を迎えた二〇一二年十二月から横浜市の放送ライブラリーで開催された「市川森一・上映展示会　夢の軌跡」では、その生原稿が展示されていました。それを見て、市川さんの筆跡が変わらないことに気づきました。少し右上がりで、読みやすい字です。

市川　書き殴るって感じじゃないですね。自分でも「学生時代からあまり変わっていない」と話していた覚えがあります。

鈴木　お宅での執筆はどんな様子でしたか。

市川　ふだんはひょうきんな面も見せますが、仕事に追われると、家の空気が一変しました。緊張感が漂って、部屋にお茶を持っていく時も声をかけず、そっと置いていくようにしました。執筆中は独りでぶつぶつ言い、せりふを口に出していました。男言葉も女言葉もですから、最初はちょっと気味が悪かったですね（爆笑）。

　締め切りぎりぎりまで粘るので、私のほうがハラハラしました。催促の電話には私が対応し、

「今はちょっと、どうしようもない用事で出かけております」とか何とか口実をつけ、できるだけ執筆に集中できるように心がけました。でも、本人は「多少遅くなっても、僕の場合は初稿がそのまま決定稿になるから」（笑）と、原稿の出来には自信を持っていましたね。

仕事に関しては努力家でした。作品を書くためにたくさんの資料を買いあさって読み込み、必要とあればどこへでも取材に出かけました。ふだんはぼんやりしていても、そういう努力はまったく惜しまない人でした。自分の部屋には本がぎっしり並び、まるで図書館の中で執筆しているようでしたね。

市川が使っていた書斎の机

鈴木　仕事部屋は整理されていたんですか。

市川　床に本を積み上げることはなく、本棚はきちんと整理され、分類されていました。諫早市立諫早図書館には市川が名誉館長を務めていた関係で、諫早に戻った時に仕事をする「市川森一シナリオルーム」があります。今もそのまま保存されていて、どなたでも見学することができます。仕事部屋もあんな感じです。ですから、「掃除をする時も机の周りは触らないでくれ」と注意されていました。

鈴木　お宅では「今はこんなドラマを書いている」といった話はされたんですか。

市川　結婚してからも私がずっと仕事をしていたので、うちではそういう話をしなかったんです。私が家にいることが多くなっても、それは変わりませんでした。それでも、各局の方が打ち合わせに来られ、ＦＡＸなども届くので、何に取り組んでいるかはだいたい察しがつきました。仕事上の相談があるとしたら、市川の妹（由実子）が長くアシスタントをしていましたので、彼女にしたんでしょうね。

鈴木　市川さんは『もどり橋』の後、三枝健起さんの演出で再び『冬の魔術師』という単発ドラマを作りますよね。長崎の島を舞台にした風変わりな作品で、樋口可南子さんと役所広司さんが共演しました。

高橋　『冬の魔術師』は飛び越して、『花の乱』の話をしましょう。当時の島桂次NHK会長の方針で大河ドラマは関連会社のNHKエンタープライズが制作することになり、僕はドラマ部長という立場でした。「大河ドラマは一年間」という原則を破って変則的に、沖縄を舞台にした『琉球の風』を半年間、奥州藤原氏四代を取り上げる『炎立つ』を九カ月間放送した後、『花の乱』も九カ月間放送しました。二年で三作という厳しい制作環境でした。

パートナーとなる脚本家はいつも以上に重要なので、その三作目で市川さんに声をかけると、「やる、やる」と乗ってくれたんです。どの時代を取り上げようか、二人でいろいろ話し合いました。僕は以前、大河ドラマで初めて南北朝時代に挑んだ『太平記』のチーフプロデューサーを務めました。室町時代の武将について調べるうち、八代将軍足利義政の妻・日野富子が浮かんできました。「富子で行きますか？」と言うと、市川さんは「奥さんの三田佳子さんに演じてほしい」と要望しました。「高橋がカミサンを大河の主役にしようとしている」なんて陰口をたたかれるのが嫌で、僕は二の足を踏みました。でも、NHKエンタープライズの遠藤利男社長が「いいじゃないか。高橋君と三田さんは別だ」と支持してくれました。

チーフプロデューサーにはしっかり者の木田幸紀君（現・NHK放送総局長）を指名し、演出チーフの村上佑二さんらのスタッフ編成をするまでが僕の役目でした。スタッフも出演者たちも室町後期の深い森に分け入って苦労したでしょうが、本当によくやってくれたと思いますよ。

鈴木　応仁の乱は将軍の跡継ぎ問題が引き金になったといわれます。市川さんは当時、私のインタビューに対し「義政と富子という別姓の夫婦が起こした壮大な夫婦げんかととらえたい。室町時代はある一面からだけでは描ききれない。あらゆる対立の構図がドラマの軸になる」とテーマを語りました。現代に重ねて日本の歴史を描く大河ドラマは、勧善懲悪型時代劇のような善悪二元論とは一線を画しています。『花の乱』は男と女、夫と妻、親と子、東（軍）と西（軍）、都と地方、権力者と民衆といった属性や立場の違いだけではなく、光と影、夢と現実、現世と極楽浄土という観念的な二項対立も描いたように思われます。

私はその意味で、市川さんの集大成的な作品と位置づけています。

高橋　さきほど話題になった「センチメンタル」や「メランコリック」に関連していえば、すべて含んだものがドラマなんですね。市川さんはホラー的なものもおろそかにしなかったんです。何も血が飛び散るものばかりがホラーじゃありません。少年のころ、何か得体《えたい》のしれない怖いものにおびえながら、一方では怖いもの見たさというか、なぜか引かれることがありますね。お化け屋敷に入ると興奮してしまうような、人間の根源的なものです。超越的な存在に対する畏れと言ってもいいでしょう。市川さんの少年時代がどうだったかは知らないが、そうしたホラー的な要素もどこかに潜んでいると思います。

市川　子供のころは怖がりだったって、市川の妹が言っていました。

高橋　人間は神や自然を畏れ、敬いながら、時には破戒や背徳に走るという複雑な要素も併せ持っています。市川さんはそれをさまざまな形で表現されたと思いますね。

鈴木　市川さんはクリスチャンですが、お墓は諫早の菩提寺にあり、曹洞宗の戒名を持っています。そのへんは鷹揚《おうよう》というか、市川さんの不思議なところですね。

死を覚悟し、侍のように潔く

鈴木　市川さんが二〇一一年十二月十日に急逝された時、訃報に接した友人知人の誰もが耳を疑ったはずです。その四カ月前、向田邦子賞の運営委員会でお会いした私も同様です。美保子さんにはつらい話でしょうが、当時のことをお聞きしてよろしいですか。

市川　その年の十月、市川は毎年恒例の長崎くんちのテレビ中継に出演するため長崎に行き、風邪をひいて帰ってきました。十月半ば、鎮西学院創立百三十周年の記念講演を頼まれていまして、諫早に行きました。十月末にまた長崎に行く用事がありましたが、せきが止まりません。北里大学病院を訪れたら、「肺に水がたまっているので、すぐに入院してください」と言われました。十月二十七日に末期の肺がんと告げられ、十一月に入院したんです。市川は検査が好きで、二、三カ月ごとに病院で検査を受けていました。

五月ごろ、佐世保のクリニックで人間ドックに入り、九月にも病院に行っていますが、見つからない時は見つからないものですね。

十一月十一日に『蝶々さん』の試写会と記者会見がNHKで開かれ、その前後に旭日小綬章に決まった叙勲の会見もあるというので、いったん退院しました。それから順天堂大学病院に転院し、抗がん剤治療を受けようとしましたが、それも厳しいとわかり、十二月五日に帰宅しました。順天堂の先生たちは後日、「お正月は家で過ごせると思っていたので、こんなに早く亡くなられるとは」とおっしゃっていましたが、市川は自分で……「もういいよ」って……決めたんだと思います。

鈴木　遺書とも読める「去りゆく記」には、「ふりかえれば虹。思い浮かぶ顔はみんな笑顔。なんて素敵な人間たちと出会ってきたのだろう。どの顔も、みんな私の人生の宝だ」などと書かれています。これはｉＰａｄから送信されたんですね。

市川　順天堂病院で書いたのか、帰宅した五日の夜十一時ごろ、私のパソコンに送信されました。「郷里の皆様へ――感謝と惜別と――」という文章も書き、「僕が死んだら、これを朝日新聞長崎総局に送ってくれ」と託されました。家に戻ると、本の整理を妹に頼んで、「これらは諫早の図書館に」などと指示していました。

　市川の家は武士の家系でした。先祖は島原藩士で、家には刀剣も残されていました。長男でしたから、市川も武士の心にこだわったのではないかと思います。テレビドラマの遺作になった『蝶々さん』のサブタイトルは「最後の武士の娘」でした。それまでは私の今後をいろいろ心配してくれたんですが、亡くなる二日ほど前には一切言わなくなって……。「白装束を着て、これから切腹する」というような覚悟を感じさせ、「ああ、この人は去っていくんだな」と思いました。そして、何の未練もないかのように静かに亡くなりました。侍のように潔い死に様でした。テレビドラマなどではよく、奥さんが「あなた、死なないで」などとすがりつく場面も見られますが、そういう雰囲気ではありません。

　いま振り返っても、「お見事でした」としか言いようがないですね。市川は日ごろから「現役で死にたい」と言っていましたし、ぎりぎりまで仕事をさせていただいたので、思いどおりになったなあと……。

鈴木　うーん、そうでしたか。辻さん、市川さんが亡くなられた後に刊行された『市川森一メメント・モリドラマ集』のいきさつをお願いします。

辻　二〇一一年の十月半ば、市川先生から「『蝶々さん』の脚本を前編だけでも掲載しませんか」と電話があり、すぐに「ドラマ」誌の十二月号に前編、二〇一二年一月号に後編を載せることを決めたんです。非常に喜ばれ、「作者ノート」の執筆もお願いしました。やがて「入院している」という知らせに続いて、十月三十日には「作者ノート」の原稿が届きました。十一月六日、「シナリオ集のことで相談があるから、うちに来てくれないか」というメールが入りました。それで八日にお伺いしたら、「香典返しのためのシナリオ集を作りたい」と切り出され、気が動転しました。市川先生も奥様も落ち着いて病状を打ち明けられ、またびっくりしました。たぶん覚悟されていたんでしょう。早くも二日後には、シナリオ集のそれぞれの脚本に添える短い文章をいただきました。

私もNHKで開かれた『蝶々さん』の試写会に行きました。たまたま西口玄関で市川先生と遭遇したら、控え室に誘われました。私は遠慮したのに、試写会でも並んで座らせていただきました。市川先生は記者会見もちゃんとこなされ、それほど病気が進行しているとは信じられなかったですね。本の編集作業を進めるうち、十一月二十四日の朝、「順天堂病院に来てほしい」と先生から電話があり、午後に訪れました。「この病院に来たのはあなたが初めてだ。シナリオは放送順に掲載してほしい」などと、酸素吸入器をはずしてわりと普通に会話をされていました。装丁に使う絵はその時に決まり、タイトルの「メメント・モリ（死を忘れるな）」も自分でつけられました。

市川　その言葉はよく口にしていましたね。

辻　初版は翌年二月に刊行され、巻末には市川先生の遺志で「去りゆく記」が載っています。その後、奥様から「あれは外してほしい」と要望されたので、一般向けの本には掲載されていません。

鈴木　香典返しの本とは、これもまたすごい話ですね。

市川　すべて覚悟のうえでした。

辻　こういうことが現実にあるのかと、今でも信じられません。先生も奥様もふだんの口調で「香典返しの本を」と話されていたんです。『市川森一メメント・モリドラマ集』の経緯については、今も不思議な夢を見た思いです。

鈴木　島原の乱を描いた『幻日』は小説の遺作になりました。これを映像化したいという話は聞いていませんか。

市川　私は聞いていましたよ。「松本幸四郎（現・白鸚）さんか、北大路欣也さんかなあ」って。

４冊目で、最後の自選シナリオ集となった『市川森一メメント・モリドラマ集』

鈴木　天草四郎ですか？（笑）。これは冗談です。

市川　いえいえ（笑）、幕府側の総大将を務めた知恵伊豆こと松平信綱の役です。映画じゃなくて、テレビですね。

市川森一脚本賞、夢記と森一忌

鈴木　市川さんが亡くなられた後の動きに話を移します。三人とも市川森一脚本賞財団の理事ですよね。高橋さんはこの市川森一脚本賞（市川賞）の言い出しっぺでもあるので、発端から話してください。

高橋　亡くなったと聞いて、「えっ、ホントなの？」と頭の中は大混乱でしたよ。出発点は十二月二十一日に青山葬儀所で営まれた告別式です。たくさんの会葬者が見えられ、立派なお葬式でしたが、僕は何となくしっくりしなかったんです。十人ほどで市川さんのことをしみじみと語り合いたい気分だったので、いささか寂しい思いがしました。その帰り道、村上佑二さんらＮＨＫのＯＢ二、三人と六本木の方に歩きながら、市川賞をつくるというアイデアがひらめいたんです。「どこかで一杯やろう」と店に入り、その話をしたら、村上さんたちは「おお、やろう」と賛同してくれました。別の日、遠藤利男さんに相談すると、「それはいいことだ。向田邦子賞とは違うようにすれば両立する」と背中を押してくれたんです。美保子さんの賛同もいただき、ＮＨＫドラマ部の後輩の渡辺紘史さんと菅野《すがの》高至《たかゆき》さんの協力も取りつけて、動き始めました。

市川　若い脚本家の皆さんを応援したいと、市川はよく言っていましたからね。

高橋　選考委員は第一線で活躍しているプロデューサーたちにお願いするとともに、資金集めに駆け回ったり、市川さんと接点のある人たちに寄付を募ったりしました。僕が親しくしていた長崎県大村市出身の杉田亮毅《りょうき》・前日本経済新聞会長とも相談し、福地茂雄・元ＮＨＫ会長に理事長を引き受けていただきました。福地さんは長崎大学出身で、市川さんとは長崎という縁がありましたからね。

市川　高橋さんはおカネ集めのため、あちこちに頭を下げられてご苦労様でした。地元の長崎県や長崎市、諫早市に対しては、財団の理事になっていただいた森泰一郎さんと一緒にご支援をお願いしました。

高橋　当初はそれほどの成算もなく、「まず五年は続けよう」とスタートしたんです。みんなが手弁当で回を重ねるうち、市川賞の知名度も上がり、やめるわけにはいかなくなりました。「あと五年は頑張ろうじゃないか」と話し合い、今に至ったんですよ。

最初の五年間を第一ステージとすれば、「第二ステージに入ったんだから、新たなプロジェクトに取り組もう」ということで、「テレビドラマの巨人たち～人間を描き続けた脚本家」シリーズを企画しました。その第一弾として市川さんを取り上げた作品上映会とシンポジウムを四月十九、二十日、東京の千代田放送会館で開いたわけです。鈴木さんには二日間ともシンポジウムの司会をお願いし、ご苦労をかけました。お陰で「話は非常に面白かった」と好評だったので、やって良かったと思っています。

鈴木　いやいや、自分がかかわったことなので、感想は控えます。ただ、市川さんがNHKで初めて書いた銀河テレビ小説『黄色い涙』全二十回のDVDを送っていただき、一気に見られたのは収穫でした。三田佳子さん、TBSの「モモ子シリーズ」の竹下景子さん、『黄色い涙』に主演した森本レオさんのほか、市川さんと仕事をした木田幸紀・現NHK放送総局長らのプロデューサーや演出家の五人が登壇しました。いずれも市川さんの思い出や市川作品の魅力を語り始めると止まらず、二日間とも予定の一時間半を軽くオーバーしましたよね。市川さんについてはそれほど語りたいものがあるというそれぞれの思いは、会場にいる人たちに伝わったのではないでしょうか。

計八人のパネリストのうち、三田さんと村上佑二さん、元TBSの堀川とんこうさん、元北海道放送の長沼修さんの四人は今回の市川森一論集にも参加していただき、大変お世話になりました。それもこれも市川さんの人徳ですね。

高橋　市川賞については構想段階で鈴木さんにも相談したところ、「いろいろな事情から直接参加することはできないが、側面からの支援は惜しまない」と言っていたよね。鈴木さんはあれやこれやで相当忙しいにもかかわらず、この市川森一論集にしても市川賞にしても、じわじわと取り込まれていって……（笑）。

鈴木　いやあ、高橋さんは人を使うのがうまくて、まいっていますよ。私自身、はっと気がついたら、こうなっちゃっているんですからね（笑）。思えば、市川さんにもそういうプロデューサー的な資質がありましたよ。それはさておき、美保子さんに諫早での動きをお聞きします。

市川　夢記は鎮西学院の皆さん、森泰一郎さんや前の学院長だった林田先生たちが「市川さんの記念日をつくって、毎年礼拝を捧げましょう」と言ってくださいました。十二月の命日ではなく、四月十七日の誕生日前後に開催されています。市川が好んで使った「夢」という言葉に、「忌」ではなく「記」をつけました。作品の上映会もあります。

第六回市川森一脚本賞授賞式の翌日、諫早に飛び、七回目となる夢記に出席しました。追悼のミサでは、市川が大好きだった『みどりもふかき』という讃美歌が流れました。前の日が華やかでにぎやかだったものですから、まるで対照的な雰囲気で、「ああ、これが『聖と俗』なんだな」と思いました。市川は中学時代、鎮西学院の寮で三年間暮らし、恩師の林田先生から聖書の言葉を体にたたき込まれたんです。だからこそ、俗なものも思う存分、自由奔放に書けたという気がします。

鈴木　諫早では「森一忌」もありますね。

市川　夢記には諫早の皆さんも来られ、市川のことを思い出していただきたいと望んでいたんですが、「宗教色があるから、一般の人が行きにくい」という声が起きたようです。それで「市川森一顕彰委員会」が創設され、命日を前にした十一月末に森一忌を実施しています。二〇一四年の第一回は諫早図書館で行われました。こちらでも作品を上映し、一六年の第三回から記念講演も加わりました。三回目はここにいる高橋さん、四回目は鈴木さんに講演を引き受けていただきました。お二人とも、その節はありがとうございました。

鈴木　私が訪れた会場は、市川さんの実家の真ん前にあった元映画館でした。市川さんは子供のころから、この映画館に入り浸りだったそうです。顕彰委員会では新たな活動として、市川さんの顕彰碑づくりに乗り出すと聞きました。

天国でほくそ笑んでいる？

鈴木　美保子さんはこれらとは別に、市川さんがラジオドラマ化した『古事記』の舞台化にも取り組んでいますね。

市川　『ドラマティック古事記』といいまして、

市川森一原作の『ドラマティック古事記』で語り部を務める市川美保子（前列左）＝2017年1月の宮崎公演

二〇一二年に長崎の壱岐で上演した作品がひな形になっています。市川は『古事記』のシナリオを舞台化したいと望んでいましたが、その企画はダメになりました。その一方、二〇一〇年に壱岐市立一支国博物館ができた時、市民劇団もつくられ、市川は応援を頼まれました。日本放送作家協会の理事だった高谷信之さんを講師として紹介し、お芝居の勉強をしていたんです。そこへ日本の神話に詳しいフランス人画家マークエステル・スキャルシャフィキさんが来られ、「二〇一二年というのは『古事記』が生まれて千三百年という記念の年ですよ。壱岐は『古事記』にも出てくる島なので、何かやったらどうですか」と勧めたそうです。市民劇団の代表の方も市川が同じようなことを言っていたのを思い出し、私に連絡してきました。「それでは、市川のシナリオを原作とし、台本は市川の妹に書いてもらいましょう」とご返事し、公演が実現しました。

私はそれっきりのつもりでしたが、ご覧になった人たちから「一回だけではもったいない。あちこちで上演したら」という声が寄せられましてね。九州の各県に話を持っていった結果、テレビ宮崎さんが「やりましょう」と受けてくださり、二〇一三年十一月二十九日、『ドラマティック古事記』として宮崎県立芸術劇場で上演されました。

不思議なことに、市川は亡くなる直前、妹と本の整理をしていて、『古事記』関係については「これはあなたの家に送りなさい」と妹に託したんです。妹は「自分は『古事記』には興味がないのに、なぜだろう」と首をひねりながら、兄の遺言と思って、何箱もの段ボールを自宅に積み上げていたそうです。妹は舞台化の話が持ち上がると、「兄が書け、と言っているのかな。私が書きます」と受けてくれました。ただし、「制作予算は少ないだろうから、美保子さんが語り部を務めてね」と言われて、またお芝居をするようになったんです。

高橋　本当に不思議なことがあるなあ、いろいろと……。

市川　そういえば、市川は病室で「女優に戻ったらどう？　事務所はちゃんと紹介するから」と言っていました。こっちはさらさらその気がなくて、「私の年代で活躍している女優さんはたくさんいるし、十何年もブランクがあるから無理よ」と答えました。実は、市川は亡くなる前、妹に「彼女はもっともっと女優として伸びたかもしれない。自分と結婚したばかりに、申し訳ないことをしたな」と漏らしたようです。

誰に対しても根っから優しくて、愛情深い人でしたね。

市川が亡くなった後、思いがけずまた舞台に立つことになり、「これも市川の遺志かな」と思っています。しかも、宮崎の公演が二〇一六年と一七年、二年続けて東京の新国立劇場オペラパレスでも上演されることになりました。これもたぶん……市川がやりたかったことなんでしょう。ですから、高橋さんが告別式の帰りにふっと市川賞を思いつかれたという話を初めて聞いて、それも市川の遺志が働いていると思ってしまいました。

辻　素晴らしいと思うのは、市川先生が自分のことだけではなく、常にテレビドラマ界全体を考えられていた姿勢ですね。脚本アーカイブズ設立運動ひとつ取っても、日本のテレビドラマや脚本、ひいては放送文化のあるべき姿を見据えて、実際に自ら行動を起こすわけですね。そういう人はなかなかいませんよ。

鈴木　市川さんが日本放送作家協会の理事長を務めていた十年間、私も市川さんに頼まれて、個人的にいろいろお手伝いしました。韓国・釜山で開催された第一回「東アジアドラマ作家会議」（現・アジアドラマカンファレンス）では日本のドラマの現状をまとめたリポートを書き、市川さんが先頭に立った脚本アーカイブズ設立運動では調査報告書にも寄稿しました。日本放送作家協会の五十周年記念事業でも、協会編の『テレビ作家たちの50年』にテレビドラマ史を書き、連続シンポジウムにもパネリストとして登壇しました。

市川さんから「カイチさん、今度こういうことをやろうと思うんだけど、ちょっと手を貸してよ」と電話がかかってくると、なかなか断れないんですね。そういう人は多かったと思います。私が市川さんのことを「人たらし」と呼ぶゆえんです（笑）。

辻　市川先生は人当たりが良くて、柔和でした。お会いすると楽しく、心が穏やかになる。気骨があり、行動力もありました。私にとっては「あのいう人間になりたかった」と思えるような人でした。ジャケットや靴をいただいたから言うんじゃありませんよ（笑）。

市川　この市川森一論集にしても、市川がどこかから「自分の本を作れ」って、刊行委員会代表になる森泰一郎さんにささやいたんでしょうね（笑）。

鈴木　こういう話をしていると、私たち刊行委員は市川さんの術にかかったんじゃないかという気がしてきました。

高橋　こうなったら全部、市川さんのせいにしようじゃないか（爆笑）。

鈴木　天国にいる人には文句を言えませんね。

市川　どこかでこの座談会を聞いていて、きっとニコニコしていると思いますよ。

鈴木　「俺が書いたシナリオどおりになっているな」とほくそ笑んでいるかもしれません（爆笑）。きょうの座談会は何と、二時間の予定が倍の四時間近くになりました。まだまだお聞きしたいことはありますが、このへんで終わりにしたいと思います。

（二〇一八年四月二十三日、構成・鈴木嘉一）

■座談会出席者のプロフィール

市川美保子　芸名・柴田美保子。一九四八年生まれ。大阪市出身。大阪の児童劇団を経て、府立生野高校在学中の一九六五年四月からNHKで一年間放送された『チコちゃん日記』の主役でデビューする。その後、東海テレビの『あかんたれ』やNHKの連続テレビ小説『おていちゃん』、朝日放送の『必殺』シリーズなどのテレビドラマ、『横堀川』や『惜春』、『緋牡丹博徒《ひぼたんばくと》』シリーズなどの映画に出演する。七二年、脚本家の市川森一と結婚。八〇年から六年半にわたりテレビ朝日の『モーニングショー』で司会を担当する。伊丹十三監督の映画には『マルサの女2』『静かな生活』など五作に出演する。一方、九〇年からはブティックも経営している。二〇一三年十一月の宮崎公演から始まる『ドラマティック古事記』シリーズは京都や福岡、東京・新国立劇場オペラパレスでも上演され、語り部を務めている。また、一人語りの『天語り古事記』の活動も各地で行っている。市川森一脚本賞財団理事。

高橋康夫　一九四一年、東京生まれ。一橋大学社会学部卒。一九六五年、NHKに入局し、主にドラマ畑を歩む。唐十郎脚本の『幻のセールスマン』

の演出で注目され、『妻たちの二・二六事件』や『冬の桃』、大河ドラマ『黄金の日日』（七八年）、『阿修羅のごとく』などの演出陣に加わる。プロデューサーに転じてからは、『安寿子の靴』『匂いガラス』などの唐作品、ギャラクシー大賞を受賞した『花へんろ　風の昭和日記』第三章、大河ドラマ『太平記』（九一年）などを制作する。NHKエンタープライズ常務、NHKソフト開発部長、エグゼクティブプロデューサーなどを歴任する。九八年、NHKエンタープライズに転籍し、ハイビジョンの大型映像、劇映画の開発・制作に当たる。現在は映像企画制作会社「レシピ」代表。手がけた映画は『すずらん』『ドラッグストア・ガール』『マンゴーと赤い車椅子』など。『山頭火』でモンテカルロ国際テレビ祭最優秀プロデューサー賞を受賞。

辻萬里　一九四六年、大阪府生まれ。早稲田大学大学院中退。シナリオ作家協会事務局を経て月刊誌「シナリオ」編集部に配属。同誌の外注化に伴い編集プロダクションのマルヨンプロダクションに移籍、引き続き「シナリオ」誌を担当。東映の任侠映画や実録路線、日活ロマンポルノの全盛期に立ち会う。映人社の設立と同時に書籍を担当、『日本シナリオ大系』全六巻、「シナリオ文庫」シリーズ、新藤兼人著『溝口健二の記録――ある映画監督の生涯』などを手がける。七九年、月刊誌「ドラマ」の創刊に参加、八四年からは編集長として今日まで編集に携わる。『テレビドラマ紳士録』や『日本テレビドラマ史』『映像史』『シナリオの書き方』などの書籍のほか、シナリオ作家協会刊の「人とシナリオ」シリーズも担当する。現在は映人社とマルヨンプロダクションの代表取締役。九八年、早稲田大学演劇博物館・七十周年記念戯曲賞シナリオ部門選考委員を務める。市川森一脚本賞財団理事。

鈴木嘉一　第一章を参照

年譜

1941（昭和16年）**年**

4月17日、長崎県諫早市栄町で市川一郎と津代の長男として生まれる。島原藩士の家系だった市川家は先代から呉服商を営んできたが、太平洋戦争が始まると衣料統制のため休業を余儀なくされた。長崎航空機乗員養成所で英語の教官になった一郎は戦後、カメラ店を開いた。諫早市議、長崎県陸上競技連盟会長、諫早市教育委員、諫早文化協会副会長を歴任する一方、「青火」という俳号で俳誌「矢車」を主宰した。津代は、諫早市で和菓子を製造する「森長」の森長四郎（初代）の長女だった

1944（昭和19）**年**　3歳

8月、妹の由実子が生まれる

1947（昭和22）**年**　6歳

4月、諫早市立諫早小学校に入学

1951（昭和26）**年**　10歳

5月、母・津代が結核のため40歳で死去

1952（昭和27）**年**　11歳

父・一郎が上原壽子《かずこ》と再婚

1954（昭和29）**年**　13歳

4月、諫早市にあるミッションスクール鎮西学院中学校に入学。寮生活を送り、演劇部で活動

1955（昭和30）**年**　14歳

プロテスタントの諫早教会で洗礼を受ける

1957（昭和32）**年**　16歳

4月、長崎県立諫早高校に入学、弓道部に所属する。後に映画研究会で活動する

1960（昭和35）**年**　19歳

3月、諫早高校を卒業

4月、日本大学藝術学部映画学科に入学、東京都文京区目白台の諫早学生寮に住む。東宝やTBSなどでアルバイトをしながら、テレビのコント番組の台本を書き始める

1965（昭和40）**年**　24歳

3月、日本大学藝術学部映画学科を卒業。卒業制作として短編ドラマ『海星《ひとで》』の脚本を書き、藝術学部の後輩の森本レオが主演。放送作家はかま満緒《みつお》に師事し、放送作家の道を歩き始める

1966（昭和41）**年**　25歳

11月、円谷プロダクションが制作した宮本智弘主演、竹前重吉監督らの『快獣ブースカ』（〜67年9月）が日本テレビで始まり、第4話の「ブースカ月へ行く」で脚本家としてデビュー。全47話のうち16話を執筆する。これ以降、円谷プロなどの子供向け特撮ものを手がける

1967（昭和42）**年**　26歳

7月、九重《ここのえ》佑三子主演、山際永三監督らの『コメットさん』（〜68年12月）がTBSで始まり、全79話のうち11話を執筆

10月、円谷プロが制作した森次浩司（現・晃嗣）主演、実相寺昭雄監督らの『ウルトラセブン』（〜68年9月）がTBSで始まり、全49話のうち7話を執筆

1968（昭和43）**年**　27歳

9月、円谷プロが制作した勝呂誉《すぐろほまれ》主演、円谷一監督らの『怪奇大作戦』（〜69年3月）がTBSで始まり、全26話のうち3話を執筆

1969（昭和44）**年**　28歳

7月、中村光輝（現・又五郎）主演、山際永三監督らの『胡椒息子』（〜10月、全17話）がTBSで始まり、初めて全話を執筆

10月、中西まゆみ主演、辻井康一監督らの『マキちゃん日記』（〜70年10月）が読売テレビで始まり、全52話のうち10話を執筆

1970（昭和45）**年**　29歳

10月、進藤英太郎主演、八木美津雄監督らの『うちのおとうさん』（〜71年3月）が日本テレビで始まり、全26話のうち14話を執筆

1971（昭和46）**年**　30歳

4月、円谷プロが制作した団次郎（現・時朗）主演、本多猪四郎監督らの『帰ってきたウルトラマン』（〜72年3月）がTBSで始まり、全51話のうち6話を執筆

9月、桜木健一主演、冨田義治監督らの『刑事くん』（〜73年10月）がTBSで始まり、第1、2部の全57話のうち13話を書く。73年にはこの続編の第3部が放送され、全55話のうち12話を執筆。74年放送の第4部では、全54話のうち第1話だけ書く

1972（昭和47）**年**　31歳

4月、円谷プロが制作した高峰圭二主演、筧正典監督らの『ウルトラマンA（エース）』（〜73年3月）がTBSで始まり、全52話のうち最終回を含め7話を執筆

5月、『マキちゃん日記』で知り合った女優の柴田美保子と結婚、東京・新大久保のマンションで2年間暮らす

7月、みつはしちかこ原作、岡崎友紀主演、井上芳夫監督らの『小さな恋のものがたり』（〜9月）が日本テレビで始まり、全13話のうち8話を執筆

10月、大和田伸也と松坂慶子が共演し、番匠《ばんしょう》義彰らが監督した『鉄平と順子』（〜73年1月）が日本テレビで始まり、全15話を執筆

12月、日本テレビの『太陽にほえろ！』で初めて執筆した第20回「そして、愛は終わった」が放送される。以後、76年6月放送の「ジョーンズ探偵の悲しい事件簿」まで計9話を執筆。これらの脚本は84年に大和書房から刊行される

1973（昭和48）**年**　32歳

1月、円谷プロが制作した唐十郎主演、山際永三監督の『仮面の墓場』がフジテレビの『恐怖劇場アンバランス』の第4回目として放送される

7月、アンドリュー・ガーブの小説を脚色した平幹二朗主演、井上芳夫監督の『殺意を呼ぶ海』（〜8月）が日本テレビで始まり、全7話を執筆する

1974（昭和49）**年**　33歳

1月、近藤正臣主演、小田切成明らの演出による『かたぐるま』（〜3月）がフジテレビで始まり、全13話を執筆

4月、東京都町田市に戸建ての家を買い、5年間住む

10月、日本テレビの『傷だらけの天使』（～75年3月）が始まり、メインライターとして全26話のうち第3話の「ヌードダンサーに愛の炎を」（深作欣二演出）や最終回の「祭のあとにさすらいの日々を」（工藤栄一演出）など8話を執筆。これらの脚本は83年に大和書房から刊行される

11月、NHKでの初仕事となる銀河テレビ小説『黄色い涙』（～12月）が森本レオの主演、鈴木基治らの演出で始まり、全20話を執筆。脚本集は84年に大和書房から刊行される

11月、TBS系の『東芝日曜劇場』で初めて執筆した北海道放送制作、長沼修演出の『林で書いた詩』が放送される

1975（昭和50）**年**　34歳

1月、渡辺淳一原作、二谷英明主演、村木良彦らの演出による『北都物語―絵梨子のとき―』（～5月、読売テレビ制作）が日本テレビ系で始まり、全17話のうち3話を執筆

3月、『東芝日曜劇場』で中部日本放送（CBC）の辻道勇が演出した岩下志麻主演の『冬の時刻表』が放送される。11月に『東芝日曜劇場』で放送された近藤正臣主演、住田明美（CBC）演出の『紙コップのコーヒー』とともに、日本民間放送連盟（民放連）賞優秀に選ばれる

10月、柴俊夫主演、中山三雄らの演出による『新・坊っちゃん』（～76年3月）がNHKで始まり、全22話を執筆

1976（昭和51）**年**　35歳

5月、栗原小巻と石坂浩二が共演し、石橋冠が演出した『五丁目に咲いた恋は、絶対に結ばれないと人々は噂した』が日本テレビで始まり、全5話を執筆

7月、坂口良子が主演、堀川とんこうらが演出した『グッドバイ・ママ』（～9月）がTBSで始まり、全11話を執筆

8月、NHKの銀河テレビ小説で尾藤イサオ主演、松井恒男らの演出による『幻のぶどう園』（～9月）が始まり、全10話を執筆

1977（昭和52）**年**　36歳

2月、『東芝日曜劇場』で北海道放送が制作した水谷豊主演、長沼修演出の『バースディ・カード』が放送される

1978（昭和53）**年**　37歳

1月、市川染五郎（現・松本白鸚）が主演し、岡本憙侑《よしゆき》が演出チーフを務めたNHK大河ドラマ『黄金の日日』が始まり、全51話を執筆

1979（昭和54）**年**　38歳

3月、NHKの『土曜ドラマ』で「市川森一シリーズ」として放送された根津甚八主演、重光亨彦《ゆきひこ》らの演出による『失楽園'79』（全3話）を執筆

3月、新作歌舞伎『黄金の日日』で大谷竹次郎賞を受賞

6月、『東芝日曜劇場』でCBCの村上正樹が演出した萩原健一主演の『露玉の首飾り』が放送され、民放連賞優秀に選ばれる

8月、直木三十五の『南国太平記』を原作とする勝野洋主演、村上佑二らの演出による『風の隼人』（～80年4月）がNHKで始まり、全28話を執筆

1980（昭和55）**年**　39歳

3月、『東芝日曜劇場』で北海道放送の長沼修が演出した根津甚八主演の『春のささやき』が放送され、民放連賞優秀に選ばれる

4月、西田敏行が主演し、高橋一郎らが演出した『港町純情シネマ』（～7月）がTBSの『金曜ドラマ』で始まり、全13話を執筆。脚本集は83年に大和書房から刊行される

1981（昭和56）**年**　40歳

1月、桃井かおり、川谷拓三が共演し、吉野洋らが演出した『ダウンタウン物語』（～4月）が日本テレビで始まり、全15話を執筆。脚本集は84年に前後編として筑摩書房から刊行される

1月、NHK大阪放送局制作の『万葉の娘たち』が『シリーズ人間模様』で始まり、全4話を執筆。伊藤蘭、森下愛子、田中裕子、名取裕子が出演し、東海林通らが演出した。この脚本集は83年に大和書房から刊行される

2月、NHKの『土曜ドラマ』で「市川森一シリーズ」として田中健主演、江口浩之らの演出による『君はまだ歌っているか』が始まり、全3話を執筆

3月、『港町純情シネマ』と『チャップリン暗殺計画』（読売テレビ制作、重延浩演出）で芸術選奨新人賞を受賞

8月、『東芝日曜劇場』でCBCの村上正樹が演出した片岡孝夫（現・仁左衛門）主演の『鼓の女』が放送され、民放連賞最優秀に選ばれる

1982（昭和57）**年**　41歳

4月、加山雄三主演、山内和郎らの演出による『ある晴れた日に』（～9月）がテレビ朝日で始まり、全20話のうち19話を執筆

6月、TBSの『金曜ドラマ』で西田敏行主演、高橋一郎らの演出による『淋しいのはお前だけじゃない』（～8月）が始まり、全13話を執筆。テレビ大賞やギャラクシー選奨などを受ける。脚本集は82年に三草社から、88年には大和書房から刊行される

11月、竹下景子主演、堀川とんこう演出の『十二年間の嘘～乳と蜜の流れる地よ』がTBSの『ザ・サスペンス』で放送され、文化庁芸術祭優秀賞を受ける。この「モモ子シリーズ」は97年まで続き、『聖母モモ子の受難』『モモ子の罪と罰』など計8作を数える。1～3作の脚本は『聖母モモ子の夢物語』と題して、85年に大和書房から刊行される

1983（昭和58）**年**　42歳

1月、多岐川裕美主演、楠田泰之らの演出による『誰かが私を愛してる』（～3月、毎日放送制作）がTBS系で始まり、全13話のうち10話を執筆

2月、『淋しいのはお前だけじゃない』で第1回向田邦子賞を受賞。これを記念して4月、自選のシナリオ集『市川森一センチメンタルドラマ集』が映人社から刊行される

11月、『東芝日曜劇場』でCBCの山本恵三が演出した野口五郎主演の『夢の鳥』が放送され、芸術祭優秀賞を受賞

1984（昭和59）**年**　43歳

1月、松本幸四郎（現・白鸚）が主演し、村上佑二が演出チーフを務めたNHK大河ドラマ『山河燃ゆ』（山崎豊子原作、全51話）が始まり、香取俊介とともに脚本を担当する

6月、父・一郎が75歳で死去。翌85年6月、『市川青火句集　水のこころ』が諫早文化協会から刊行される

1985（昭和60）**年**　44歳

3月、『東芝日曜劇場』でCBCの山本恵三が演出した島田陽子主演の『夢の指環』が放送され、民放連賞優秀に選ばれる

4月、東京都文京区大塚のマンションから渋谷区広尾の広尾ガーデンヒルズのマンションに転居

6月、竹下景子主演、大山勝美演出の『受胎の森』が「セゾンスペシャル」としてTBSで放送される

7月、諫早を舞台にして役所広司が主演し、河村雄太郎らが演出した『親戚たち』（～9月）がフジテレビの『木曜劇場』

で始まり、全13話を執筆。脚本集が大和書房から刊行される

1986（昭和61）**年**　45歳

7月、自選シナリオ集『市川森一メランコリックドラマ集』が映人社から刊行される

11月、桃井かおり主演、恩地日出夫演出の『インタビュアー・冴子〜もどらない旅へ〜』が日本テレビで放送され、全日本テレビ番組製作社連盟（ATP）主催のATP賞優秀賞を受賞

1987（昭和62）**年**　46歳

1月、NHKの『ドラマ人間模様』で秋吉久美子主演、大森青児らの演出による『婚約』が始まり、全5話を執筆。脚本集が大和書房から刊行される

2月、竹下景子、池内淳子、二木てるみが出演し、せんぼんよしこが演出した『赤い夕日の大地で―家路―』が「カネボウヒューマンスペシャル」として日本テレビで放送され、ATP賞特別賞を受ける

3月、『東芝日曜劇場』で北海道放送の長沼修が演出した萬田久子主演の『ダイヤモンドのふる街』が放送され、民放連賞優秀に選ばれる

10月、NHKで始まった『NHKビデオギャラリー』（〜89年4月）の司会を務める

10月、沢田研二主演、加藤直《ただし》演出の舞台劇『楽劇ANZUCHI《あづち》　麗しき魔王の国』が銀座セゾン劇場で上演され、戯曲が白水社から刊行される

11月、『東芝日曜劇場』で毎日放送の青井邦臣が演出した寺尾聰主演の『君にささげる歌』が放送され、民放連賞優秀に選ばれる

1988（昭和63）**年**　47歳

6月、NHKの『銀河テレビ小説』で富田靖子主演、広瀬満らの演出による『悲しみだけが夢をみる』（〜7月）が始まり、全20話を執筆

6月、陣内孝則主演、脇田時三らの演出による『結婚してシマッタ！』（〜8月）がTBSで始まり、全8話を執筆

8月、日本テレビの開局35周年記念特別番組として大竹しのぶ、樹木希林、富田靖子が出演し、せんぼんよしこが演出した『明日―1945年8月8日・長崎』（井上光晴原作）が放送され、文化庁芸術作品賞、モンテカルロ国際テレビ祭シルバーニンフ賞を受賞

11月、テレビ朝日の『シリーズ・街』で鹿賀丈史主演、雨宮望演出の『面影橋・夢いちりん』が始まり、全4話を執筆

11月、『東芝日曜劇場』で「日本列島縦断スペシャル」と題した『伝言〜メッセージ〜』（〜12月）が北海道放送、CBC、毎日放送、RKB毎日放送の4局で共同制作され、全4話を執筆

11月、NHKのドラマスペシャルとして樋口可南子、根津甚八が共演し、三枝健起が演出した『もどり橋』が放送される

1989（平成元）年　48歳

3月、山田太一原作、大林宣彦監督の映画『異人たちとの夏』で日本アカデミー賞最優秀脚本賞を受賞。『明日―1945年8月8日・長崎』『もどり橋』『伝言』で芸術選奨文部大臣賞を受ける

5月、松坂慶子主演、深町幸男演出の『長崎異人館の女』がテレビ朝日で放送される

8月、樋口可南子、市原悦子が共演し、せんぼんよしこが演出した『故郷《ふるさと》　天皇が振り向かれた時』が、日本テレビで「カネボウヒューマンスペシャル」として放送される。これを含めた3部作の脚本が『故郷・明日・家路』と題して日本テレビから刊行される

10月、テレビ朝日の開局30周年記念ドラマスペシャルとして佐久間良子主演、深町幸男演出の『ドナウの旅人』（宮本輝原作）が前後編で放送される

10月、近藤真彦主演、吉野洋らの演出による『野望の国』の第1部「嵐の章」が日本テレビで始まり、全9話のうち8話を執筆。第2部「花燃える日々」と第3部「青春航路」は翌90年に放送され、全7話のうち5話を執筆

10月、『市川森一ファンタスティックドラマ集　夢回路』が柿の葉会から刊行される

1990（平成2）年　49歳

1月、NHKの『土曜ドラマ』で石田えり主演、広瀬満演出の『別の愛』が前後編で放送される

4月、読売テレビが始めた日本テレビ系の『これが問題！土曜8時』（〜12月）で司会を務める

8月、長崎市で長崎「旅」博覧会（〜11月）が始まり、プロデューサーを務める

10月、テレビ東京の『TXNニュース　THIS　EVENING』で日曜のキャスターを務め、92年9月まで続ける

10月、NHKの『ドラマ指定席』で仲村トオル、浜田雅功、薬丸裕英が共演し、吉村芳之が演出した『夢帰行』が放送され、全5話を執筆。脚本集は91年に海越出版社から刊行される

1991（平成3）**年**　50歳
11月、『東芝日曜劇場』で北海道放送の長沼修が演出した役所広司主演の『サハリンの薔薇』が放送され、文化庁芸術作品賞を受賞

1992（平成4）**年**　51歳
5月、NHKの『土曜ドラマ』で間寛平主演、大森青児演出の『新・王将』が放送される
9月、NHKで樋口可南子、役所広司が共演し、三枝健起が演出した『冬の魔術師』が放送される
9月、テレビ朝日でスタートした情報番組『人間探検！もっと知りたい!!』（〜93年4月）の司会を務める

1993（平成5）**年**　52歳
2月、NHKの『土曜ドラマ』で田村絵里子、仲村トオルが出演し、佐藤幹夫が演出した『私が愛したウルトラセブン』の前後編が放送され、放送文化基金賞奨励賞を受賞。脚本はNHK出版から刊行される
4月、読売新聞夕刊のコラム「TV人の週間日誌」を隔週で担当し、10月まで連載する
4月、日本テレビ系の情報番組『ザ・ワイド』（読売テレビ制作）にコメンテーターとして週1回出演し、2007年まで続ける
8月、日本テレビの開局40周年記念番組として小堺一機、陣内孝則、仲村トオルが出演し、田中知己が演出した『ゴールデンボーイズ――1960笑売人ブルース――』が放送される
8月、自選のシナリオ集『市川森一ノスタルジックドラマ集』が映人社から刊行される
9月、東京ヴォードヴィルショーの結成20周年記念公演として『水に溺れる魚の夢』（〜10月）が紀伊國屋ホールで上演される

1994（平成6）**年**　53歳
4月、三田佳子が主演し、村上佑二が演出チーフを務めたNHK大河ドラマ『花の乱』（〜12月）が始まり、全37話を執筆

1995（平成7）**年**　54歳
5月、山田太一、早坂暁との競作によるオムニバス形式の『今夜もテレビで眠れない』（高橋一郎演出）がTBSで放送され、西田敏行が主演した第2話「あの人だあれ？」を執筆
7月、向田邦子賞の選考委員に就任し、2006年まで務める

12月、堤真一主演、西谷真一演出の『あなたの中で生きる』がNHKで放送される

1996（平成8）**年**　55歳

3月、テレビ東京の『日本名作ドラマ』で谷崎潤一郎原作、藤田まこと主演、森崎東演出の『猫と庄造と二人のおんな』が放送される

3月、NHKの『金曜時代劇』で小林稔侍主演、佐藤峰世らの演出による『夢暦 長崎奉行』（〜9月）が始まり、全21話のうち3話を執筆

4月、書き下ろしの時代小説『夢暦 長崎奉行 秋冬篇』が光文社から刊行される

5月、『夢暦 長崎奉行 春夏篇』を「小説宝石」6月号から97年1月号まで7回連載し、光文社から刊行される

1997（平成9）**年**　56歳

1月、NHKの『ドラマ新銀河』で緒川たまき主演、諏訪部章夫らの演出による『木綿のハンカチ〜ライトウインズ物語〜』（〜2月）が始まり、全20話を執筆。翌98年には、南果歩主演、尾崎充信《みつのぶ》らの演出による続編がNHKのBS2で放送され、全6話を執筆

3月、TBSの『月曜ドラマスペシャル』で浅野ゆう子、山崎努が共演し、毎日放送の青井邦臣が演出した『古都の恋歌』が放送され、民放連賞優秀に選ばれる

5月、TBSの『月曜ドラマスペシャル』で『最後の審判』が放送され、「モモ子シリーズ」は幕を閉じる

6月、鎮西学院の理事と評議員に就任

10月、NHKの『水曜シリーズドラマ』で三田佳子主演、黛りんたろう演出の『鏡は眠らない』（〜11月）が始まり、全5話を執筆。脚本集がシングルカット社から刊行される

1998（平成10）**年**　57歳

9月、松本幸四郎（現・白鸚）主演、遠藤吉博演出の舞台劇『ヴェリズモ・オペラをどうぞ！』が銀座セゾン劇場で上演され、戯曲がシングルカット社から刊行される

10月、役所広司、寺島しのぶが共演し、CBCの山本恵三が演出したスペシャルドラマ『幽婚』がTBS系で放送され、芸術祭優秀賞、民放連賞優秀、放送文化基金賞テレビドラマ番組賞、モンテカルロ国際テレビ祭最優秀脚本賞を受賞

１９９９（平成11）**年**　58歳

１月、竹下景子、一路真輝、熊谷真実が出演し、清水一彦が演出した『いい旅いい夢いい女』がＮＨＫの正月ドラマとして放送される。翌年の１月にも、この続編として竹下景子主演、越智《おち》篤志演出の『いい旅いい夢いい女・九州路』が放送される

11月、秋吉久美子、柄本明が出演した大林宣彦監督の『淀川長治物語　神戸篇　サイナラ』がテレビ朝日で放送される。翌年には劇場で公開される

２０００（平成12）**年**　59歳

２月、池脇千鶴、市原悦子、浅野ゆう子が出演し、雨宮望が演出した『大地の産声が聞こえる―15才いちご薄書―』が日本テレビで「カネボウヒューマンスペシャル」として放送され、芸術祭優秀賞、民放連賞優秀に選ばれる

４月、宮沢りえが主演し、三枝健起が演出した『おいね・父の名はシーボルト』がＮＨＫのＢＳ２で放送される

６月、日本放送作家協会の理事長に就任、２０１０年まで５期10年間務める

９月、吉永小百合主演、深町幸男監督の映画『長崎ぶらぶら節』（なかにし礼原作）が公開され、日本アカデミー賞の優秀脚本賞を受賞

11月、ＣＢＣの創立50周年スペシャルドラマとして宮沢りえ主演、山本恵三演出の『乳房　ＴＨＥ　ＢＲＥＡＳＴ』が放送される

２００１（平成13）**年**　60歳

７月、諫早市立諫早図書館の名誉館長に就任

９月、向田邦子賞運営委員に就任

10月、ニッポン放送の『テレフォン人生相談』のパーソナリティーに起用され、２０１１年まで務める

２００２（平成14）**年**　61歳

１月、ＮＨＫ・ＢＳの正月時代劇として田辺聖子原作、西田敏行主演、尾崎充信演出の『おらが春』が放送される

10月、長崎県佐世保市で開催されるＹＯＳＡＫＯＩさせぼ祭りの審査委員長を務め、２００８年まで続ける

11月、松本幸四郎（現・白鸚）主演、田中健二演出の『風の盆から』がＮＨＫで放送され、ブルガリアのゴールデンチェスト国際テレビ祭最優秀脚本賞を受賞

11月、さだまさし原作、坂口憲二主演、中山秀一演出の『精霊流し　あなたを忘れない』（〜12月）がNHKで始まり、全16話を執筆

2003（平成15）年　62歳

3月、日本放送作家協会理事長として衆議院総務委員会で脚本の収集・保存・利活用の必要性を訴え、日本脚本アーカイブズ創設を提唱する

3月、NHK放送文化賞を受賞

3月、佐世保市市制100周年記念ファイナルイベントとして安寿ミラが出演したミュージカル『海のサーカス団』が上演される

5月、紫綬褒章を受ける

7月、文化庁から芸術選奨・放送部門の選考審査員（〜2005年）を委嘱される

2004（平成16）年　63歳

2月、諫早市文化講演会のコーディネーターとしてゲストとのトークショーを始め、2011年まで続ける。その後は、市川森一記念諫早市文化講演会として市川美保子が引き継いでいる

3月、水野美紀主演、石橋冠らの演出による『DREAM ドリーム〜90日で1億円〜』（〜5月）がNHKで始まり、全24話を執筆

4月、わらび座のミュージカル『銀河鉄道の夜』が始まり、後に全国各地で公演。戯曲は新風舎から刊行される

9月、田中好子主演、山本恵三演出のスペシャルドラマ『銀河鉄道に乗って』がCBCで放送される

9月、麻実れいの朗読劇『蝶々さん〜ある宣教師夫人の日記より』が東京・紀尾井ホールで上演される

2005（平成17）年　64歳

4月、東京フィルムセンタースクールオブアート専門学校（現・東京放送芸術&映画・俳優専門学校）の名誉校長に就任

7月、名誉館長を務める長崎歴史文化博物館が開館

7月、佐世保市のハウステンボスを舞台にした絵本『コムタチンコムタチン』が新風舎から刊行される

10月、館長を務める東京都足立区文化芸術劇場「シアター1010《センジュ》」がオープン

11月、NHK・FMの「特集オーディオドラマ」として『ドラマ 古事記』の「神代篇」が放送される。翌2006年11月

に「まほろば篇」、2007年11月には「愛憎篇」（演出はいずれも真鍋健嗣）が放送される。いずれも前後編

2006（平成18）年　65歳

5月、小説『蝶々さん』の連載を長崎新聞で始め、2008年5月まで2年間続く。これは2008年、講談社から上下巻として刊行される

6月、日本と韓国、中国、台湾の脚本家が一堂に会する第1回「東アジアドラマ作家会議」が韓国・釜山で開催される。市川は日本放送作家協会理事長として、主催者のアジア文化産業交流財団（後に韓国文化産業交流財団）のシン・ヒョンテク理事長とともにこの会議を牽引し、「アジアドラマカンファレンス」に発展させる

10月、鎮西学院125周年記念公演として栗原小巻の朗読劇『蝶々さん〜ある宣教師夫人の日記より』が長崎平和会館で上演される

2007（平成19）年　66歳

4月、市川が自ら脚本を書き、二宮和也ら「嵐」の5人が出演した犬童一心監督の映画『黄色い涙』が公開される

5月、放送界の第三者機関「放送倫理・番組向上機構（BPO）」に新設された放送倫理検証委員会の委員に就任

6月、島田歌穂主演のミュージカル『蝶々さん』が東京・北千住のシアター1010で上演される

9月、「黒澤明ドラマスペシャル」と銘打たれた松本幸四郎（現・白鸚）主演、藤田明二演出の『生きる』がテレビ朝日で放送される

2008（平成20）年　67歳

3月、山本未来主演、河合勇人監督の映画『花影《はなかげ》』が公開される

5月、テレビ長崎の開局40周年を記念した高橋恵子主演、高橋一郎演出の日中共同制作ドラマ『長崎―上海物語　月の光』が放送される

11月、重松清原作、南原清隆主演、大林宣彦監督の映画『その日のまえに』が公開される

2009（平成21）年　68歳

1月、いとこの福重彪の二女・温子《はるこ》を養女とする

9月、作詞をした香西かおりの『女の帰郷』『神集い』のシングルCDが発売される

10月、CBCのスペシャルドラマとして高畠華澄《かすみ》、橋爪功が出演し、堀場正仁が演出した『花祭』が放送される

２０１０（平成22）**年**　69歳

1月、島原の乱を題材にした歴史小説『幻日』の連載が長崎新聞で始まり、２０１１年4月まで続く。２０１１年6月、講談社から刊行される

6月、日本放送作家協会の理事長を退任し、会長に就任

10月、ＣＢＣの創立60周年記念スペシャルドラマとして伊藤蘭、岸部一徳が出演し、堀場正仁が演出した『旅する夫婦』が放送され、民放連賞優秀に選ばれる

２０１１（平成23）**年**　70歳

6月、中村獅童主演、蓬莱竜太脚本、マキノノゾミ演出の舞台劇『淋しいのはお前だけじゃない』が赤坂ＡＣＴシアターで上演される

11月、旭日小綬章を受ける

11月、原作の小説を自ら脚本にした宮﨑あおい主演、清水一彦演出の『蝶々さん』の前後編がＮＨＫで放送され、テレビドラマの遺作となる

12月10日、肺がんのため自宅で死去。墓は諫早市の徳養寺にあり、戒名は「祇承院弘庸森叡居士」

12月、ＣＢＣ主催の小嶋賞を受賞

２０１２（平成24）**年**

2月、市川の遺志による自選のシナリオ集『市川森一メメント・モリドラマ集』が映人社から刊行される

2月、長崎県から県民栄誉賞を贈られる

4月、諫早市の鎮西学院で市川に追悼礼拝を捧げる第1回「夢記」が開かれる

6月、一般社団法人「日本脚本アーカイブズ推進コンソーシアム」が設立され、山田太一が代表理事に就任する。最初のプロジェクトとして「デジタル脚本アーカイブズ　市川森一の世界」をインターネット上で公開する

7月、第7回アジアドラマカンファレンスが福岡市で開催され、市川をしのぶ追悼式典とシンポジウムが開催される

10月、「市川森一脚本賞財団」（理事長・福地茂雄元ＮＨＫ会長）が設立され、新進気鋭の脚本家を対象とする市川森一脚本賞が創設される

11月、ＮＨＫ放送博物館で特別企画展「市川森一が遺したもの」（〜13年2月）が始まる

12月、横浜市の放送ライブラリーで「市川森一・上映展示会　夢の軌跡」（〜13年2月）が始まる
12月、東京ドラマアウォード2012で特別賞、ATP賞テレビグランプリでも特別賞を受ける

2013（平成25）年

4月、『市川森一　古事記』が映人社から刊行される
4月、第1回市川森一脚本賞授賞式があり、大島里美が『恋するハエ女』で受賞する
11月、市川原作の『ドラマティック古事記　神々の愛の物語』が宮崎県立芸術劇場で初演される。市川愉実子が台本を担当し、市川夫人の柴田美保子が語り部を務める。『ドラマティック古事記』はシリーズ化され、京都や福岡、東京・新国立劇場オペラパレスでも上演される

2014（平成26）年

6月、諫早市で市川森一顕彰委員会が設立され、命日を前にした11月、第1回「森一忌」を主催する

2015（平成27）年

4月、日本放送作家協会が協力する脚本家・作家養成スクール「市川森一・藤本義一記念 東京作家大学」が開設される

2018（平成30）年

4月、市川森一脚本賞財団は「テレビドラマの巨人たち〜人間を描き続けた脚本家」と題した上映会・シンポジウムを企画し、その1回目として市川森一を取り上げる

（この年譜は、日本脚本アーカイブズ推進コンソーシアム、放送番組センター、市川森一脚本賞財団、諫早市立諫早図書館の資料や新聞記事などのほか、市川美保子と市川愉実子への聞き取りを基にして、鈴木嘉一が作成した）

おわりに――市川さんの笑顔に導かれて

読売新聞の放送担当記者として市川森一さんに初めてインタビューしたのは、元号が平成に改まった一九八九年の五月である。四十八歳の年男を迎えた市川さんは、ＮＨＫの『もどり橋』と日本テレビの『明日―１９４５年８月８日・長崎』、ＴＢＳの『東芝日曜劇場』で四週にわたり放送された『伝言～メッセージ～』で芸術選奨文部大臣賞を受賞したばかりだった。

今にして思えば、日本経済と日本人は当時、バブル景気に酔いしれていた。テレビでは、「トレンディードラマ」と呼ばれたフジテレビの恋愛ドラマ路線が若者たちの間で人気を集め、ドラマの世界を席巻していた。市川さんはインタビューで、こうした風潮への違和感をあらわにした。

「テレビドラマにもブームがあって、ちょっと前には『ニューシティー感覚』がもてはやされたが、今は『トレンディー』が合言葉になっています。でも、そういう流れに乗らないところに僕の存在理由があるんです。一番必要なのはチャレンジで、『この後に仕事の話が来るだろうか』なんてことは考えない。いつもドン・キホーテ的な役回りになっちゃうんですよ」

その年の終戦記念日に日本テレビで放送されたカネボウヒューマンスペシャル『故郷　天皇が振り向かれた時』でも、そうした精神が発揮された。戦後、昭和天皇が佐賀の孤児施設を巡幸された際、孤児の一人に「また来てね」と声をかけられ、「また来るよ」と応えられた。このエピソードを基にして、昭和天皇とともに激動の時代を生き抜いてきた庶民の女性二人（樋口可南子、市原悦子）の生き方を温かなまなざしで描く。天皇を取り上げることについては「尻込みする風潮があるが、昭和を語るうえでその象徴を抜きにはできない。今後、昭和を検証するドラマが次々に出てくるためにも、これを成功させなければ」と、使命感にも似た思いを語った。

ドラマの現状には「量産が質を落としている。マニュアルどおりの規格品が多く、ものを作ろうとするエネルギーが衰弱していないか」と懸念していた。だからこそ、『ラ・マンチャの男』に出てくる「真実の敵は事実だ」というせりふを引いて、「事実が真実とは限らない。フィクションでなければ描けない真実がある」と強調した。

自分をドン・キホーテにたとえるチャレンジ精神とともに、ドラマ界全体を見渡す幅広い視野から苦言や提言をする姿勢はその後も一貫していた。

初対面ではスーツにネクタイ姿だったこともあり、生真面目なイメージを抱いたが、公私を超えてつき合いを重ねるうち、鷹揚で親しみやすく、ざっくばらんな印象を与える一方、さりげなく細やかな心配りをする人柄が見えてきた。インタビューに応じる時も、制作発表や記者会見の席上でも常にユーモアを忘れず、柔和な笑みを浮かべた。酒席ではよくジョークを飛ばし、そこにいない人物について面白おかしくしゃべって場の空気を和ませることはあっても、悪口や批判めいた話は聞いた覚えがない。一緒にいて、実に楽しい人だった。

「市川さんの論集を出したいと思っている。どのようにしたらいいのか、相談に乗ってほしい」。二〇一七年十月、市川さんの母校・鎮西学院中学校の後輩に当たる森泰一郎学院長（当時）が上京する際、長いつき合いの元NHKプロデューサー高橋康夫さんに頼まれて、一緒に会った。私はフリーのもの書きになってから、自分が書きたい本の取材・執筆にできるだけ力を注ぎたいと考え、「共著は断る」「新聞社時代のデスクワークのように、他人の原稿に手を入れるような仕事は絶対にやらない」との原則を通してきた。

ところが、この話し合いのためにやってきて、日帰りで長崎に戻るという森さんの熱意にほだされた。「市川さんに対しては私も格別の思いがあります。全体像を概観する序論を書くことぐらいなら、おつき合いできます」と自分の原則を破り、市川論集への参加を承諾した。市川夫人の美保子さんたちにも呼びかけて市川森一論集刊行委員会を発足させ、みんなで取り組むことになった。

年が明けると、刊行委員会は秋の刊行をめざして本格的に始動した。それからが大変だった。

六人の刊行委員はいずれも自分の仕事などに追われながら、それぞれの分担をこなしていた。私は寄稿を依頼する候補者への交渉、自分が引き受けた原稿の執筆やインタビュー、座談会の司会とまとめ、年譜作り、写真集めといった分担の作業だけではなく、いつしか本書全体の構成や原稿のチェックなどの編集面に深くかかわらざるをえなくなった。私事で恐縮だが、個人的な取材・執筆の仕事やそのスケジュールにもかなり支障をきたしたうえ、発行元である長崎文献社とのやり取りなど、ここには書けない苦労もいろいろあった。正直に言えば、「いくら『乗りかかった船』とはいえ、こうなることは目に見えていたんじゃないか。だからこそ、自分であの原則を作ったにもかかわらず、なぜ、今回だけは唯一の例外としてしまったんだろう」と後悔しかけたのは一度や二度ではない。

そのたびに脳裏に浮かんだのが、ありし日の市川さんの笑顔だった。市川さんは四月生まれで、多くの人を引きつけてやまないあの笑顔は春の風のようだった。そして、テレビドラマだけにとどまらない膨大な作品と、脚本家・作家として最期まで現役を貫いた生き方に思いをはせた。すると、「天国にいるはずの市川さんに対して恥ずかしくない本を作ろう。いや、納得してもらえる本にしなければいけない」という気持ちがまた湧いてきた。

要するに、市川さんの笑顔に導かれて何とかここまでこぎ着けることができた。ほかの刊行委員もきっと同じ思いだろう。

すべての原稿を精読して、市川さんの知られざる側面や意外な面が多いことに気づかされた。市川森一という人はまさに多面体である、と改めて実感した。

特に、郷里の長崎県であれほど文化活動に打ち込んでいたとは知る由もなかった。自ら「長崎三部作」と呼んだ小説『夢暦　長崎奉行』『蝶々さん』『幻日』も刊行したように、それは市川さんの「長崎回帰」とも言える。クリスチャンの市川さんにとって生まれ故郷の諫早も含めた長崎は、聖書にある「乳と蜜の流れる地」、つまり「安息・安住の地、約束の地」だったと思われる。

いつだったか、市川さんから「ＮＨＫでは大河ドラマをはじめ、いろんなドラマ枠で書いてきたけれど、朝ドラ（朝の連続テレビ小説）だけは一度もないんですよ。長崎を舞台にした朝ドラを書いてみたいと思っていましてね」と聞かされたことがある。ＮＨＫのドラマ番組部には伝統的に、「朝ドラから大河へ」というコースがある。プロデューサーやディレクター、脚本家、主役ら主な出演者はまず朝ドラで力を発揮した後、いつかもうひとつの看板ドラマである大河ドラマを担う、という順序を指している。逆に、大河ドラマを何度も手がけたベテラン脚本家が朝ドラを書くことはめったにないので、意外と思われたが、その時の市川さんの口調は本気のようだった。

成熟期を迎えた市川さんにしてみれば、長崎の歴史的、文化的風土は汲《く》めども尽きせぬ題材の宝庫であり、晩年の創作活動の源泉だったのではないか。仮定の話をしても仕方がないが、今も健在だったら、長崎を題材にしたテレビドラマや物語がもっともっと生まれていたに違いない。

本書には、寄稿、インタビュー、座談会という形で、六人の刊行委員を含め計十九人が登場する。これは当初の構想を上回る規模になった。中には、分刻みに近い多忙なスケジュールを割いてインタビューに応じてくださった方々もいる。「市川さんのことなら……」と快く参加していただいた皆さんには、心からお礼を申し上げたい。恐縮ながら何度か原稿の書き直しをお願いした方たちには、非礼をご容赦いただきたい。

グラビアやそれぞれの文章に添えられた写真は計百枚を超え、半分以上は市川家のアルバムからお借りした。このほかの写真は、北海道放送、日本脚本アーカイブズ推進コンソーシアム、市川森一脚本賞財団、長崎県庁、長崎新聞社、三田佳子事務所などから提供していただいたことにも感謝したい。ごく一部には撮影者や著作権者が不明な写真もあり、お心当たりの方は長崎文献社編集部にご連絡いただけば幸いである。

私が市川さんと初めて会ってから三十年近くの歳月が流れ、平成という時代も終わろうとしている。市川さんはもうこの世にいない。

しかし、市川さんにはシナリオ集など三十冊に迫る著書があり、NHK大河ドラマの『黄金の日日』や『花の乱』、TBSの『淋しいのはお前だけじゃない』などの代表的なテレビドラマはDVD化されている。自ら先頭に立って推進した脚本アーカイブズ運動が実って、二万七千冊の脚本・放送台本が保管されている国立国会図書館に行けば、市川作品の台本を読むことができる。また、横浜市の放送ライブラリーや埼玉県川口市のＮＨＫアーカイブス、諫早市立諫早図書館では、保存・公開されている市川作品を無料で視聴できる。

市川さんの作品歴を見ていて、一九九四年にＴＢＳ系で放送された『そっとさよなら』(毎日放送制作)という単発ドラマが目に留まった。このタイトルのように、市川さんは二〇一一年末に突然いなくなった。その一方では、一九九五年にＮＨＫで放送された『あなたの中で生きる』という単発ドラマもある。

作品が映像と活字で生き続け、それが視聴者や読者の目に触れられる限り、市川森一さんは今も私たちの中で生きている。

二〇一八年九月二十三日

市川森一論集刊行委員会　鈴木嘉一

◇市川森一論集刊行委員会

代表　森泰一郎（前鎮西学院長）

委員　市川美保子（市川森一夫人、女優）

香取俊介（脚本家・作家、日本放送作家協会理事）

鈴木嘉一（放送評論家、元読売新聞編集委員）

高橋康夫（映像プロデューサー、市川森一脚本賞財団専務理事）

辻萬里（映人社代表、「ドラマ」編集長）

脚本家 市川森一の世界

発行日	2018年11月24日　初版第１刷
編　者	市川森一論集刊行委員会
発行人	片山　仁志
編集人	堀　　憲昭
発行所	株式会社　長崎文献社 〒850-0057　長崎市大黒町3-1　長崎交通産業ビル５階 TEL 095（823）5247　FAX 095（823）5252 HP　http://www.e-bunken.com
印　刷	モリモト印刷株式会社

ISBN978-4-88851-302-9　C0074